目次

序章　7
第一章　一二月一四日　火曜日　9
第二章　一二月一五日　水曜日　51
第三章　一二月一六日　木曜日　71
第四章　一二月一七日　金曜日　121
第五章　一二月一八日　土曜日　146
第六章　一二月一九日　日曜日　224
第七章　一二月二〇日　月曜日　295
終章　一月七日　金曜日　334

【本作の登場人物】

剣崎《けんざき》恭弥《きょうや》…………保《ほ》土《ど》ケ《が》谷《や》署〈ほほえみ相談窓口〉所属 警部補

守屋《もりや》彰彦《あきひこ》…………神奈川県警刑事部捜査第一課
強行犯捜査第二係 警部補

佐久《さく》 清《きよし》……………保土ケ谷署刑事課所属 巡査部長

半倉《はんくら》隆義《たかよし》…………神奈川県警監察官室首席監察官　警視正

小暮《こぐれ》陽仁《あきひと》…………〝無罪請負人〟弁護士

新條《しんじょう》怜音《さとね》…………医学博士 心療内科医

瀬田《せた》宜之《よしゆき》…………放火殺人事件の被疑者

ミートイーター　meat-eater　【名詞】

1：肉食の人、肉食動物

2：〈米俗語〉腐敗した警察官、悪徳警官

序章

燃え盛《さか》る炎が、剣崎恭弥《けんざききょうや》の顔を照らす。

恭弥の視点は一点に集中していた。炎が二階建ての住宅をなぶっていく。屋根まで業火《ごうか》に包まれ、焼け落ちるまで数分とかからない。

頬《ほお》が熱い。顔の産毛《うぶげ》が焦《こ》げているようだ。舞う火の粉からは距離を取っているが、家屋一棟を包む炎の熱気までは防ぎようもなかった。焼けた空気が鼻孔《びこう》を抉《えぐ》り、顔面が熱気に襲われる。マスクがなければ、喉《のど》の奥まで焼けていただろう。

視界が赤く染まっていた。火災による化学反応か、正確にはさまざまな色が浮かんでは消えていく。火勢は衰《おとろ》える気配がない。

炎を見ているのは、恭弥だけではなかった。大勢の人間が遠巻きに取り囲み、火災を見ている。数台の消防車や、警察車両も見える。

炎には、人間の本能を揺さぶる何かがある。恭弥も例外ではなかった。内奥から、昂《たかぶ》りに似たものを感じていた。

ほかの者も同様だろう。見惚れつつも、一様《いちよう》に硬い表情を浮かべている。眼前の業火には、人間の生命がかかっているからだ。

火災と人間の熱に包まれながら、恭弥は巨大な炎を見つめていた。

第一章　一二月一四日　火曜日

10：32

恭弥が守屋彰彦《もりやあきひこ》の失踪を知ったのは、粉雪がちらつく朝だった。

出勤時から、保土ケ谷《ほどがや》署は静まり返っていた。日頃の喧騒《けんそう》が嘘《うそ》のようだ。雪には、人間の感覚を鎮静化する作用がある。いい意味でも、悪い意味でも。

寒い一日になりそうだった。今週に入ってから、真冬日が続いている。冬の出勤方法をどうするか。秋からの悩みは解消できずに、一二月を迎えた。今も徒歩のまま、変更する予定もない。自宅がある天王町《てんのうちょう》から一駅の距離、悩み続けるうちに春となりそうだ。

出勤前に身支度を整えた。洗顔し、髭《ひげ》を剃《そ》った。蒼白い顔が鏡に浮かぶ。背の高さから、身を屈めがちにして映す。

切れ長の目尻には垢が見える。頬上の隈は薄くなってきている。細身の体は、先月より筋肉が落ちていた。

　幾分暗く感じる署内を進み、コートをロッカーに仕舞った。濃い青で、建設作業員向けの防寒着に近い。実際、作業服店で購入した代物《しろもの》だった。

　スーツだけでは肌寒い。署内全体には、まだ暖房が行き届いていなかった。今日も服装は就活生が着るような濃紺の上下に、同系色のタイ。強制ではないが、現在の部署では地味な服装が推奨されている。靴《くつ》は年中同じ黒いスニーカーだった。

「ちょっと、恭さん知ってるかい」

　以前に年上の部下だった佐久が現われたのは、窓口に座って二時間が経ったころだった。

「守屋ちゃんがさ。一週間ほど無断欠勤してるんだってさ」

　窓の外では、儚《はかな》げな雪が舞い続けている。積もる気配はなく、アスファルトに落ちては溶けて消える。

　現在、恭弥が所属している部署は『ほほえみ相談窓口』という。一〇月に発覚した保土ケ谷署の不祥事によって、先月から新設された部署だった。神奈川県内すべての署に設けられている。警部補の恭弥が係長を務めていた。

　来署者の相談に対し、適切なセクションを紹介するのが基本業務だ。加えて、県警に対する要望も聞く。早い話がクレーム対応係だ。〝交通取り締まりの態度が悪い〟〝交番の接遇が不親切だ〟など。苦情を一手に引き受けることとなった。

逆の意味で、県民の人気は高い。毎日、窓口には列ができる。ソファや椅子も設置しているが、足りないときの方が多かった。今日はまだ一人も来訪していなかった。県内には、県警に対する不満が溢《あふ》れている。

雪の影響か。暇そうだったから、佐久も声をかけたのだろう。恭弥が配属されてから初めてのことだった。

佐久は地域課の交番勤務から、刑事課へ異動となっていた。秋の事案で応援に回されて以来、そのまま残留させられた形だった。確かに、デスク──事務仕事に対しては卓越した能力がある。〝県警一の地獄耳《じごくみみ》〟の異名を取るほど情報収集能力も高い。

階級は巡査部長、恭弥の部下だったころから変わっていない。昇進は考えていないのかも知れなかった。年齢も恭弥より二十歳近く上、五十を超えている。

秋の事案では、多くの保土ケ谷署員が処分された。県警を去った者もいる。警察には免職まで至らずとも、懲戒を受ければ依願退職しなければならない文化がある。

監察官室では〝保土ケ谷の大掃除〟と呼ばれているらしい。主導したのは首席監察官、半倉隆義《はんくらたかよし》。〝ハングマン〟──〝首吊り監察官〟と異名を取る男だ。四十歳の警視正で、警察庁キャリア官僚の出向組だった。

事態のきっかけを作ったのは剣崎恭弥だ。そう考える署員は多い。ただでさえ、〝神奈川の狂犬〟呼ばわりされる嫌われ者ときている。不穏な空気は危険水域に達し、署の運営に支障をきたす恐れさえ出始めていた。

相談窓口への配置転換は、そうした署員から隔離しておく意味があったようだ。捜査の現場から離しておきたい思惑《おもわく》も透けて見え、体《てい》のいい厄介払《やっかいばら》いともいえる。

佐久は、小柄な体軀《たいく》を寒さでさらに縮ませていた。五分刈りの胡麻塩《ごましお》頭は一段と薄くなったように見える。

「風邪でも引いたんですかね」

「それがさ。課員が奴《やっこ》さんの自宅訪ねたけど、不在で返事なし。携帯にも応答がないんだってさ。県警内の友人や知人にも当たってみたけど、皆知らないって。失踪したんじゃないかなんて言われててさ。ま、噂《うわさ》だけどね。恭さんには連絡あった？」

「いえ。おれにも」

「親しかったんだよね、守屋ちゃんとは」

「まあ多少は。ここ一カ月ほどのことですが」

守屋とは先月から、予定が合えば会うようになっていた。週末が多く、先々週に顔を合わせたのが最後となる。それ以来、連絡を取っていなかった。すでに十日が経つ。佐久が知っているのは、地獄耳ゆえではない。恭弥が話してあったからだ。

「まあ。何か分かったら教えてよ」

「さすが〝県警一の地獄耳〟。面目躍如《めんもくやくじょ》ですか」

「そんなこと言わないでよ。心配してるだけさ、純粋にね。じゃ、また」

11：01

「係長、お電話です」

受話器を取ったのは、同じ部署の巡査部長だった。恭弥より十歳は年上だ。

『ほほえみ相談窓口』は、保土ケ谷署の一階に設けられている。パーテーションで区切られただけの簡易なコーナーだ。急造のためか、一時的措置だからか。

二人一組が一時間ごとの三交代制で対応している。計六人の構成だ。窓口対応と書類整理や調査、休憩を交互に取る。相談内容の記録や即答できなかった事柄に関する調査など、窓口に座っていなくてもすることは多い。

恭弥は、署長報告用に昨日の相談内容を取りまとめているところだった。窓口全体分を、翌日午後に署長へ報告する決まりだ。礼を言い、受話器を受け取った。

「監察官室の青井《あおい》です」監察官の巡査部長だ。「本部までお越しいただきたいんですが」

「忙しいんだけど。勤務終了後でもいいなら」

「緊急なんです」

青井の口調は平静だ。電話に感情が滲《にじ》むようでは、監察官は務まらない。

「守屋さんのことで」

一瞬、返答が遅れた。

「分かった。交代制の職場なんで。伺《うかが》う段取りができたら、連絡するよ」

答えて、電話を切った。現役の警察官が失踪したなら、監察官室が動き出しても不思議はない。守屋の噂は本当なのか。

佐久の話を聞き、守屋の携帯には一応連絡を入れていた。応答はない。電源さえ入っていないようだった。

代わりのローテーションを組み、手配した。ほほえみ相談窓口においては、恭弥が責任者となる。今のところはまだ、係員からのクレーム等はなかった。

「これ打ち出して、署長とかに持って行けばいいんですか」

村島咲良《むらしまさくら》が不満気な声を上げる。係の中で、一人だけ機嫌が悪い。昨日の相談内容に関する報告を頼んだからだ。ほほえみ相談窓口の巡査で、恭弥とコンビを組んでいる。

任官二年目、署内でも最若手に当たる。警察官としては、女性でも小柄な方だろう。髪は首で切り揃えられ、大きな瞳は快活《かいかつ》な印象だ。性格も明るい。思ったことは、上司相手でも率直に告げる。嫌味《いやみ》がなく、男女問わず人気がある。

白を基調とした地味なセーターを着ていた。ほほえみ相談窓口は基本、私服で対応している。来訪者の苦情には、制服警察官に関する事柄が多い。窓口も制服が対応したのでは、思ったことを話せないのではないか。そうした配慮による。

押しつけられたと不服に感じているようだ。係には村島より階級が上、年嵩《としかさ》の先輩しかいない。彼女に頼んだのは、単にローテーションの都合だけだ。

「いや」恭弥は首を左右に振った。「まず、地域課の課長代理に見せろ。訂正指示が出たら差し替え。同じ手順を署長まで繰り返せ」

「何で、今どきペーパーで」村島が口を尖《とが》らせる。「署内LANがあるのに」

一斉送信なら一瞬で片《かた》がつく。恭《うや》しく紙で報告する。ピラミッド型組織の真骨頂《しんこっちょう》、県警に限らず役所が旧態依然《きゅうたいいぜん》と批判される所以《ゆえん》だ。若手にとっては不満だろう。

「よろしく頼むよ。今度、埋め合わせするから」

ケーキでも奢《おご》ってやればいいだろう。手を挙げて答え、恭弥は外に出た。

雪は止《や》み、曇天《どんてん》の隙間から陽が射《さ》しこんでくる。気温は低い。路面は微《かす》かに湿っていた。

11：48

神奈川県警察本部庁舎は横浜《よこはま》市中《なか》区海岸通《かいがんどおり》にある。一カ月以上訪れていない。二カ月前には、毎日のように通っていた。秋の事案に関して、監察官室から呼び出され続けていたからだ。処分対象の捜査員に対する証拠固めが主な理由だった。

恭弥は監察官が使用する面談室にいた。馴染《なじ》みのある部屋だ。もう顔パスに近い。

「お待たせしました。お忙しいところすみません。冷えますね、最近」

監察官室の青井が入ってきた。まだ三十前だろう。若々しく端整《たんせい》だ。長身でもある。上司の半倉同様、感情を表に出さない。

最初は冷徹な人間と考えていた。今は、多少フランクな面があることも知っている。実際、今日は薄い黄土《おうど》色のカーディガン姿で、中学か高校の教師に見えなくもない。

秋の聴取は、主に青井が行なった。当初は淡々と進んだ。今考えると、悪名高き捜査員相手に緊張していたようだ。事が進むにつれ、対応が少しソフトになった。顔見知り程度の関係と恭弥は考えている。

「早く済ませろ」恭弥は座ったまま告げた。「急に呼び出されたんで、相棒がキレてる。とっとと帰してくれ。おっかないんだ、あいつ」

「〝神奈川の狂犬〟に怖いものなんかないでしょう」薄く嗤《わら》い、短く鼻を鳴らす。「電話でお話ししたとおり、守屋さんの件なんですが」

守屋彰彦は刑事部捜査第一課強行犯捜査第二係の主任で警部補、恭弥の同期に当たる。若くして取調べのプロ、いわゆる落としの名人となった。取調室のエースとして、県警内では知らぬ者なき存在だ。〝割《わ》り屋《や》の守屋〟とも呼ばれている。

〝割り屋〟は、落としの名人と同じ意味だ。口を割らせることから来ている。守屋本人は、自分の異名が好きではなかった。大阪《おおさか》地検特捜部のある主任検事も、そう呼ばれていたためらしい。彼は証拠を改竄《かいざん》して逮捕された。

「守屋さんが一週間ほど無断欠勤なさっているのは、ご存知ですよね」

「今朝《けさ》聞いた」

「親しかったんでしょう?」

「さあな。週末に会っては、酒を呑《の》んでた。それも、ここ一カ月ほどの話さ」

「二人だけで?」

「そう」

「どんなお話を?」

「仕事の愚痴《ぐち》」

「今回の欠勤について、何か思い当たることはないですか。呑んでおられたときに出た話題などで」

「ない」

「最近連絡を取られたのは、いつですか」

「最後に呑んだときだ。先々週の土曜日だから、十日前か」

「〝八〇五〇《ハチマルゴマル》殺人〟については、どうです？　何か、お話しになっていませんか」

〝八〇五〇殺人〟は一〇月上旬に発生した。三十年近くひきこもってきた長男が実家に放火、両親を死に至らしめたとして逮捕された事案だ。守屋が解決への立役者となった。当初の捜査段階から長男を疑う声は多かった。極端に物証が少なく、逮捕に関しては裁判所も二の足を踏んだ。

任意同行に応じた長男に対し、守屋が投入された。わずか数時間の取調べで自供に導き、上層部は逮捕に踏み切った。

長男逮捕は社会を騒がせた。ひきこもりに対する世間の悪感情も作用した。被疑者が五十代、両親が八十代だったことから八〇五〇問題にかけて、〝八〇五〇殺人〟と呼ばれ始めた。ネット上で瞬《また》く間《ま》に広がり、各種マスコミも便乗していった。

県警には喜ばしい状況と言えた。悪質な〝八〇五〇殺人〟の犯人を自白させた。早期解決を称賛する声が国民から溢れた。守屋の功績は、県警及び警察庁で絶賛された。国警察内部に留まらず、神奈川県警に落としの名人がいるという噂が拡散していった。国中が注目し、匿名ではあったが守屋を称《たた》えた。警察に対する好意的な空気が満ち、関係捜査員は英雄視され、現在に至る。

「守屋さんにとっては、もっとも最近の手柄ですから」青井が続ける。

「〝割り屋の守屋〟が、外で事案の話なんかするわけないだろ」

「親しくなったのは、先月の同期会がきっかけでしたね」

よく調べている。対応がソフトでも監察官は油断がならない。

およそ一月前——同期会は、馬車道《ばしゃみち》ロイヤルホテルで開催された。中堅どころのビジネスホテルで、馬車道の中ほどにある。低層で落ち着いた外観、リーズナブルな価格に対して広い部屋など、家族連れの観光客にも人気だ。宴会場も充実しており、地元の利用者も多い。

県警職員が私費で行なう催《もよお》しとしては、盛大な方と言えた。開催理由は、気の早い忘年会だった。〝八〇五〇殺人〟における守屋の功績を称える意味もあった。保土ヶ谷署を掃除した恭弥も寿《ことほ》ぐと言われていたが、ついでだろう。

恭弥自身は参加したくなかったが、佐久に押し切られた。

「主役が行かないと」佐久は言った。「せっかく、お祝いしてやるって言ってくれてんだから。ありがたいもんだよ、同期ってのはさ」

勤務終了後、渋々会場に向かった。開催理由が表向きにすぎないことは、始まってすぐ分かった。同期連中は単に騒ぎたかっただけだ。

それぞれの友人グループに分かれ、賑わい始める。恭弥には、そうした友人はいない。警察学校時代から同期とは距離を置いてきた。心身の不調が主な原因だったが、周囲からは集団に馴染めない一匹 狼《おおかみ》と思われたようだ。疎遠《そえん》とまではいえないが、親しい者も限られる。

加えて、今は恭弥の評判が拍車をかけていた。独断専行、命令無視専科の問題児。関わりたくないと思われても仕方がない。

「いやあ、盛り上がってるねえ」

離れて陣取る恭弥に、大泉《おおいずみ》が話しかけてきた。数少ない親しい同期といえる。生活安全部サイバー犯罪捜査課の巡査部長、その道のプロだった。近視による分厚い眼鏡が科学者を想起させる。秋の事案等で協力を求めた。顔を合わせるのは久しぶりだ。

大泉は下戸《げこ》で甘党だ。手には、オレンジジュースのグラスがある。

「元気か。先月は助かったよ」

隣に座る同期を、恭弥はまじまじと見た。

眼鏡以外は印象が変わっていた。伸び放題だった髪は整えられ、痩《や》せた身体をタキシードと蝶ネクタイに包んでいる。ジェームズ・ボンドを意識したのかも知れないが、七五三が関の山だ。最近、婚活に力を入れているというのは本当らしい。佐久からの情報だった。

大泉は、きょろきょろと会場内を物色《ぶっしょく》している。成果は期待できないだろう。最近は、皆、審美眼《しんびがん》も厳しい。

苦戦が予想されたが、口には出さなかった。健闘を祈るとだけ言っておいた。甘党のためか、市内のスイーツ店には精通している。逆転のチャンスがあるとすれば、そこだろう。

同期会は、乱痴気騒《らんちき》ぎの様相を呈《てい》してきた。お巡《まわ》りの呑み方は上品とは言えない。神奈川ではないが、県内一の高級ホテルから出入り禁止にされた県警を知っている。大泉は次々と女性の同期に声をかけていたが、相手にされている感じはなかった。

守屋が声をかけてきたのは、そんな折だった。

「久しぶりだな、恭弥」

恭弥は視線を向けた。長身痩軀《そうく》、整った顔立ちをしている。目、鼻、口ともに細く、温厚な印象を与えていた。軽く猫背で、微笑を絶やさない。髪は短く清潔感がある。

守屋は、いつも人を下の名前で呼ぶ。警察学校時代、初対面のときからだった。それが許されるオーラを持っている。人受けの良さは警察官として異様なほどだ。

恭弥と同じく紺のスーツを着ているが、印象が違う。高級品ではないが、品がある。量販店の物らしいが、センスがないと選べないだろう。仕事着としては満点と言えた。相手に嫌味な感じを与えない。

スマートで、清潔感があり、常に紳士的。そこに〝割り屋〟のコツがあるとも言われている。微笑を大きくして続けた。

「県警一の捜査員を壁の花にしておくとは。困った連中だ」

「花じゃない。雑草さ。相変わらずの塩顔男子だな」

「ソースに醤油、次は塩」守屋が短く鼻を鳴らす。「ラーメンや焼きそばじゃないんだから。保土ケ谷署は、どう？」

「こんなに辛《つら》いのは奉職《ほうしょく》以来初めてだよ」

本音だった。クレームを抱えた県民は下手《へた》な犯罪者より手強《てごわ》い。

守屋とは一定の距離を保ってきた。会えば、話をする程度の関係だった。悪感情は抱いていない。むしろ好意的に見ていた。ほかの同期と同様にしてきただけだ。捜査第一課で初めて同じ所属となったが、関係性は変えなかった。

恭弥が醸《かも》す空気を、守屋も察していたようだ。捜査第一課所属をともにした期間も長かったが、踏みこんでくることはなかった。敬遠されていたのとも違う。互いのテリトリーを尊重し合ったというべきか。

同期の間で、守屋の人気は高い。ましてや〝八〇五〇殺人〟解決の立役者だ。今回の催しでも、いつも輪の中心にいた。宴《えん》もたけなわとなり、乱れ始めて解放されたらしい。

「このあと、予定は？」守屋が訊いた。「一次会は、もうすぐ終わるだろ。少しつき合って欲しいんだ。いい店があって、美味《うま》いモヒートを呑ませてくれる。めったに出会えない逸品だよ」

予定はないと答えた。守屋に誘われるのは、初めてのことだった。強制的な感じはしなかったが、断りづらくはあった。単に、逸品のモヒートに惹《ひ》かれただけかも知れない。

「自白は証拠の女王！」

司会役の同期が叫ぶ。警察学校時代から明るい人気者で、今回の発起人だった。終わりが近いらしい。まとめに入っているようだ。

〝自白は証拠の女王〟――昔から、よく使われる言葉だ。取調べ中心主義といわれる日本の捜査を象徴している。いい意味ばかりではない。

「取調室のエースは、県警の王子様です」

司会に促されて、守屋が立ち上がる。万雷の拍手に笑顔と挙手で応える。ちなみに、恭弥の話題は出なかった。


一次会が終わり、散会した。参加者の多くが名残《なご》り惜しそうで、追い立てられるようにホテルを出た。騒ぎ足りないのか、大半が玄関前で屯《たむろ》している。神奈川県警が出入り禁止にされる日も遠くない。

「行こうぜ」

守屋に誘われるまま、一団に背を向けて歩き出した。同期たちは誰も注意を向けてこなかった。夜の馬車道を海側から街中へと進んでいく。

二人は徒歩で移動した。煌びやかなＪＲ関内《かんない》駅周辺を通りすぎ、伊勢佐木町へと向かう。

イセザキ・モールを歩く。閉店時刻を迎えた店も多いが、人通りは途絶えることがない。恭弥は守屋のあとをついて行った。

商店街の中ほどで左折、古びた路地へと入っていった。通行人が疎《まば》らになる。裏通りといっていいだろう。

「ここさ」

守屋が指差したのは、小さなバーだった。横幅は二間程度、ログハウス風の構えをしていて、掲げられた看板も木製だ。拙《つたな》いカタカナで〝バー・モンタナ〟とある。

「キューバ移民の三世が経営《や》ってるんだ」木のドアを押しこみながら、守屋が言う。「この辺じゃ、隠れた名店」

キューバ革命時にアメリカへ亡命した祖父を持ち、時を経《へ》て、マスター本人は日本へ移住したという。

ドアを開くと、軽やかなベルが鳴った。店内は長細く、カウンターのみでテーブルはなかった。客は男性が二人、スラブ系とアフリカ系に見えた。肩を寄せ、使っているのは英語だ。

照明は抑え気味のため、薄暗かった。磨《みが》き上げられたカウンターが光沢を放つ。全体にブラウンな印象だった。

マスターだろう。カウンター内では、ラテン系の男が一人。四十代後半か、無言でグラスをステアしている。タータンチェックのベストに白いシャツ、下は黒いスラックスだ。

カウンターの奥、天井の隅にモニターがある。映画を流しているようだ。音声は落とされている。ブライアン・デ・パルマ監督の『スカーフェイス』、主演はアル・パチーノ。キューバ移民が、ドラッグと暴力でアメリカンドリームを目指す話だ。

「いつもリピートで流してるのさ、あの映画」

守屋の説明に、恭弥はバーの名に思い至った。主人公の名が〝モンタナ〟だ。

一番奥の席へ進んだ。ストゥールに腰を下ろし、守屋が英語で注文する。マスターは、日本語が得意ではないそうだ。

「ここのモヒートは、ダークラムを使うんだ」

守屋が続ける。ホワイトラムのレシピが一般的らしい。

「この店じゃ、ダークモヒートって呼ばれてる。マスターのオリジナルさ。本場のキューバはどうなってるのか、おれも知らないけど」

ペーパーコースターの上に、グラスが二つ置かれた。琥珀《こはく》色の液体に、緑のミントと氷が浮かぶ。恭弥が今までに呑んだモヒートは、すべて液体が無色だった。

乾杯し、グラスを口に運ぶ。甘さは抑えられ、風味が強く、ミントの爽快さも感じる。

呑みごたえがあった。出された小皿には、ドライフルーツが盛られている。

「どうだ？」

「美味《うま》い」

「だろ」守屋が笑う。「割り屋は嘘を言わないのさ」


「絶対に落とせる方法なんてないさ」守屋は言う。「マル被《ひ》の生育環境に性格、置かれてる状況もまるで違う。〝こうやれば、必ず割れる〟なんて、神の啓示に等しい」

恭弥は予定が合えば守屋と会うようになった。主に週末、金曜か土曜の夜だ。不規則な守屋に、ほぼ定時上がりの恭弥が合わせる形だった。場所は常にバー・モンタナ、カウンターにはモヒートとドライフルーツが並ぶ。

同期会後は、近況報告程度に終わった。二度目は違った。

翌週の金曜、恭弥は取調べのコツを訊《き》いた。具体的な個別事案には触《ふ》れなかったが、突っこんだ話題ではあった。店内にはマスターはじめ、客にも日本語の達者《たっしゃ》な者がいない。

「あえて言えば、〝ラポール形成〟かな」

怪訝な表情の恭弥に、守屋は説明を続けた。

「〝ラポール〟はフランス語、橋を架《か》けるという意味だ。心理学用語の一つでね。取調官と被疑者間における信頼関係の構築を言うのさ。警察学校で習ったろ」

「使わないから、忘れてた」

「自白は、マル被にとっては不利なことを喋《しゃべ》らせるわけだから。反感を持たれたら上手《うま》くいかない。信頼されることが重要になるんだよ」

「そのコツは？」

「これさ」

守屋は、恭弥の右側にいる。カウンターの一番奥だった。身体を開いて向き直り、自身の姿を見せてくる。今日はダークグレーのスーツだ。高級ではないが、清潔感がある。髪形も同様だ。

「〝人は見た目が九割〟なんて言うだろ。あれは正解だ。相手に不快感を与えないことが、第一歩さ。あとは話し方。ゆっくりと穏やかに低い声を出す。そんなちょっとした事柄が、信頼を得るきっかけになるのさ」

取調べについては監督対象行為が定められ、六類型が禁止されている。身体接触、有形力行使、不安や困惑を煽《あお》る、一定の姿勢や動作の要求、便宜《べんぎ》供与や約束、尊厳を害する言動がこれに当たる。

取調べの可視化、いわゆる録音や録画も義務化された。状況は厳しさを増す一方だ。そうした中、〝割り屋の守屋〟こと取調室のエースはどう対応しているのか。同期でなくとも、捜査員なら気になるところだった。

「あとは、相手の話を聴くことだな」

恭弥の視線に気づいたか。苦笑を浮かべて、守屋がつけ足す。

「いや。当たり前だと思うかもしれないけど、はぐらかしてるわけじゃないんだ。捜査員同士とはいえ、捜査畑と取調べ屋。お前が猟犬なら、おれは番犬といったところかな。同じ県警の犬でも役割が違う。取調べのコツなんか隠しても仕方がない」

守屋はモヒートを呷《あお》る。互いに二杯目だ。

「マル被自身に興味を持ち、耳を傾ける。共感と傾聴《けいちょう》。それが割らせるコツさ」

代わりに、恭弥は自身について語ることとなった。守屋の割り方を、身をもって実践された形だった。

過去に捜査員として携《たずさ》わった事案はもちろん、少年期に巻きこまれた連続女性殺人事件――〝ビスク事件〟まで。恭弥の同級生も犠牲となり、中学時代に裁判で証言したこと、そのころから始まった心身の不調に関しても話した。

頭痛、微熱、倦怠感《けんたいかん》、眩暈《めまい》、難聴など。心療内科医にかかり始め、身体表現性障害と診断された。精神安定剤――抗不安薬の服用を同期に話したのは、初めてのことだった。

生まれ持った気質HSP（Highly Sensitive Person）についても説明した。音、匂い、光、人の表情、物の配置等を敏感に感じる。悪感情も含めて。

五人に一人といわれているが、恭弥の場合、HSS（High Sensation Seeking）を併《あわ》せ持つ。正反対の気質を兼ね備える、いわゆるHSS型HSP。繊細でありつつ、本来苦手なはずの刺激やリスクも求めていく。警察官を目指した要因とも考えられた。

守屋の過去も聞き出そうとしたが、巧妙《こうみょう》にはぐらかされた。インタビュアーとしての腕が違う。ちなみに、アメリカでは取調べを〝インタビュー〟と表現する。

守屋と数回会ったのち、不思議なことが起こった。心身の不調が軽くなった。

デパス——抗不安薬の量を〇・五ミリから〇・二五ミリに減らしてみたい。恭弥は告げた。心療内科医には以前から提案されていた。徐々に慣らすべきだ。急激に止《や》めると、心身への負担が大きい。無理なら戻せばいい。

仕事への影響等を考え躊躇していたが、行なうことに決めた。含有量が変わり、白かった錠剤が朱鷺《とき》色になった。

十日前——直近で会った土曜は、守屋の都合で開始が遅れた。

「どうやったらマル被の嘘が分かるんだ？」

恭弥の質問に、守屋はモヒートのグラスを止めた。少し考え、口を開いた。いつもより表情が暗いとは感じていた。

「あくまで学説だけど」守屋は説明する。「嘘を吐く人間の話し方には、一九種類のサインが現われると言われてる。仕種には一〇種類。ほかにもいろいろな特徴を示すらしい。

ちなみに人間の動作で、もっとも信頼できるのが自律神経信号、できないのが言語だそうだ」

「それと分かる反応があるんだな」

「過信するのは、失敗の因《もと》だ。そういう傾向があるというだけさ。口ぶりや動きだけで嘘が見抜けるんなら、誰も苦労はしない。ポリグラフも必要なくなる。あくまで参考だよ」

「なら、どうやってマル被の〝あり〟〝なし〟を見分けてる?」

「そんなものはないさ」

守屋がモヒートを呷る。三杯目が空になる。

「割り屋の仕事はな、恭弥。機動隊の狙撃手と同じなんだよ。あいつが犯人だから撃て。指示されれば、確実に撃つ。狙撃対象を撃つべきか否か、判断するのはそいつの仕事じゃない。それと同じだ。こいつが犯人だから落とせ。言われれば、おれは割らせる。それだけだ」

空いたグラスを掲げ、守屋が追加を注文する。空《から》の小皿にドライフルーツを盛り、マスターはグラスを受け取る。

自虐的な口調が気がかりだった。いつも温厚かつ冷静沈着な守屋には珍しいことだ。

その後、二週間近く守屋とは連絡を取っていなかった。

11：57

「その後は、電話やメールなども一切？」

「来てない」

　青井の問いに、恭弥はありのままを答えた。黙秘する必要すらない。何を隠せばいいのかさえ分からなかった。

「うーん」カーディガン姿の監察官は腕組みした。「今のお話では、守屋さんの行方はおろか、姿をくらます兆候さえ感じられませんねえ。あえて言うなら、最後にお会いになったときでしょうか。少し様子がおかしかったという」

「守屋も人間だ。機嫌が悪いときくらいあるさ」

「それは、そうでしょうが」

　青井が机の上を片づけ始める。恭弥は続けた。

「訊きたいことがある。忙しい中を協力したんだ。少しぐらいこっちの質問に答えても、罰《ばち》は当たらないだろ」

「何のためです？」

「同期の心配しちゃ悪いか」

「はあ」大げさに息を吐き、青井は座り直した。「どうぞ。お答えできるかどうかは分かりませんが」

「守屋とは本当に連絡が取れないのか。まったく誰も」

「そう把握しています」

「装備類はどうしてる？　手帳や手錠、それこそ拳銃は？」

「保管されたままです」

「ってことは、勤務中に消えたわけじゃないんだよな。単なる無断欠勤。奴も一人暮らしだったはずだ。具合でも悪くして、病院に担《かつ》ぎこまれてるのかも知れない。監察官室が動くのは、早計《そうけい》だと思うんだが」

「首席の指示です」

首席監察官——半倉。守屋の失踪には、何か裏があるのか。

「理由は聞かされていませんよ」青井は首を揉《も》む。「先にお答えしておきますが。そうだ、これを確認しておけって言われてたんですよ。小暮陽仁《こぐれあきひと》って弁護士、ご存知ですか」

「冤罪《えんざい》専門の先生だろ。黄金町《こがねちょう》で開業してる。県警の捜査員で知らない奴はいないはずだ」

小暮陽仁は、法曹界では有名な人物だった。冤罪弁護士との異名を取る。有罪率九九・九％と言われる日本の裁判で、一六件の無罪を獲得している。日本記録並みといえる多さらしい。

「その小暮先生を守屋さんが訪問してたらしいんですよ。何か聞いてないですか」

「いや」初耳だった。

「訪問の理由に心当たりは？」

ないと答えた。守屋の口から、小暮の名を聞いたことはなかった。青井の表情を見る。納得したかは判別できなかった。

「そうですか」今度こそ、机の上を片づけ始める。「何か思い当たることがありましたら、お知らせください。こちらからも連絡させていただくでしょうが、そのときはご協力を」

14：13

「はい、これお土産《みやげ》」保土ケ谷署に戻った恭弥は、小さな紙箱を村島に渡した。「皆に配ってくれ。迷惑かけたからな」

中には、人数分のレアチーズケーキが入っている。大泉推薦の店で買ってきた。礼を言って、村島は受け取った。機嫌が直ってくれればいいが。

「さあ。営業終了まで店番するか」

恭弥は窓口に座った。ローテーションをいじった関係で、最後まで窓口対応となる。

寒さは治まっていない。帰途《きと》は身を竦《すく》めて歩くこととなった。相談窓口も閑散《かんさん》としている。好都合だった。

恭弥は〝八〇五〇殺人〟について調べ始めた。県警内部の捜査情報には近づけない。佐久や衛藤《えとう》、以前同じ係だった者に署内LANで依頼する。

「〝八〇五〇殺人〟について、知っていることを教えて欲しい。守屋失踪に関係ある模様。周囲には他言無用のこと」

衛藤は現在も捜査第一課特殊犯捜査第一係にいる。多少の情報は入っているはずだ。回答を待つ間、公開済みの事柄をネット検索する。マスコミ報道から当たっていった。

〝八〇五〇殺人〟は、一〇月六日木曜日の深夜に起こった。暦《こよみ》と連動しない夏の暑さが収まり、短い秋の気配を感じるころだった。

横浜市旭《あさひ》区万騎《まき》が原《はら》にある瀬田延行《せたのぶゆき》宅から火災が発生。二三時一七分に近所の住人から通報があった。

消防隊の消火活動により一時間程度で鎮火した。木造二階建て床面積一一二㎡のうち、約六五㎡を焼失。半焼状態だった。

捜索の結果、住宅内から男女二名の死体が発見された。身元は世帯主の延行、妻の舞子《まいこ》と分かった。

延行は無職の八十二歳、広島県広島市《ひろしま》の出身。大手電機メーカーで、主に営業を担当していた。退職時は部長で、年収は一千二百万を超えていたという。職場など周囲の評価は、いわゆる〝モーレツ社員〟だったとのこと。

当該住宅は八〇年代半《なか》ば、建売分譲されたものだ。価格は、一億円を軽く超えたはずといわれている。

妻の舞子は八十歳、やはり無職だった。横浜市西区《にし》出身で、元は司法書士事務所の事務員をしていた。友人の紹介で延行と知り合い結婚、その後は専業主婦となった。

延行と舞子には一男一女がある。長男の宜之《よしゆき》は五十三歳、無職。実家で八十代の両親と暮らしていた。二十代のころから、ひきこもり生活を続けてきたという。

宜之は公立の小中学校を卒業後、東京の私立大学に進学。成績は良く、幼少期からずっと優等生との評判だった。

都内の広告代理店に入社するも、心身の不調を理由に退社。以降三〇年近くひきこもりの状態となった。五十代の長男を、八十代の両親が養う。典型的な八〇五〇世帯だった。

長女となる宜之の妹は、結婚し実家を出ていた。報道では名前が伏せられている。

両親が死亡したのに対し、宜之は無事だった。髪は焦《こ》げ、衣服は煤《すす》けていたが、負傷は軽い火傷《やけど》程度。火災の規模からすれば、ほぼ無傷といっていい。自力で脱出、自宅の庭に座りこんでいたところを救助されている。

マスコミ報道のみで、ほぼ家族関係等は把握できた。予断を避けるため、捜査に関する事柄は佐久と衛藤の連絡を待つことにした。

「何見てるんですか」

話しかけてきたのは、村島だった。若干、表情が明るく見えた。

「開店休業中だからさ。〝八〇五〇殺人〟について見てた」

「そうですか。あ、ケーキありがとうございました。好きなんです、レアチーズ」

知っていた。佐久からの情報だ。〝地獄耳〟に感謝だった。

窓口は座ると、目の高さに受付台がある。胸の前は作業スペースとなっている。パソコンも、そこに置いてある。

パソコン横のスマートフォンが震えた。衛藤からだ。

「ちょっと、ここ頼む。本部から連絡が入った」

村島に告げ、恭弥はスマートフォンを手に立ち上がった。廊下へと向かう。

「おう。剣崎、元気か」

電話に出ると、衛藤のだみ声が耳を衝《つ》いた。

「ちゃんと県民の声に耳を傾けてるか。おれたちのお給料は、皆様の血税で賄《まかな》われてるんだ。心してかかれよ」

「うるせえよ、旦那《だんな》。それより、お願いした件は」

「それなんだがな――」

火災発生及び鎮火直後から消防の見解も含め、放火の疑いは濃厚だった。県警本部は旭署に特別捜査本部を設置。事件または事故双方を視野に入れ、捜査を開始した。

瀬田夫妻の遺体は司法解剖に回された。結果、死因は両名とも一酸化炭素中毒によるものと診断された。

「ほかに外傷はなかったわけ？」

「ない」恭弥の問いに、衛藤は答えた。「遺体は全身に火傷があったが、直接の死因ではないそうだ。人間の身体は高熱を浴《あ》びるとな、血管内の血液が沸騰して噴出する。それを〝離開《りかい》〟と呼ぶそうだ。焼死体にはよくある現象らしいんだが、それもなかった」

「つまり、焼ける前に亡くなった」

「そうだ。夫妻の遺体は発見時、布団に入ったままだった。就寝したまま亡くなったと見られている。練炭《れんたん》自殺なんかといっしょだな。一酸化炭素は無味無臭、色もないのに毒性だけが強いときてる。苦しまずに済んだのなら、わずかな救いだが」

「長男の宣之を逮捕した経緯は？」

「特別捜査本部《トクソウ》は早い段階で、長男が怪しいと睨《にら》んでた。で、徹底した地取りを行なった」

地取りは、周辺住民に対する聞き込みが中心となった。事件当日、宣之が両親と諍《いさか》いになっていた旨《むね》、証言が取れた。近隣一帯に響き渡るほどの言い争いであったという。

「それが決め手?」

「ほかにもある。宜之は、いわゆる〝火事ぶれ〟をしていなかった」

〝火事ぶれ〟は「火事だ!」と叫ぶなど、近隣に火災発生を伝える行動をいう。

「瀬田宜之は、そういった動きを一切見せてなかったらしい」衛藤が続ける。「ただ、庭で呆然と腰抜かしてただけだ。一一九番通報も近所の住民がしたわけだし」

「それにしても弱くない? よく裁判所が逮捕状発付《フダはつぷ》したね」

「出すわけねえだろ。だから、お前の同期が投入されたんじゃねえか」

〝被害者の親族〟として、捜査本部は宜之から事件当夜の状況を聴取した。

出火推定時刻、宜之は泥酔して寝入っていたと主張した。火事により、慌てて目を覚ました。両親は気がかりだったが、家屋内には煙が充満し、大きな火の手も見えた。気が動転し、気がつくと庭にへたりこんでいた。

家庭内の諍い。一人だけ助かったこと。捜査本部は両親の殺害を狙った放火、または拡大自殺との心証を強めた。

現場は徹底的に浚《さら》われていたが、物証は極度に少ない。捜査本部は、取調官に守屋投入を決定。宜之に参考人として、任意の出頭を依頼した。

この時点においても、被疑者ではなく被害者の息子というスタンスを、県警は保つ必要があった。〝割り屋の守屋〟とはいえ、苦しいスタートといえた。

　任意出頭の参考人しかも被害者親族に対し、長時間の取調べは不可。守屋は短期決戦を強《し》いられることとなった。

「さすが、〝割り屋の守屋〟だよな。完全否認から、あっさり〝完落ち〟させるとは」

　衛藤は感心したように言う。予想に反して、瀬田宣之はわずか三時間ほどで供述を翻《ひるがえ》し、全面的に犯行を認めた。捜査本部は身柄を確保し、被疑者として本格的な取調べに踏み切った。

　事件発生から三日後、殺人及び現住建造物等放火の容疑で瀬田宣之を通常逮捕した。恭弥は衛藤に、現在の状況を確認した。

「県警からは送致済み。検察の取調べも終了のうえ、起訴してる。マル被は、横浜拘置支所で裁判を待つ身さ」

　日本の一般的な公判日程では、起訴から二カ月ほどで裁判となる事例が多い。瀬田の事案も早ければ、年内には第一審が開かれる。

「ありがとう。助かったよ」

　恭弥の言葉に、衛藤が続ける。

「火災発生時には、機動捜査隊《キソウ》の秋元《あきもと》が臨場したはずだ。自白後の引き当たりには、今宮《いまみや》も同行してる。何かあるなら、訊いてみろ。話は通しといてやる」

佐久、衛藤、秋元、今宮は恭弥と捜査第一課で同じ強行犯捜査第七係だった。

「〝八〇五〇〟が、守屋の件と関係してるのか」

「まだ分からない」衛藤の問いに、恭弥は答えた。「ただ、監察官室もその辺には注目してるみたいだ」

「何にしても、一週間も音沙汰《おとさた》なしってのは尋常じゃねえ。せっかく取調室のエースなんて呼ばれてるのによ、キャリアも水の泡だぜ。できることなら、何とかしてやらねえとな」

再度礼を言い、恭弥は電話を切った。

その後、佐久からも連絡が入った。こちらは署内ＬＡＮのメールだった。内容は衛藤の言《げん》と同じ、捜査の進捗状況に間違いはないようだ。

メールを読み終えたころ、佐久から内線で連絡があった。

「ごめんよ。ちょうど上から言われた急ぎの仕事が入ってたからさ、電話できなくて。守屋ちゃん絡みかい？　〝八〇五〇〟が」

「はい。監察官室も、その方向で動いているようでして」

「まさか、拉致《らち》られたってことはないよねえ」

その可能性も考慮はした。取調室のエースとはいえ、守屋も屈強な捜査員だ。身体能力も高い。何の形跡も残さず拉致されるとは考えにくい。

「そうか。どうだい、恭さん。今夜、一杯？」

「すみません。ちょっと寄るところがあるので」

残念がる佐久をなだめ、内線を置いた。

事案における一連の流れに、不審な点はなさそうだ。強《し》いて言えば難事件と見られたものが、あっさりと解決したことだが、守屋に何があったのか。

このままにはできない。分かっている線を追うしかなかった。

18：04

恭弥は保土ケ谷署を出た。ほほえみ相談窓口は一七時一五分で閉まる。多少の事後処理を経て、一八時には退庁できる。

雪は止み、濡れた路面だけが残されていた。空は暮れているが、雲は少し晴れたようだ。

弁護士の小暮陽仁を訪問することにしていた。守屋に関して、何か分かるかも知れない。事務所に連絡し、事務員経由でアポを取ってあった。

小暮が所属するのは、黄金町法律事務所という。事前にＨＰ《ホームページ》へ目を通しておいた。一九六九年創立、一九名の弁護士と八名の事務員がいる。総勢二七名を擁《よう》するが、恭弥には大規模かどうかの判別はつきかねた。

事務所の主業務は刑事事件ではなく、各種民事訴訟となっていた。労働問題——解雇や退職、賃金、残業代の労働事件などを多く手がける。ほかにも破産、相続や離婚等の法律相談も扱っている。

聞いた話だが、法曹界では民事専門の弁護士が大多数を占《し》める。刑事事件を引き受ける際も、罪は認めたうえで処分を問う〝情状弁護〟が主流とのことだ。被疑者が否認し、無罪判決を目指す〝否認事件〟はごく少ないらしい。

各弁護士のプロフィールもあり、小暮は一九九五年の弁護士登録以来、同事務所に勤務してきた。もっと若手もいれば、年嵩の弁護士も所属している。中堅からベテランの部類に入るだろう。今どき珍しく、顔写真の掲載はない。

恭弥は、星川《ほしかわ》駅から相鉄《そうてつ》本線に乗った。横浜駅で京急《けいきゅう》本線に乗り換え、黄金町駅を目指す。帰宅ラッシュのため、電車内は混雑していた。暖房の効果もあり、汗ばむほどだった。

黄金町法律事務所は、中区前里町《まえさとちょう》一丁目にある。黄金町駅から目と鼻の先だ。位置は確認してあった。街中を少し入りこんだところになる。

帰宅中の人々とともに、歩を進める。寒さは少し和《やわ》らいだようだ。暮れた通りに、街の灯《あか》りが眩《まぶ》しい。

目指す建物は古びた鉄筋コンクリート造三階建て、事務所創設以来この場所にある。元は賃貸だったが、バブル期に買い取り、現在は自社ビルとなっている。打ちっ放しの壁面が雨で苔《こけ》むしていた。

一車線道路に面した玄関ドアが見えた。手動で、金属の枠を持つ重いガラス製だった。鍵がかかっていたため、中を覗きこむ。勤務時間が終了したか、受付に人影はない。デスクの上には、受付時間と裏口へのルートを書いたプレートが掲げられていた。

ビル横の狭い路地を抜け、裏口へ回る。入ってすぐの窓口に守衛がいた。五十前後の男性だった。外部委託らしく、全国的に有名な警備会社の制服を着ている。

一応、プライベートでの訪問という形になる。警察手帳は持ち出せないため、名刺で身分を告げた。

「刑事さんですね、はいはい。守衛は離席できない決まりなので、お一人で小暮先生のところまでお願いできますか。二階にいらっしゃるはずなので」

守衛は快活に答えた。恭弥は窓口から進み、正面の階段を上っていく。エレベーターは設置されていないようだ。

階段の蛍光灯は消されていて薄暗い。踊り場の階数表示だけが、唯一の灯りだった。石造りの階段は冷たく、木製の手摺《てす》りは随所でニスが剝《は》げている。

「すみません」

階段を上り切ったところで、恭弥は声をかけた。反応はない。期待もしていなかった。黙って立ち入るのは、気が引けただけだ。

廊下は右手が窓、左側が事務所となっている。蛍光灯は点《とも》っておらず、階段と同じく薄暗かった。数歩進むとトイレがあり、男性が一人掃除をしていた。四十代後半から五十代に見え、上下作業服姿だった。長靴を履き中肉中背、髪は薄くまばらで白髪混じりだ。清掃も外部委託だろうか。それとも、パートやアルバイトといった臨時職員。ほかに声をかけられる人はいない。

「お仕事中申し訳ありません。小暮先生にお会いしたいんですが」

返事はない。男性は顔も上げなかった。恭弥の声はよく通る。聴覚障害等がなければ、聞こえなかったとは考えにくい。あえて無視しているのか。

男性用小便器を、作業員は一心不乱にブラシで磨《みが》き上げている。〝舐《な》められるほど綺麗にしろ〟なる戯言《ざれごと》を思い起こさせる丁寧な仕事ぶりだった。

埒《らち》が明かない。自分で探した方が早いだろう。少し奥に開いたドアがあり、灯りが漏れ出ている。恭弥は歩を進めた。

背後から、ドアの開く気配がした。ふり返ると、スーツにビジネスコートの男性が出てきた。所属弁護士だろうか、まだ三十前後だ。

「じゃ、小暮先生。例の件片づけて、直帰しますんで」

若手弁護士は、トイレの中に声をかけた。大きなだみ声が返ってくる。

「おう。気をつけてな」

恭弥は、急いで踵を返した。若手弁護士の背中を追うように、トイレの中を覗《のぞ》きこむ。

「小暮先生ですか」

「小暮じゃ悪いか」

冤罪弁護士――小暮陽仁と視線が合った。目つきは悪く、猜疑《さいぎ》心むき出しに見えた。頭というか顔が大きく、大きな鼈甲縁《べっこうぶち》の眼鏡が目立つ。押し出しが強そうだ。

トイレに入ろうとして、恭弥は足を止めた。小暮がタイル張りの床に、ホースで水を撒《ま》いていたからだ。

「県警保土ケ谷署の剣崎といいます。事務員の方に、訪問する旨アポを取らせていただいたと思うのですが」

「聞いてる」視線も上げず、ワイパーで撒いた水を切り始める。「そこで待ってろ。すぐ終わる」

仕上げの段階に入っていたようだ。水を排水口に押しやると、小暮は清掃用具を片づけ始めた。

「こっちだ」

ブラシ類をロッカーに仕舞い、小暮はトイレを出てきた。マットで少し水分を取り、長靴のまま廊下を進む。開いていたドアの中に入っていった。

蛍光灯が強い光を放ち、目を射《い》られた。室内は、パーテーションでいくつかに仕切られていた。ほとんどの弁護士が残って、作業を行なっているようだ。

小暮は、左手の奥へと向かった。区画は広いようだが、書籍やファイルで埋め尽くされ、デスクも紙の山となっている。辛《かろ》うじて、パソコン横にわずかな作業スペースが見えた。

恭弥も整理整頓が得意ではない。捜査畑なら机に座る暇もないため、散らかりもしないが、現在のような事務《デスク》は話が別だ。机に書類を積み上げては、村島辺りのひんしゅくを買う日々だった。親しみをこめて言う。

「お忙しそうですね」

「嫌味か」露骨に眉《まゆ》を寄せる。「そこに座れ」

指差されたのは丸椅子だった。座面が黄緑色で、中央に穴が開いている古いタイプだ。

恭弥は腰を下ろした。ブリーフケースは床に置く。

小暮も、自分の椅子に腰を下ろす。机の上に、円筒形をしたガムの容器があった。一つ摘《つま》んで、口に放りこむ。恭弥に勧《すす》める気配はない。

「弁護士事務所の経営形態にもいろいろあるんだろうが」

小暮が口を開く。怒っているような話しぶりだった。

「ここは共同事務所、一人親方の寄り合い所帯《じょたい》でな。事務所の維持費や、事務員の人件費は各所属弁護士から徴収する分担金で賄ってんだ」

「はあ」曖昧《あいまい》に答えた。言わんとするところがつかめない。

「とにかく刑事、それも冤罪弁護ってのは金にならない。ひでえときは裁判に三年かかって、報酬が六万円だぞ。それ以上払えねえってんだから、しょうがねえだろ。刑事補償制度なんて貧しいもんだしな。刑事補償金、一日いくらか言ってみろ」

「……確か一日千円以上、一万二千円以下」

普段使わない知識なので、思い出すのに時間を要した。被告人の無罪が確定した場合、身体拘束期間に応じて刑事補償金を支払う制度がある。

「その通りだ。無実の人間を犯人扱いした挙句《あげく》、最低賃金にも満たない。元が裕福な被告なら、そこから報酬を貰《もら》えることもあるが、そう旨い話はなくてな」

「国家賠償請求は？」

「国家賠償法による国家賠償請求」腕を組み、鼻から息を抜く。「形だけだ、あんなもん。公務員の不法行為を立証しなきゃならないからな。そこは、警察や検察も必死に抵抗する。よっぽどあからさまな違法行為でない限り、裁判所も簡単には認めちゃくれねえし」

なるほどと恭弥はうなずいた。

「分かるだろ。冤罪弁護は、かかる労力と報酬が見合わねえんだ。死活問題さ。本当は金になる民事を担当したいんだが。〝冤罪弁護士〟なんて評判が独り歩きして、めったに依頼が来ない。一度雪冤《せつえん》に取りかかったら、ほかの案件など手が回らなくなるしな。だから──」

小暮は、自身の長靴に視線を落とした。

「共益費とか分担金の支払いさえままならねえ。延滞続きで借金まみれさ。せめてもの償《つぐな》いに、身体で払ってるってわけだ」

小暮が清掃していた事情は理解できた。

「食い逃げ犯が、皿洗いで弁償するようなもんさ」

小暮は自嘲気味に吐き捨て、軽く舌打ちした。

「幸い、うちの事務所は所属弁護士も多いしな。ほかの連中に支えてもらってる形さ。個人事務所だったら路頭に迷ってるだろう」

「経営は苦しいんですか」

「おれ個人の話だ。事務所は儲《もう》かってるさ。町名なんかつけてやがるから、地域密着の〝町弁《まちべん》〟と勘違いしてる向きも多いが、うちの顧客は大手企業や実業家、裕福な層が多い。おれ以外の弁護士は皆、かなり稼《かせ》いでる」

「先生も、法曹界ではかなりご高名とお伺いしていますが」

「まあ。その評判のおかげで置いてもらってるようなもんだからな。〝一応、冤罪弁護士も抱えてますよ〟ってな。金持ちばっかり相手にして、稼ぎ放題じゃ聞こえが悪い。所長も、そう考えてんだろ。だから、おれ一人好き勝手を赦《ゆる》されてるわけさ」

恭弥は本題に入ることとした。

「守屋彰彦という捜査員が、先生を訪ねたはずですが」

恭弥の問いに、小暮が目を剝《む》く。

「あ？　誰だと？」

「守屋です」根気よく続ける。「先生に相談する県警職員は、そう多くないと思いますが」

「お前」小暮が、恭弥の前に顔を据える。四角い眼鏡の奥で、目が見開かれる。口から、微かにミントの香りがした。「守秘義務って言葉、知ってるか」

「守屋から何らかの依頼を受けたということですか」

「おい。〝おれ様の質問には、謹《つつし》んでお答えするのが国民の義務だ〟ぐらいに思ってやがんだろ。これだから、お巡りは。弁護士甘く見るなよ。警察であっても、訪問した人間の情報を話す気はない。訪ねてきたかどうかも含めてだ。以上！」

「すみません、こちらの話も――」

小暮は無言でデスクに向き直り、パソコンを起《た》ち上げた。何事か作業を始める。何度話しかけても、ふり向く気配はない。恭弥は、仕方なく腰を上げた。

「今日は失礼します。また伺いますので」

オフィスをあとにし、廊下を戻り階段を下りた。守衛の浮かべる薄笑いが気にかかった。結果を予想していたのかも知れない。事務所ビルを出て、恭弥は呟《つぶや》いた。

「なかなか、強烈な御仁《ごじん》だ」

第二章　一二月一五日　水曜日

9：17

引き続き寒い朝だった。空は晴れ渡っていたが、放射冷却の影響らしい。昨日の粉雪とは、寒気が違う種類に感じられた。

ほほえみ相談窓口も昨日同様、閑散《かんさん》としている。寒さを堪《こら》えてまで、訴えたいクレームはないようだ。

この機に乗じて、恭弥は守屋のことを調べた。今日は、県警本部内を探ることとする。窓口対応時は動けない。事務処理当番が回ってきた際、折りを見て連絡していく。

同期の伝手《つて》があればいいが、内密に動いてくれそうな人間は限られる。その中の一人、サイバー犯罪捜査課の大泉に連絡した。

「守屋が無断欠勤してる件、知ってるか」

極力ソフトな表現を心がけ、〝失踪〟なる単語は使わなかった。

「ああ」大泉が答える。「噂《うわさ》ぐらいでは」

「監察も動いてる。同期とかで何か知ってる奴いないか、当たってくれると助かる。お前の方が顔も広いだろうし」

大泉も人づきあいのいい方ではないが、恭弥よりはましだろう。

「それはいいけど」

「人は厳選してくれ。口の軽い奴はノーサンキューだ。守屋について、おかしな噂を広められたくないし」

ほかにも数人、信頼できそうな奴に連絡した。タイミングによって、電話と庁内ＬＡＮを使い分けた。特に相棒の村島など、窓口の係員から怪しまれることはなかった。

県警本部の捜査第一課にも当たってみる。守屋の上司となる田中一郎《たなかいちろう》に電話した。田中は捜査第一課強行犯捜査第二係長、五十一歳の警部だった。色黒で頑強、さほど目立つ感はなく、上司には従順で可もなく不可もない印象だ。恭弥とは会えば挨拶《あいさつ》する程度の間柄だった。

「田中係長。保土ケ谷署の剣崎です。ご無沙汰《ぶさた》してます」

「ああ。どうも、元気？」

「おかげ様で。守屋の件なんですが」

「うん。心配かけてるかな。ごめんよ」

いろいろ問うが暖簾《のれん》に腕押し、確かな反応はなかった。言質《げんち》を取らせない。公務員としては優秀な反応といえた。部下が行方不明になっている上司の態度としてはともかく。

「分かりました。これからもよろしくお願いします」

「いや。こちらこそ、よろしくね」

早々に電話は切られた。恭弥としても手は尽きていた。当面は窓口業務に専念するほかなかった。

11：01

「係長、本部からお客さんです」

村島の声に、恭弥は顔を上げた。窓口当番を終え、事務作業《デスク》に着いたところだった。

「誰？」

「捜査第一課の藤吉《ふじよし》課長代理です」

藤吉将史《まさし》は四十八歳、警視だ。課長代理は、課内の各係を所管する。彼のラインには、守屋が所属する強行犯捜査第二係があった。

恭弥自身は、藤吉のラインに属したことはない。顔と名前を知っている程度だ。署の一階奥にある応接セットで待たせているという。

向かうと、藤吉がソファにいた。腰を下ろしていても、長身瘦軀《そうく》だと分かる。整った顔立ちは知的な雰囲気を纏《まと》わせていて、守屋に似た印象だった。薄いグレーのスーツが持つ清潔感も近しいものがある。

捜査員としての優秀さはもちろん、人情味もあるとの評判だった。捜査第一課にいたころ、恭弥も聞いたことがある。上層部だけでなく、同僚や部下からの信頼も厚い。村島が淹《い》れたのか、前に紙コップ入りのコーヒーが置かれていた。近づき、声をかけた。

「お久しぶりです」

「ああ。悪いね、忙しいところ」

藤吉が顔を向けてくる。恭弥は向かい側に腰を下ろした。

「守屋の件で、田中くんに連絡したんだろ」

田中が報告したか。恭弥は素直に認めた。

「はい。嫌な噂を耳にしましたので。監察官室も注目していますし」

「らしいね」藤吉が顎《あご》を撫《な》でる。綺麗に剃り上げられていた。「剣崎くんは、何か思い当たるところはある？」

「ありませんね」

「そうなんだ」

軽くうなずき、藤吉は目を上げた。鋭《するど》い視線だった。続けて言う。

「気持ちはありがたいんだが。少し動きを控えてもらえると助かる」

「どういうことですか」

恭弥は視線を合わせた。

「守屋は最近、何かに悩んでいたようでね」

藤吉の表情に変化はない。冷静沈着にして温厚。

「何に悩んでいたんでしょうか」

「あまり事を大きくしたくないんだ」

恭弥の問いに対する回答はなかった。そのまま続ける。

「心配してくれるのはありがたいんだが、守屋が職場に戻りづらくなっては、元も子もない。今後のキャリアにも影響しかねない繊細な問題だしね。むやみに捜し出そうとするのは控えてもらいたい。この件は誰に相談したのかな」

藤吉は微笑さえ浮かべている。少し考え、答えた。

「数人だけです。信用できる連中を選んで」

「そうか」軽くうなずく。「昨夜は、弁護士の小暮先生も訪ねているね」

どうして知っているのか。お前の行動は把握しているという警告にも聞こえた。

「ええ。監察から話が出たものですから」

「それも含めて、こちらで慎重に対応している。気持ちは分かるが、ちょっと抑えて静観してもらえるといいんだが。守屋にとっても、悪いようにはしないつもりだ」

「そうですか」

ここは引いた方がいい。恭弥の中で、アラームが鳴った。

「了解です。何か分かりましたら、ご連絡いただけますか」

「もちろん」藤吉の笑みが大きくなる。「君から、同期の皆にもよろしく伝えておいてくれ」

恭弥の動きはすべて知られているようだった。

「あ、このコーヒー美味《うま》かった。あの若い女性にもよろしく」

腰を上げ、コートを取り、藤吉は軽やかに去った。恭弥は一礼して見送った。

11：46

「守屋と藤吉の関係って、どうなってるんです？」

「一言で言えば、師弟かな」

トイレに行くふりをして、恭弥は刑事課の佐久を訪ねた。佐久は書類作成の手を休めて、対応してくれた。

「有名な話だよ。知らないかい、恭さん」

「噂程度なら、微かに」

守屋と親しくなったのはここ一カ月ほどのこと、藤吉にまで着目することはなかった。

「藤吉くんも取調べのプロだからね」

藤吉は佐久の数年後輩に当たる。新人時代から知っているとのことだ。

「彼自身も若いころから〝割り屋〟だよ。だから、守屋ちゃんの才能を見抜いて、目をかけてきたって話さ。取調べの師匠と言っていいと思うよ。本人の口から聞いたことないかい」

　思い返してみるが、藤吉の話は聞いたことがない。

「守屋ちゃんは、ほぼ身寄りがないだろ」佐久が続ける。「藤吉くんが一種、県警内での後ろ盾《だて》みたいになってたんじゃないかな。もっとも最近は、弟子が師匠を超えたなんて評判だったみたいだけどさ」

　二人の関係は師弟に近いという。なら、守屋が話題を避けた理由は何か。恭弥を制するような藤吉の言動は。

　藤吉の家庭についても、佐久から聞かされた。川崎《かわさき》市の出身で、両親は離婚。父親は町工場に勤務していたが、認知症となり現在は重度の要介護状態らしい。

「藤吉くんは動くなって言ってるんだろ。どうするんだい。逆に動きたくなっちゃうかな、恭さんは」

佐久が問う。表情は明るくも真剣だった。

「そんな意地悪言わないで下さいよ。放ってもおけませんしね」恭弥は答えた。「まぁ事を荒立てない範囲で、様子を見てみますよ。何かあったら、また教えてください」

恭弥は腰を上げた。廊下を戻りながら、軽い頭痛を感じた。途中の給湯室で、〇・二五ミリに減らした抗不安薬《デパス》を服用する。

気がかりなことがあれば、薬の量も増える。守屋を捜すのは、自分のためでもあった。

恭弥は相談窓口に戻った。最後の来訪者が帰り、当番を交代する。

昼食どきが近いためか、客足は途絶えていた。恭弥は弁護士の小暮について検索してみた。

簡単に、さまざまな情報へアクセスできた。思った以上に冤罪方面では有名な人物のようだ。TV番組で特集され、自著ではないが書籍も出版されている。

活動は神奈川県内に限らず、関東一円から全国に広がりを見せている。古いものでは四国、松山《まつやま》地裁での記録もあった。

簡単な経歴も載っていた。横浜市南《みなみ》区出身。大学卒業を待たず、司法試験に合格。現在の法律事務所に採用された。民事主体の方針に反して刑事事件に注力し、いつしか〝冤罪弁護士〟と呼ばれるまでになっていった。

「何を見てるんですか」

隣から村島が声をかけてきた。恭弥はブラウザ画面を切り替えた。

「暇つぶしさ」

「最近、集中してないですよね」

「客の呼びこみでもしてこようか」

鼻を鳴らして、村島は前を向いた。高齢の女性が入ってくるところだった。

18：11

特に混雑や難しい案件もなく、窓口は定時で終了した。恭弥は再度、黄金町法律事務所を訪れた。同じ要領で、ビルの階段を上がっていく。

昨日同様、小暮はトイレ掃除を行なっていた。恭弥はコートと上着を脱ぎ、ネクタイも外した。まとめて、ブリーフケースごと廊下に置く。Yシャツの袖《そで》もまくり上げた。足は元々、黒いスニーカーだ。トイレ内に入っていく。

「手伝います」

背後から話しかけ、用具入れに向かった。余っているブラシを手に取る。

「何だ、お前！」

小暮の大きな声は、怒声《どせい》に近い。見ると、眼鏡の奥で目を剝《む》いている。

「ここは、まだですよね」

恭弥は、隣の小便器を掃除し始めた。

「何のごますりだ、おい！」

狭いトイレに大きな声が響く。

「耳が痛いですよ」恭弥は言う。「掃除中は静かにって、小学校で習いませんでした？」

大げさに、小暮が息を吐き捨てた。二人で、便器を磨き上げていく。

「邪魔だ、どけ！」

小暮が悪態を吐く。小便器が終われば大便器、床へと移行していった。トイレ内にまでは暖房もなく冷える。吐く息も白いが、身体を動かしていれば気にならない。女性用も同じ手順で仕上げていく。

諦めたか、小暮は無言になっていった。無視されているようだ。恭弥にとっても、ここまで黙々とした作業は久しぶりだった。

続いて、小暮は廊下の清掃を始めた。恭弥もあとに続く。

トイレと変わらず、廊下も寒かった。階段と同じく大理石のタイル張りだ。乾いたモップで埃《ほこり》を取り、濡らしたモップで磨き上げる。仕上げに、先端に雑巾《ぞうきん》をつけた棒で水気を取る。

「この廊下はよく滑るんだ。水気は丹念に取っとけよ」

観念したか、小暮から指示が出るようになった。廊下の清掃を終え、オフィス内へ移動する。水拭きはせず、モップで埃を取るだけだ。多くの弁護士が仕事中だった。縫《ぬ》うように掃除していく。続いて、各パーテーション内のゴミ箱を浚《さら》い始めた。

「中身、チェックしろよ。たまに、大事なモン捨ててる馬鹿がいるからな」

小暮の言葉に、仕事中だった若手弁護士が苦笑する。

二階の清掃を終えた。三階はすでに済ませてあり、一階は受付担当の事務員が毎朝行なっているそうだ。

「お疲れ様でした。今日は、これで失礼します」

廊下に置いてあった荷物を取り、恭弥はオフィスに戻った。デスクについた小暮へ一礼し、踵《きびす》を返す。

「おい、待て」

背後からの声に足を止める。恭弥はふり返った。

「タダ働きさせる趣味はない。ボランティアも受けつけてないしな。現物支給でいいか」

「はあ」発言の意図が汲《く》み取れない。

「支度するから、少し時間をくれ」

20：26

小暮に連れて行かれたのは、小さな居酒屋だった。大岡川《おおおかがわ》の畔《ほとり》、飲食店が立ち並ぶ一角にある。住所表記には中区末吉町《すえよしちょう》二丁目と見えた。

古びた外観をしていて、戦後のバラックをDIYで改修した感じだ。近くで見ると、使われている素材が比較的新しいことに気づく。掲《かか》げられた暖簾《のれん》には、藍《あい》染めに白く〝ビストロ大岡川〟の文字が躍《おど》る。

横開きの戸を小暮が開く。名前に反して、中の雰囲気は典型的な小料理屋だ。内装の雰囲気も外観と似ているが、清潔な感じがした。

「先生、いらっしゃい！　あら珍しい、お連れさんもごいっしょ？」

カウンターの中から、威勢のいい声が上がった。割烹着《かっぽうぎ》を身につけた六十代の女性がいた。隣では、やはり同年代の男性が俎板《まないた》に向かっている。濃紺に染めた七分袖の甚平《じんべい》を着て、包丁捌《さば》きに余念がない。小暮も負けない声を出す。

「奥のテーブル、いいかい？」

店内は向かって左側がカウンター、右にテーブルが四脚並ぶ。奥には座敷もあるようだ。かなり混雑しているが、小暮が示した席は空いていた、どうぞとの返答だった。

「ここは、あの二人が夫婦でやっててな」進みながら、小暮が言う。「値段は安いが、味はいいと評判だ。おれも若いころは多少洒落《しゃれ》た店にも行ってたが、最近はこの手の感じじゃないと落ち着かん」

奥の席に、向かい合って腰を落ち着けた。小暮がカウンターに声をかける。

「お母さん、おれのボトル。あとは、いつものお任せ二人分」

「はいよ」

ボトルにグラス、スライスされたレモンとポットが出てきた。お湯割りにするらしい。九州産のむぎ焼酎で、よく見かける大衆的な酒だった。突き出しは揚げ出し豆腐だ。

「弁護士は、バスローブにブランデーだと思ったか」

「いえ、そんなことは」

嫌味な口調に、首を横に振る。

「始めよう。そのうち料理も来る」

酒は恭弥が作った。湯の割合が多い、レモンごとかき混ぜるな。小暮の注文は細かかった。何とか完成させ、乾杯した。

無言で呑《の》むうち、女将《おかみ》が小さな鍋を運んできた。薄い出汁《だし》が煮立っている。皿には魚の刺身、白菜や春菊といった野菜に豆腐が並ぶ。小葱や紅葉《もみじ》おろしの薬味もある。小鉢には、ポン酢しょう油が注がれていた。

「鰤《ぶり》しゃぶだ」小暮が言う。湯気の向こうで、顔が微《かす》かに赤い。「この店では割と高額なメニューだが。おれは呑んでるとき、あまり食べないんでな。店に申し訳ないんで量と相殺《そうさい》してるってわけだ」

女将が、作り方と食し方を伝授して去った。言われたとおり、鰤を鍋で泳がせる。素人《しろうと》目《め》にも、脂《あぶら》の乗っているのが分かる。実際、美味《うま》かった。

「美味いですね」

素直に言うと、女将の耳に入った。

「でしょう。でも、正確には鰤じゃないの。宇和海《うわかい》産のハマチ使ってる。同じ魚だけど、出世魚でしょ。大きさで名前が変わるから。天然物じゃないけど養殖は味も安定してるし、脂も乗ってるからね。いまだに〝天然じゃなきゃ〟って人も多いけど、時代は変わるのよ」

「変わらないのは、日本の刑事裁判だけだ」

グラスを呷《あお》り、小暮が呟《つぶや》く。恭弥は視線を戻した。

「いまだに〝疑わしきは罰せず〟という原則すら存在しないからな」

酒が進んだか、問わず語りに話し始める。

「刑事裁判においてはな、立証責任は検察にある」小暮は言う。「本来、弁護側は立証を崩すか、不同意を繰り返すだけでいい。だが、それじゃ無罪は勝ち取れない。〝推定無罪〟

は通らないのさ」

「どうして、そういう状況になるんでしょうか」

「まずは、警察と検察。自白中心の糾問《きゅうもん》的捜査に依存してる刑事手続きそのものが問題だ」

「録音や録画など、かなり改善は進んでると思いますが」

「確かに強制や暴力、脅迫。ほかにも詐術《さじゅつ》や利益誘導、留置場内の面倒見など。悪質な取調べは減ってるだろうな。フレーム・アップ事件いわゆるでっち上げでもない限り。だが、警察や検察と違って、被疑者は素人だ。取調べの圧力は想像を絶する」

「…………」

「そのプレッシャーから逃れるために、とりあえず自白する。虚偽自白だ。否認し続ければ、拘留期間も延びるしな。裁判で供述を翻《ひるがえ》せばいい。裁判官は分かってくれるだろう。だが、そんな甘い期待は、有罪率九九・九パーセントの壁に叩き潰される」

「なぜ、有罪率はそこまで高く？」

「裁判官が有罪判決に慣れちまってるのさ。無罪の判決書は詳細かつ緻密《ちみつ》に書かないと、検察に控訴される。労力が半端《はんぱ》ない。あとは、判検一体。判事は基本、被告より検事の方を信用してる。公務員同士、元々親しいってのもあるだろう。人事交流制度まであるくらいだし」

恭弥はうなずき、小暮は続ける。

「それに無罪判決を出して、控訴審で破棄されると、判事の人事評定に関わる。上告ならなおさらだ。だから、どんなに志が高い判事でも皆〝ヒラメ裁判官〟となっちまう」

「何です、それ？」

「ほら、ヒラメは皆、同じ方角向いてるだろ。人事で不利益を被らないよう、無難な判決しか出せなくなるのさ」

恭弥は軽く嘆いた。小暮も鼻を鳴らす。

「おかしいだろ。それに、制度的に検察側が有利ってのもある。裁判員裁判導入後、裁判の迅速化が図られててな。公判前整理手続で、重要と見なされない争点は削除されちまう。その後、新たな証拠調べ請求は、やむを得ない事情がない限り認められないんだ」

小暮はグラスを呷った。小食と言っていたが、確かに箸《はし》は進んでいない。

「こっちは不利になる一方さ。検察は証拠を独占して、都合のいいものだけ出してくる。しかも、税金で捜査し放題だ。自費対応の弁護側が勝てるわけないだろう。再審請求なんてえらいことだ。何て言われてるか知ってるだろ」

「〝針の穴に駱駝《らくだ》を通す〟」

「そうだ。まず認めてもらえない。一度、判決が確定しちまえばアウトだ。たとえ虚偽だろうと、一度自白したという事実は相当重くなっちまうんだよ」

「そんな状況下で、先生はどうやって多くの無罪判決を？」

「まずは人脈を使う。いろんな分野の専門家を知ってると、裁判には有利だ。安く鑑定してもらえることもある。あとは、ゴネ倒すだけだな。知ってるか。日本社会はカネにコネとゴネで動くんだ。カネはないが、コネとゴネだけは得意分野と来てる」

愉快そうに小暮は笑う。恭弥は愛想笑いだけ浮かべた。相談窓口で日々ゴネと苦闘している身としては、笑うに笑えなかった。

守屋の話は出ない。恭弥は少し焦《じ》れ始めていた。

小暮のグラスが空いたので、新しいのを作る。話し疲れたか、冤罪弁護士は鰤を出汁に潜《くぐ》らせている。

「お前のことは調べた」

グラスを置きながら、恭弥は小暮を見た。視線が合う。表情は穏やかだ。面白がっているようにも見えた。

「〝神奈川の狂犬〟とか呼ばれてるそうだな」

返答に困る。恭弥は、自身のグラスに口をつけた。口元を歪《ゆが》め、小暮が続ける。

「独断専行に命令無視。いろいろ面白い話を聞かせてもらったよ。言ったろ、あちこちにコネはあるって。心配するな。お前の好感度は上がってる。おれにとっては、県警なんて敵みてえなもんだからな。向こうから見たおれもそうだろうけど」

小暮がグラスを呷る。逆に、恭弥はお湯割りを置いた。

「なかなか興味深い人物だな、お前は。こんな稼業《かぎょう》やってるせいか、いろんな奴がやって来る。おかげで、退屈しないで済んでるよ」

「守屋に会ったんですね」

「ああ」恭弥の言葉に、小暮がうなずく。「とにかく、残り食っちまえ。今日は疲れた。そろそろ、おあいそにするぞ」

鰤しゃぶを食べ終え、お開きとなった。勘定は小暮が持った。

「また、よろしくね」女将の威勢がいい声で送り出された。

店を出ると冷え込みが厳しく、鍋とお湯割りの温かさは消し飛んだ。コートの襟《えり》を合わせていると、小暮が口を開いた。

「守屋は、八〇五〇問題に関心があったようだな」

〝八〇五〇殺人〟にまで言及したのか。小暮の表情からは読み取れない。

「中でも家族療法に興味があったようだぞ、あいつは。おれは門外漢《もんがいかん》で――」

法律論に比べれば拙《つたな》いがと、小暮が説明を始める。

各種精神疾患の診療に関し、患者との人間関係に関する「対人関係療法」や、家族に焦点を絞った「家族療法」を実施する場合があるという。八〇五〇問題はじめひきこもり等に関する心の行き詰まりにも、親との確執《かくしつ》や葛藤《かっとう》が背景にある場合も多い。

「横浜市内にも、そうした支援団体はいくつかあるようだ。瀬田とかいう被疑者の家族も受けてたらしい。守屋は、その点に注目してたようだ」

「ありがとうございます。当たってみます」

一礼して、恭弥は踵を返した。背中から、大きな声が追いかけてきた。

「おう。気張れよ、狂犬」

大岡川の畔は、まだ街の灯りが眩しい。通行人が皆、ふり返るほどの声量だった。

黄金町駅から京急本線で、横浜駅を目指す。相鉄本線に乗り換えれば、数駅で自宅アパートが見える。

尾けられている。恭弥は奇妙な気配を感じていた。

電車内は、かなり混雑している。さりげなく体勢を入れ替え、背後が窓ガラスへ映りこむようにした。

見覚えのある顔が見えた。片岡《かたおか》と奥平《おくひら》。前者は、県警捜査第一課強行犯捜査第二係の主任――警部補だ。後者は同じ所属の巡査部長となる。

片岡は一九〇センチを超える長身、極端に体軀が細い。面長ですっきりした顔立ちが、韓流スターを思わせる。

奥平は中背で、筋肉質。顔は四角く、くっきりした目鼻立ちだ。こちらは香港《ホンコン》俳優のイメージか。ともに目立つ二人組だが、追尾を隠す気もないように感じられる。警告の意味もあるのだろうか。

課長代理の藤吉が、どうやって恭弥の動向を察知していたか分かった。詰め寄ることや撒くのは簡単だが、向こうの意図を把握できるまで泳がせた方が好手だろう。

恭弥は、車窓の夜景に視線を移した。

第三章　一二月一六日　木曜日

9：49

「おれに〝毎度あり〟って言ったんだぞ、あのマッポ！」

染めた金色の髪を短いモヒカンにし、上下レザーで固めた若者が叫ぶ。お洒落《しやれ》な男だ。恭弥は感心していた。退職したら、真似《まね》てみよう。苦情は三〇分に及び、同じ主張を何度も繰り返している。

ほほえみ相談窓口は午前九時に開く。準備のため八時三〇分に出勤する。すでに長蛇の列ができていた。朝から薄曇りだが、昨日よりは気温が高い。陽気に誘われてか、相談者が多かった。

若者の主張はこうだ。交通取り締まりにより違反切符を切られたが、白バイ警察官の発言が侮辱的だったという。

「馬鹿にしてんのかよ。あのお巡《まわ》りか、上司呼んで来い！」

フロア中の注目を集める大声だった。小学校に続く通学路を時速百キロ超で暴走した己の所業は棚上げしている。要求は、謝罪と違反切符の取り消しだ。

「それは」

ため息を堪《こら》え、恭弥は言う。早々にお引き取り願いたい。やらねばならないことがある。隣の村島も辟易《へきえき》しているのが分かる。

「あなたを大切に思ってのことではないでしょうか」

「？」若者が眉《まゆ》を寄せる。

「固定客は大事にしないと。きっと次回からポイントも貯まりますよ」

若者の怪訝《けげん》な表情は続く。次の瞬間、立ち上がってペンケースをつかんだ。

「舐《な》めてんのか、てめえ！」

暴れ出せば、こちらのものだ。警察署だから、つまみ出すための屈強な人材には事欠かない。強制退去となった。当然、切符の取り消しなどはされなかった。

続いては、七十前後の高齢女性だった。独身で、現在は一軒家に高級な猫と暮らしている。自宅の隣に、親から受け継いだ賃貸マンションがある。家賃収入で豪勢な生活をしていることは、煌《きら》びやかな服装からも分かった。

「うちの猫ちゃまにご飯をあげるんですよ、あの男」

マンションの住人である中年男性が、猫缶を与えて困るという内容だった。

「いくら、うちの猫ちゃまが可愛いからって、勝手にそんなことをされてはねえ。第一、うちの子の口には合いませんの、あんな安物。身体でも壊したらどうしてくれるの。さっさと、あの男を刑務所にぶち込んでちょうだい！」

「……それは、警察ではちょっと。市か県の動物愛護セクションには相談されましたか」

村島がおずおずと言う。恭弥も続ける。

「店子《たなこ》さんとは仲よくなさった方が。よく話し合われるのがいいと思いますよ。毒でも与えているというのなら、器物損壊の疑いもありますが」

「あなた！　うちの猫ちゃまを物扱いする気！」

話にならない。恭弥は言った。

「それ、ほんとに猫への差し入れなんですか」

「当たり前じゃない。私と猫ちゃましかいないんだから」言ってから、気づいたようだ。

「何言ってるの、あなた！」

激昂《げっこう》して、女性は席を立った。県議に訴えてやるなどと喚《わめ》きながら、署を出ていく。

「係長、真面目《まじめ》にやってください！」

「やってるよ」

村島が角《つの》を生《は》やしている。適当にあしらい、恭弥は自席に着いた。交代の時間だ。パソコンを起《た》ち上げ、昨夜に小暮から得た情報を辿《たど》ってみる。

八〇五〇問題はじめひきこもり支援を行なうグループは、横浜市内にも複数ある。各々《おのおの》、アプローチ方法には違いがあるようだ。家族療法がメインの団体を探す。

三件目で、目指す団体にたどり着いた。〝NPO法人サポートクラブ野毛山《のげやま》〟という名だった。恭弥はホームページをスクロールしていく。

主に、不登校やひきこもりなど社会的孤立当事者の支援を行なう。スタッフには精神科医やカウンセラー、保健所職員などの名が並んでいる。メンタルヘルスや福祉のプロたちが、ボランティアで参加していた。

「自立とは無人島で単独のサバイバルをするように、孤立無援で生き抜くことではない」主宰者の言葉だ。「他者に依存しつつ、問題とならない範囲でやりくりしながら、気楽に生きていこう」

家族療法をサポートしているグループはほかにもあるが、ここに違いない。被疑者の瀬田に関する書き込みが散見されたからだ。犯罪者を支援する団体云々《うんぬん》と誹謗中傷が並んでいた。

ひきこもる子どもがいる家族の団体を家族会と呼ぶ。当該NPO法人はそうした組織と提携し、学習会の開催や相互支援を進めていた。本日一六時からも、家族を対象としたミーティングがあると書かれている。

「悪いんだが」恭弥は隣の村島を向いた。「今日、早退させてもらうよ」

15：33

〝NPO法人サポートクラブ野毛山〟は、市有施設の会議室を借りて活動している。拠点は西区西戸部町《にしとべちょう》一丁目。野毛山公園近くの住宅街にあった。新旧の住宅が混在する地域だった。公共施設が集中している感はない。

早退した恭弥は、会場を探しながら進んだ。場所が分かりにくく、何度も立ち止まってはスマートフォンを確認した。

曇り空のままだが、昨日までよりは暖かい。道行く人々も軽やかに見えた。

訪問したい旨《むね》は、NPOに連絡してあった。守屋という捜査員が訪ねていないかとの問いにも、来たことがあるとの回答だった。八〇五〇殺人の被疑者――瀬田宜之も、ここに通っていた可能性が高い。

NPOが入る市有施設は、簡易耐火構造の二階建てだった。築五十年は経《た》っている。クリーム色の外壁には、雨筋と浮き出た錆《さび》が目立つ。全体にくすんだ色合いだ。目立たない建物のため、気をつけていないと通り過ぎてしまう。

前庭には大きな金木犀《きんもくせい》が数本あり、一種の目隠しともなっていた。少し前なら香り立っていたことだろう。

コンクリート門柱の横を通り、簡素なセメントの通路を進む。両脇にはプラスティック製のプランターが並び、パンジーなどが咲いていた。恭弥は、あえて目立たなくしていることに気づいた。市営であっても集客施設ではない。

三メートルほど先に、アルミ製の両開きドアがある。迎え入れるように内側から開いた。

〝地味〟が立っていた。長めの黒髪を後ろで縛り、丸い縁《ふち》の眼鏡をかけている女性だった。手編みだろうか、クリーム色のニットには赤いストライプが走る。ベージュ色のスカートは踝《くるぶし》辺りまであった。待ち構えていたようだ。友好的な表情ではない。恭弥はその女性に声をかけた。

「お電話した保土ケ谷署の剣崎ですが」

「五分、遅刻です」素っ気《そけ》ない返答だった。「どうぞ」

三和土《たたき》で靴《くつ》を脱《ぬ》ぎ、出されたスリッパに履き替えた。案内されるまま廊下を進む。外観の印象どおり、中も薄暗い。

通された部屋は、小規模な学校の職員室を思わせた。二人のスタッフがパソコンで作業をしている。地味な印象の女性は立ち止まり、恭弥をふり返った。手には名刺がある。

「当NPOスタッフ、カウンセラーの新條《しんじょう》です」

恭弥も名刺を出し、交換した。氏名は新條怜音《さとね》、肩書には心療内科医と医学博士が併記されている。

「剣崎さん……。あ、そうか。あなただったんですね」

「何か」新條の呟きに、恭弥は問い返す。

「いえ、何でも。失礼しました。忘れてください」

奇妙なものを感じながらも、改めて新條を見た。

年齢は恭弥と同じ三十歳あたりか。中背で細身、縛っている髪は伸ばせば肩甲骨くらいまであるだろう。すっきりとした顔立ちに、眼鏡が似合う。知的で、おとなしい印象だった。少なくとも外見は。

「どうぞ」立てかけてあったパイプ椅子を出された。「ソファとかないもので」

「先生もボランティアなのですか」

防寒着を脱ぎ、恭弥は腰を下ろした。暖房は申し訳程度にしか効いていない。

「このNPOに関してはそうですね。普段は、県内私大の教育学部で准《じゅん》教授をしています」

新條も腰を下ろした。自分のデスクらしく、恭弥の名刺を置く。

「精神療法家として活動しつつ、大学では社会学の立場からも、中高年のひきこもり等社会的孤立に関する研究を進めていまして。ここでは若い方、不登校に関する支援も併《あわ》せて行なっています。さて、時間がないので本題に入りますが」

新條が恭弥に向き直る。毅然とした表情だった。

「瀬田さんは無実です。彼を犯罪者と断じた県警の判断は、早計《そうけい》と言わざるを得ず、まさにマスコミやネット世論が無責任に捏造した〝ひきこもり当事者は犯罪者予備軍〟というイメージの犠牲者であり、私たちは瀬田さんの早期釈放を——」

「ちょ、ちょっと待ってください」

気圧《けお》されながら、恭弥は止めた。新條の口調、視線ともに敵意が満ちていた。身を乗り出さんばかりに詰め寄ってくる。

「少し整理させていただいていいですか。やはり、瀬田宣之はこちらで治療を受けていたわけですね」

「治療というより、支援と呼ぶ方が適切かと思います」

少し落ちついたか、新條は軽く咳払《せきばら》いする。恭弥も短く息を吐いた。

「一からご説明した方が、いいかも知れませんね」

「お願いします」

「ひきこもりという言葉が誕生して三十年以上になりました」

座り直して、新條が説明を始める。

「病名ではなく、状態を表わす言葉です。社会に参加せず、家庭中心に生活している方々が該当《がいとう》します。完全に閉じこもっている人だけでなく、パチンコなど他人と触《ふ》れ合わない外出のみ行なう方も含まれますね。その数は――」

四十歳から六十四歳までのひきこもり中高年者は、約六十一万三千人。十五歳から三十九歳までの若年層は、推計五十四万人に及ぶという。驚きの数字だ。

「適切な表現がないため、当団体では〝ひきこもり当事者〟と呼んでいます。レールから外れると戻れない。自己責任という考えが根強く、他人に迷惑をかけられないという恥《はじ》の文化。そんな日本社会から追いやられ、見て見ぬふりされてきた方々です」

恭弥はうなずく。新條はクールダウンしてきたようだ。

「八〇五〇問題は、その一環です」新條は続ける。「八十代の親が五十代の子どもを支える。七〇四〇や九〇六〇という家庭も増えています。元々は、大阪のコミュニティソーシャルワーカーが生み出した言葉です。歯の〝八〇二〇運動〟にかけて」

八〇五〇問題は、福祉の現場から生まれた言葉らしい。ひきこもり支援は難しく、専門的な知識が必要とされる。精神疾患や発達障害、家庭の支援にも精通していなければならない。何を背景とするかによって、アプローチ方法が変わってくる。

「原因を推察し、話を聴いていく。そうした知識と技量が必要ですから。当団体にも、さまざまな専門家がいます。そこで重要となるのが〝共感〟と〝傾聴《けいちょう》〟です」

共感と傾聴。聞いた言葉だ。守屋が取調べ――被疑者を割らせるコツとして使っていた。

「こちらは、家族療法を主体にしているとお聞きしていますが」

「そうです。心の行き詰まりを抱える子どもに関して、親が救済のポイントとなる家庭は多いのです。勘違いしていただきたくないのですが、親の義務であるとか、家庭で問題をすべて収めろと言っているわけではありません。むしろ、逆です」

「と言いますと」

「問題を家庭で抱えこまぬよう、当事者や家族が安心して集まれる場所を作る。他人と触れ合い、心を癒《いや》す。我々の活動は、そのためのものですから。ただ困っている子に対しては親が支援の第一歩、強力な武器となることも事実です。そのバランスを重視していま す」

「瀬田に関しても、亡くなられたご両親からアプローチされたのですか」

「家族だけ療法、いわゆる家族焦点化療法から始めました。当事者に接触せず、親の意識改革から始める手法です。瀬田さんの場合、先行してご両親だけが相談に来られたという事情もありますが」

「いかがでしたか、効果は」

「親は往々《おうおう》にして、正論や建前をぶつけてしまいがちでして。子どもの話を聴かずに、親の感情を優先させてしまうのです。瀬田さんも、一時期は強引に対応する〝引き出し業者〟を頼ったりしていましたが。ご理解いただけたのではないかと思っています」

「瀬田本人も参加し始めたのですか」

「はい。親御さんといっしょに、ご本人もいらっしゃるようになって。良い方向に進んでいたと考えています。時間のかかる事柄ですから、一朝一夕《いっちょういっせき》にはいきません」

「しかし、瀬田は事件当日、両親と諍《いさか》いになっていたとの証言があります。近所中に聞こえるほどの口論だったとか」

「親が本格的に共感や傾聴を始めると、一時的に問題行動も大きくなる傾向があります」

恭弥の問いにも、新條は冷静だ。

「親が本当に変わったのか、確認しているのでしょう。そのため、我々の間では〝試し行動〟と呼んでいます」

「瀬田家の言い争いも、その試し行動だったとおっしゃるのですね」

「時期的に見て、不自然ではないと考えます。こじれているケースほど当事者の猜疑《さいぎ》心が強く、親に強く反発しますが、共感と傾聴ができつつある証拠です。ある日を境に、劇的に改善していきますので。うまく進んでいたと言えるでしょう」

親の側としては、でき得る限りふり回された方が有効という。長く続くことも多いため、試し行動の激しさに耐えられるよう、専門家や家族同士で情報を共有するなど支援体制づくりが重要とのことだった。

「お分かりいただけたかと思いますが」新條は続ける。「その段階まで達していながら、当事者が放火などという極端な行動に出るのは考えにくいかと。当ＮＰＯでも検討しましたが、ほかのスタッフも同じ意見です」

「守屋という捜査員が、こちらを訪ねていたかと思いますが。いつのことですか」

恭弥は話題を変えた。守屋の失踪には触れない。

「えーと」初めて新條が考えこみ、別の女性スタッフに話しかける。「守屋さん来てたの、いつだっけ」

女性スタッフも首を傾げている。新條が軽く苦笑した。

「すみません。何度もいらしてるので、いつだったかまではちょっと」

「一度じゃない？　何度も、こちらに伺《うかが》っていたのですか。初めて来たのはいつごろです？」

「この秋だったよね」新條の言葉に、女性スタッフもうなずく。向き直り、話す。「一〇月の半《なか》ばぐらい。瀬田さんの事件が起こって、それほど時間が経っていなかったと思います」

「もっとも最近は？」

「つい、この間。先週だったと思います。何曜日だったかな。確か月曜か火曜でした」

被疑者について詳しく事前調査を行なうのは、取調べの基本だ。投入の決まった守屋が、瀬田のひきこもりに関して情報収集を図っても不思議ではない。だが、瀬田の自供及び送致後まで訪問するのは不自然だった。恭弥は続けた。

「何を尋ねていましたか」

「最初は、瀬田さんへの支援状況などですね。そのうちに、ひきこもりや八〇五〇など社会的孤立に関する一般的な事柄も含めて、広く勉強されるようになって。当ＮＰＯの活動なども見学なさっておられました。ご自分でも、よく調べておいででしたよ」

「先生が瀬田を無実とお考えであることを、守屋には？」

「お伝えしました、今回と同じように」表情を変えずに答えた。

「どんな反応でしたか」

「特に反論もなく」口元に手をやる。「あなた以上に、おとなしい反応だったと記憶しています。ただ、何か考えるところがあったようには感じられました」

そうですかと恭弥は答えた。なぜ、守屋はそこまで八〇五〇問題等に固執《こしゅう》したのか。

「ちょうどこれから、家族ミーティングが始まりますので。どうです、剣崎さんも見学していかれては」

16：00

　恭弥は施設の二階に移動した。廊下の突き当たりに、中規模の会議室がある。十人程度だろうか。すでに参加者が集合し、何人かずつ固まって談笑している。七十代後半から八十代の後期高齢者が目立つ。

　暖房よりも、人の熱気が勝る感じだ。十数脚のパイプ椅子が中央に円を描く。余裕をもって置かれていた。恭弥は部屋の隅に離れて座った。

　今日は四世帯が参加しているという。平均二人ずつで十人程度ということだろう。今回は家族のみで、当事者は参加していない。

「八〇五〇問題の根本には」恭弥は新條の言葉を思い出す。「支援から取り残されて、地域に埋もれてしまうという課題があるのです。まずは当事者や家族に声を挙げてもらい、それを聴くこと。そうした場を積極的に設けていくことが、支援の第一歩となります」

　会議室のドアが開いた。参加者の視線が向けられる。

「それでは、そろそろ始めましょうか」

　開始時刻の一六時を数分過ぎてから、新條が参加者に声をかけた。各席に腰を下ろしていく。新條と先刻室内にいた女性スタッフが、正面へ座る。市の保健所に勤務する保健師で、コミュニティソーシャルワーカーの資格を持つそうだ。

問題の深刻さには似つかわしくない、緩やかなスタートだった。窓の外は暮れ始め、室内灯が明るい。

最初は八十代の男性だった。少し若い女性を連れている。本人は大手ゼネコンの元重役、妻は専業主婦という。現役時代の年収は軽く二千万円近くあっただろう。

当事者は次男で五十代、若いころから不登校気味で自殺未遂を繰り返していた。そのまひきこもり生活に入って四十年近くとなる。

「うちは比較的昔から、いろいろ相談してたんですが」

男性が言う。口調は軽やかだ。

「動くのが早すぎたみたいで。今と違って、支援制度が整ってなかったんでしょう。役所に行ったのはいいんですが、〝埋め戻し〟されちゃいましてね」

埋め戻しとは、相談された案件を公共機関が対応しないことをいう。文字どおり、土の中へ埋め戻すように見ないふりをするからだ。法律の未整備などから、対応が難しい場合によく行なわれる。

場の雰囲気は明るい。埋め戻しと言った途端、笑いが漏れたほどだ。男性は現況報告などを続け、話を終えた。

次は、女性の二人組だった。七十代後半と四十代に見えた。親子らしい。

母親の説明によると、当事者は長女で五十代前半。連れ立っているのは次女になる。既婚者で、別居しているそうだ。

「逆に、うちは問題を意識するのが遅かったんですよね――」

短大時代からひきこもりがちとなり、月日が過ぎた。家庭内暴力もあったとのことだ。

「ただね。ほら、女の子ですから。ずっと家にいましても〝家事手伝い〟と言っておけば、何となく納得されるじゃないですか。ご近所や地域の方々に対しても」

〝ひきこもりあるあるだ〟との声が上がる。笑いもあった。

「このままでいいかとも思ったんですが、私も年ですし。次女の家庭も考えますとね」

支援団体を探し、このNPOにたどり着いた。相談を始めて一年になる。

続いては、逞《たくま》しい男性が立ち上がった。七、八十代なら若く見える。スーツ姿の参加者はほかにもいたが、もっともフォーマルな感じを受けた。自営で、左官《さかん》業を営《いとな》んでいるという。隣の女性は妹だった。妻は病気がちで臥《ふ》せっているそうだ。

当事者は四十代半ばの一人息子、就職氷河期世代で非正規雇用の職にしか就《つ》けなかった。職を転々とし、ひきこもってしまった。

「私は職人なもんですから、どうも昔気質《むかしかたぎ》でして。ひきこもりとか、そういうのはさっぱり分からないんですよ。何で倅《せがれ》は働かねえんだろうと、不思議で」

左官業の跡を継がせようと、厳しく接したこともある。うまく運ばずに暴言、ときには手を出したこともあった。一同がうなずく。〝皆、そうだよ〟との意見も聞こえた。

「たまたま、うちの妹が」隣の女性が一礼する。「学校の先生やってたもんですから。心配してくれて、いろんな人に聞いてもくれたんですよ。で、このままじゃまずいだろうと。息子への接し方も含めて、考え直した方がいいと言ってくれましてね」

妻の体調は思わしくない。自身も身体の衰《おとろ》えを感じる。先行きは不安だ。助けて欲しい。このとおりお願いする。一礼して話を終えた。

最後の一組は三人連れだった。夫は都市銀行の元行員、妻は神奈川県庁に勤めていた。横浜市郊外の新興住宅地に暮らしている。バブル期に開発された高級な一帯だった。いっしょにいる長男は五十代半ば、中央官庁に勤務している。

当事者は五十歳の次男、幼少期から問題行動が目立っていたという。

「いわゆる発達障害」夫が言う。「ADHDなのですが、次男が子どものころには、そんな言葉さえありませんでしたから」

ADHD――注意欠陥・多動性障害。注意力が散漫で、じっとしていられない。学習や集団生活にも支障が出る。今でこそ一般的だが、当時は支援体制もなかったはずだ。

教師からも半ば見捨てられ、友人関係も上手《うま》く築けなかった。本人も学校を嫌い休みがちだったが、専門学校時代からひきこもり始め現在に至る。

「今でこそ医療機関の診療や、専門家の支援を仰《あお》いでいますが。あいつが小さいころにもっと何とかしてやれなかったか、悔やんでも悔やみきれんのです。お兄ちゃんは近所でもできる子と評判なのに、どうしてお前は駄目なんだと」

中央官庁に勤務するだけあり、長兄は優秀な少年だった。しつけが足りないと思いこみ、厳しく指導したこともあった。折檻《せっかん》めいた行為に及んだことも一度や二度ではない。

父が勤務していた都市銀行は、行員への指導が厳しいことで有名だ。〝為《な》せば成る〟が勤務先のスローガンだった。人生はそういうものと思いこまされ、家庭でも上司と同様にふるまい、家族に強く当たってきた。一種の洗脳だったと今は後悔している。

「本当に、ひどいことをしてしまいました。今さら謝っても遅いんですが」

〝仕方がない、時代が違う〟〝まだ間に合う〟──そうした声がかけられる。夫婦は涙ぐんでいるように見えた。長兄は深々と頭を下げた。

そのあとはフリートークに入った。互いの体験談や悩みを語り合っていく。新條ともう一人のスタッフは、ほとんど発言しなかった。聞き役に徹している。

状況や段階は、各家庭さまざまだった。共通しているのは、当事者の声に耳を傾け始めたこと。否定せず、説教もなく、ただ聴き続ける。共感と傾聴。まさに、その実践だった。

終了するころには、外は暮れていた。黒ずんだ街に灯《あか》りが点《とも》っている。参加者が立ち上がり、談笑や挨拶《あいさつ》を交《か》わし始めていた。

恭弥も腰を上げると、新條が話しかけてきた。

「いかがでしたか」

「明るい雰囲気で助かりました」正直に答えた。「もっと、いたたまれない気持ちになると予想していたので」

「皆さん、ご自分の問題へ前向きに取り組んでいらっしゃいます。自身の生活を保ちつつ、これからのことをどうしていくか。もちろん、辛《つら》い思いを吐露《とろ》していただいても構わないのですが。今回は、そうした段階を過ぎた方が多かったので」

「皆さん、大変な思いをなさっているようですね。門外漢《もんがいかん》がおこがましいですが」

「そう思っていただけて嬉しいです」新條が少し微笑む。「当事者のご家族はもちろん、我々支援する側だって百パーセントの自信を持って臨《のぞ》んでいるわけではありません。心の問題ですから」

「難しいですね」

「他人の問題を預かるのは覚悟がいることです。当NPOに話を戻しますが、いわゆる八〇五〇問題の根幹は公的な支援対象と見なされず、地域に埋もれ続けてきたことからきています。当事者や家族の責任ではありません」

「…………」

「ですが、日本は自己責任社会。行政や世間にとって都合のいいときだけ、家族の絆《きずな》が持ち出されます。特に、今の親世代は右肩上がりを経験してきた人たちですから。就職その他で不自由した子どもを、自身の責任で何とかしよう。そうやって抱えこむ方が多いのです」

恭弥はうなずいた。新條が続ける。

「ですから、我々はできる限りオープンな場を設けたいと考えています。自分だけで抱えこまず、互いの思いを共有し合えるような。正解は誰にも分かりませんから、あくまでサポートするだけ。元々、答えを提供できるような問題ではないですし」

「そうですか」

「あなたは、守屋さんと似ていますね」

恭弥は顔を上げた。新條は微笑んだままだ。

「雰囲気やミーティングをご覧になったあとの反応が。同じ刑事さんだからでしょうか」

「初めて言われました」苦笑するしかない。「あいつは県警のエース、こっちは厄介者《やっかいもの》扱いですから」

守屋も同じ光景を見ていたはずだ、何を感じ、考えていたのか。

そして、今どこにいるのか。

参加者やスタッフが、椅子の片づけなどを始める。恭弥も手伝った。

「これでも、今日は参加者が多い方なんです」

作業しながら、新條が言う。表情が硬く、困惑が感じられた。

「瀬田さんのせいにはしたくありませんが、うちのNPOが支援していたと知れ渡りまして。ネットはじめ世間の風当たりが強くなっています。敬遠する人も出てきました、支援する側もされる側も。集まる人数が減って、活動規模を縮小せざるを得ない状況です」

「大丈夫なんですか」

「ええ」新條は表情から困惑を消し去った。「言ったとおり、瀬田さんは無実ですから」

18：57

恭弥は黄金町法律事務所を訪れた。

NPO法人から弁護士事務所まで、馴染《なじ》み深い地域ではなかったが、大体の方角は分かった。歩き始めてすぐ、両者がさほど離れていないことに気づいた。

陽が落ち、気温が急激に下がっていた。港からの風も強くなった。冷え込みが厳しくなっている。安物のコートがありがたかった。屋外作業用の防寒着と大差ない代物《しろもの》だ。

慣れた手順で事務所内に入った。守衛に挨拶し、階段を上り始めた。暖房が効いていない床から、底冷えがする。

オフィス内では、窓ガラス清掃の最中だった。寒風吹きすさぶ中、窓が一つ開け放されている。窓枠へ腰かけた小暮の手には、雑巾《ぞうきん》と窓ガラス用洗剤が見えた。

「小暮先生、寒いですよ」

中堅どころの弁護士が〝異議〟を述《の》べた。舌打ちとともに〝却下〟される。

「だったら残業なんかしてないで、とっとと帰れ。相手探して、デートでもしろ。だから、お前はいつまで経っても独身なんだ」

「弁護士がセクハラって。第一、小暮先生に言われたくないですよ」

揃って笑ったあと、小暮が恭弥に気づいた。作業着に洗剤の染みが見える。

「何だ、お前。何しに来た？　昨日の晩、時給は払っただろう」

「あれっきりですと、見返り目当てみたいで気分が悪くて」

「狂犬呼ばわりされてる割りには、神経の細かい野郎だな。好きにしろ」

恭弥の答えに、小暮が鼻を鳴らす。恭弥は、閉じたままの窓ガラスに近づいた。着ているのは作業用の外套だ。洗濯機で回すこともできる。そのまま清掃に入った。アルミのバケツから、古びた雑巾を取り上げる。

「そんなに洗剤使うな。もったいないだろうが！」

始めてすぐ、小暮の小言が飛んでくる。恭弥は息を吐いた。

「そんなケチらなくても。先生は貧乏かも知れませんが、事務所は儲かってるんでしょ？」

「誰が貧乏だ！　ケチじゃない、ＳＤＧｓと言え」

「違うと思いますよ」

別の壁面に移った。角部屋のためか、ガラス窓が多い。

「家族療法の支援団体、見つかったか」

向かい合って窓ガラスを拭きながら、小暮が問う。

「おかげ様で。守屋が訪問していたＮＰＯ法人を見つけました。被疑者の瀬田についても、支援を行なっていました。野毛山ですから、ここからそう離れていません――」

新條の説明や見学した内容等について、恭弥はありのままを語った。

「――守屋が訪問していたのは間違いないんですが、それも一度や二度ではないそうです。何度も訪れていたようでして。また、カウンセラーから〝瀬田宣之は無実〟と主張されました。瀬田に関する話を、先生はご存知で？」

「守屋も同じ話を聞いてたのか」直接の回答はなかった。

「そのようですね。ミーティングまで見学し、思うところはあったようですが。それ以上のことは」

「なるほどな。わざわざここまで来たんだ、このあとも時間はあるんだろ」

恭弥はうなずいた。大岡川からの寒風が顔を撫でる。雑巾の冷たさに指先が痺《しび》れていた。

「おれの家に来い。昨日奮発したんで、今日は金がない。掃除が済んだら、手でも洗って待ってろ」

あとは、無言で掃除を続けた。風は止《や》む気配がなく、ガラスの冷気が全身に伝わってくる。恭弥は修行と考えることにした。禅僧《ぜんそう》にでもなったと思えばいいことだ。

20：54

小暮の住居は、南区にある古びた県営住宅だった。同じ区内出身のはずだ。鉄筋コンクリート造の四階建てが三棟並んでいた。外灯が苔《こけ》むした壁面を照らしている。

「弁護士なんで、豪邸暮らしだと思ったか」

自虐的な口調で、小暮が吐き捨てる。嫌味にも慣れるものだと恭弥は思う。連日の招待には気が引けるが、守屋の情報は欲しい。甘えることにした。

「ここで、年老いた母親と二人暮らしだ」中央の棟へと小暮は進む。「気を遣わなくていいぞ。お袋はもう寝てるし、おれはいまだに独身だからな。でないと、冤罪《えんざい》弁護なんかできやしねえ。金にならねえから、とても妻子なんか養えねえときてる」

裕福な家庭の出ではないという。父親は県内私鉄の作業員で、在職中に病死している。母親も結婚までは同じ職場にいた。

小暮の部屋は、三階の中央辺りにあった。入ってすぐが台所とバスルーム、ほかに六畳二間。双方とも襖《ふすま》が閉まっている。奥が母親の寝室らしい。

「おれの部屋は散らかってるし、隣でお袋も寝てる。悪いが、台所で頼む。そこら辺りに座っててくれ。今、ヒーター点《つ》ける」

母親が掃除しているのか、台所は整理が行き届いていた。中央には、一畳ほどのキッチンテーブルがある。調味料類が少し並ぶだけで、天板上に物はない。床はビニール製の木目調シート張りで端はめくれ、かなり冷えこんでいる。

「めんどくさいから、ソーダでいいか。レモンチューハイだ。アテはこんなもんしかないぞ」

小暮が焼酎《しょうちゅう》を出してきた。昨日と同じ銘柄だが、ガラスのボトルから紙パックに代わっている。ほかはレモン味の無糖炭酸水と、袋入りのクラッシュアイスにグラス。紙皿にはフライビーンズが盛られる。空豆を油で揚げ、塩をまぶしたスナックだ。

ヒーターの熱気が室内を温め始めた。恭弥が酒を作る。今日は、特に小言はなかった。乾杯して呑み始めると、小暮は自身のことを少しだけ語った。

父親を早くに亡くしたが、多少の蓄《たくわ》えは残してくれた。その貯金とアルバイト収入で、都内の私立大学に進学した。法律家養成では実績がある名門だ。

学生時代は肉体労働を中心としたアルバイト、その傍《かたわ》ら『学生セツルメント』と呼ばれる活動に没頭した。困窮者救済を目的としたボランティアだ。主に法律相談を請け負い、その経験が弁護士を目指すきっかけとなった。

「そのころから、冤罪弁護なんて貧乏くじ引く運命にあったんだろうな」

小暮が苦笑する。恭弥も頬を緩めた。

互いに最初の一杯を呑み、次の酒を作りながら恭弥は訊いた。

「守屋は先生を訪ねて、何を訊《き》いたんですか」

グラスを受け取る小暮の視線が上がった。恭弥も見返す。

「日本一と評判の冤罪弁護士を訪問して、お門違《かどちが》いの八〇五〇問題だけを相談したとは思えません。もっと、先生の専門に関する話題を持ちかけたのではありませんか」

小暮がグラスに口をつける。考えているように見え、おもむろに言った。

「被疑者が虚偽自白へと陥《おちい》る危険性について、だ」

小暮の表情に変化はない。深刻ではないが、真剣ではあった。

「冤罪が発生する要因はどこにあるのか。そういった話だな」

「守屋は、被疑者は無実ではないかと疑っていたということですか。自身が落とした瀬田を」

「順を追って話した方がいいな」焼酎で口を湿らせる。「守屋に言ったのと、同じ内容になるだろう。冤罪つまり誤判のほとんどは、裁判所が被疑者の虚偽自白を簡単に受け入れちまうところから始まる。それはいいか」

はいと恭弥は答えた。小暮がうなずく。

「以前なら、暴力や脅迫、偽計《ぎけい》などによって無理やり自白に追い込んだりしていただろう」

うなずきながら、恭弥も思う。以前に、そうした事案が発生していたからだ。

「だが、今は取調べの監督も厳しくなってる。皆無とは言わないが、そうした方法による自白強要は難しくなってるだろうな。単純な〝叩き割り〟や、答えを提示して行なう誘導尋問も低レベルだ。今の警察における取調べ技術は、そんなに稚拙《ちせつ》じゃない」

〝叩き割り〟とは密室内で精神状態を追いこみ、思考困難な状態に陥れる捜査手法をいう。小暮の話は、守屋から聞かされた取調べのコツと合致する。

「今も昔も冤罪を生み出すのは、取調官が抱く誤った確信だ。〝眼前のこいつが犯人に違いない〟なんて誤った見込みだな。心理学的には〝証拠なき確信〟といってな。自白がないと起訴できない状況ゆえに、無実の可能性が考えられなくなる。あとは口を割らせるだけさ」

小暮は言う。虚偽自白には、内容に一定の傾向が見られる。自供が意味もなく変転する。詳細すぎる、逆に簡素すぎる自白を行なう。不要な偽装工作が見られる。客観的な事実と食い違いがあるなど。

「従来の虚偽自白モデルは、捜査側が筋書きを作る。それを被疑者に押しつけるか、誘導する。それこそ暴力や脅迫、偽計を用《もち》いてな。だが、今おれたちの間で問題視しているのは新たな虚偽自白モデルだ」

新たな虚偽自白モデル。取調べが続く中、内部に有罪への磁場が発生する。聞いてもらえない無力感から、被疑者が犯人を演じ始める。被疑者の演技と、取調官の誤った確信が〝偽《にせ》の人間関係〟を生む。両者が共同作業を行ない、虚偽自白を形成していくというものだ。

「被疑者自身が冤罪の作出に協力していくと?」恭弥は疑問を呈した。

「取調べの圧力は、経験者にしか分からないといわれている。プロである警察組織が全力を挙げて、自白を迫るんだ。素人《しろうと》に過ぎない被疑者が、それに抗するのは難しいだろうな。別に、蹴ったり怒鳴《どな》る必要はない。むしろ人間関係を築くうえで、そうした行為は邪魔だ」

守屋は信頼関係、ラポールが重要と言っていた。瀬田との間で、新しい虚偽自白モデルに陥っていたのだろうか。

「虚偽自白は自身に不利益な嘘を吐いて、それを信じてもらおうと必死になる異常な行動だ。そこまで追いこまれているということだが、無実であるがゆえに、そうした心理状態になるともいえる」

真犯人であれば、自身の罪と伴う刑罰――死刑も含めて――にも現実味を感じることができる。無実の人間にはそれがない。ゆえに、今そこにある苦しみ――取調べから逃れるために嘘の自白をしてしまう。

「実際にはやってないんだから、〝正解〟に辿《たど》りつくまで被疑者はかなり苦しむ。試行錯誤を繰り返し、自白も変転する。だが、答えを暗記する面もある。だから、送致後の検察官取調べに対しては、ぺらぺらと嘘の自白を並べちまうことになる」

「守屋は、自身が冤罪を作ったと思っていたんでしょうか。瀬田は無実だと」

「それは分からん」

小暮が身を屈《かが》めた。テーブルの下、床に置いたブリーフケースを探っているようだ。

「これを」

身を起こした小暮の手には、黒いフラッシュメモリがあった。ＵＳＢへの接続口がスライドするタイプだ。

「お前に渡しておく。動画が入ってるから、今晩でも観てくれ」

「内容は？」

「瀬田宜之に対して、守屋の行なった取調べが記録されている」

「え？」さすがの恭弥も驚きを隠せなかった。「どうやって入手したんです？」

「守屋が持ってきた。県警から無断で持ち出したらしい」

恭弥は想像した。現在、裁判員裁判にかかる事案の取調べは、録音及び録画が義務づけられている。自白調書作成のため、自身の動画を確認したい。そう言って記録を入手、複製して持ち出した。恭弥に、ほかの方法は思いつかなかった。

守屋なら県警内において信用もある。簡単に入手できたはずだ。無断で持ち出した挙《あげ》句《く》、冤罪弁護士に渡すなど誰も考えつかないだろう。

「どう考えましたか。この記録を見て」

「さあな」グラスを呷《あお》る。「それは言わないでおく。先入観がないお前の感想を聞きたい。率直なところを。おれの意見は、そのあとで述べる」

「分かりました」

恭弥はメモリを受け取った。外套《がいとう》を着たままだったことに気づいた。右の大きなポケットに落としこみ、プラスティック製のスナップボタンを留める。

守屋が、自身の取調べ状況を小暮に見せた理由。動画を観れば分かるだろうか。

「あと噂で聞いたんだが」小暮がフライビーンズを一つ摘《つま》み、話題を変える。「瀬田宜之に国選弁護人がついた。石村《いしむら》っていう七十近い爺《じい》さんだ」

貧相な爺《じじ》いだと悪態を吐き、小暮は続ける。

「仕事熱心とは言いがたくてな。刑事事件専門ではあるんだが、裁判では被告に罪を認めさせ、情状弁護で刑を軽くするしか能がない男だ。無罪判決など一度も勝ち取っていない」

弁護士業務のスタイルとしては、バットを大振りせず短く持って当てていくタイプと表現した。堅実な小商い、一つのビジネスモデルと小暮は言う。褒《ほ》めているのか、貶《けな》しているのか分からない。

「今どき刑事専門にしてるだけでも、見上げたもんではあるんだが。何にせよ、これで瀬田宜之の有罪は確定だろう。放火殺人だからな、死刑判決もあり得る」

「先生が、弁護を引き受ければいいいんじゃないですか」

守屋も、それを望んでいたのではないか。口にはしなかった。

「それは考えていない。今のところはな」

恭弥の問いに、小暮の表情は真剣だった。

「費用面の問題ですか」

「おれのところには」グラスに口をつける。炭酸の泡が動く。「あらゆる方面から救いを求めて連絡が来る。それこそ全国の刑務所や拘置所、弁護士事務所からな。だが、実際に引き受けるのはごくわずかだ。ほとんどはスルーしているといっていい。どうしてか分かるか」

「……………」

「おれは被告人に有利な判決が得られれば、それでいいとは思っていない。真相に応じた判決を得られないことが許せないだけだ。だから、依頼を厳選してる。依頼人に対しても厳しく接する。本当に無実かどうか、徹底的に吟味してからの話だ」

「まだ、瀬田の無実には確信が持てないと？」

「刑事でも単に罪を軽くしたり、注目度の高い事件なら金にもなる。だが、そうしたことに興味はないのさ」

小暮と視線が絡んだ。

「無罪と確信が持てない限り、誰からの依頼であれ引き受けるつもりはない。いくら金を積まれても、それは変わらないだろう」

22：09

恭弥は小暮宅を辞去した。守屋の瀬田に対する取調べ動画が、ポケットにある。早く内容を確認したかった。

集合住宅を一階まで下りた。使い古されたクロスバイクが蛍光灯に照らされている。棟と棟の間にも外灯があり、足元に困ることはない。

「剣崎さん」

外に出たところで、聞き覚えのある声に呼び止められた。視線を向ける。外灯に浮かんでいるのは、監察官室の青井だった。

「お待ちしていました」

「待ち伏せしていたの間違いだろ」

恭弥の言葉に、青井が後頭部を掻《か》く。黒いレザーのハーフコートに、同系色のスラックスを穿いている。後方の暗闇を指差した。

「車に首席が。剣崎さんにお会いしたいと」

首席監察官――半倉隆義。〝首吊り監察官〟や〝ハングマン〟とも呼ばれる。多くの県警職員が処分を受け、組織から放逐《ほうちく》されている。

恭弥は、青井が示した方向を見た。白銀灯同士の間、暗がりに黒塗りの車が潜んでいた。レクサスらしい。

どうして、小暮宅にいることを察知できたのか。追尾されていたか。それとも――ポケットには、無断で持ち出された取調べ記録がある。顔に出さず、内心だけで身構えた。

「後部座席です。どうしました?」

青井に視線を向ける。白銀灯が照らし出す表情からは、何も読み取ることができない。

まさか、走って逃げ出すわけにもいかないだろう。覚悟を決めるしかなかった。

「緊張してるのさ」恭弥は薄く嗤《わら》った。「〝ハングマン〟に拝謁《はいえつ》するんだからな」

面白くもなさそうに、どうぞと青井は言った。言葉に背中を押され、恭弥は歩を進めた。ついて来たが、ドアまでは開けてくれなかった。

「失礼します」ドアは軽やかに開き、ゆっくりと閉まった。恭弥は後部座席に身を滑りこませた。エンジンは切られているが、空調の温もりが残っていた。

半倉が後部座席の奥に見えた。座っていても、長身であることが分かる。オールバックの髪に乱れはなく、細い顔のパーツはいつもどおり悪魔的な感じを与えている。痩身を包む黒いビジネスコートは、吸血鬼のマントを思わせた。恭弥の防寒着よりは上等な品だろう。狂犬だの首吊りだのと、神奈川県警も物騒《ぶっそう》な限りだ。

「遅くに悪いな」半倉が視線だけ向けてくる。

「いえ」恭弥は、フロントガラスの向こうを見た。青井は車に入ってくる気配がない。寒空の夜に、外で待たせるつもりらしい。「ブラックな職場だ」

「何か言ったか」

「別に」恭弥は首を振る。右手は、ポケットのボタンを触っていた。「で、ご用件は？」

「守屋彰彦の行方を追っているのか」

夕飯は何を食べたか。そんな質問に聞こえた。

「はい」正直に答えた。この場に現われた以上、行動は把握されている。隠したところで白々しいだけだ。「一応、同期ですから」

「そうか」何の驚きも感じられなかった。視線を前に戻す。「監察官室も同様だ」

「そのようですね。青井くんから少しだけ聞きました」反応を窺う。変化なし。「ですが、たかが一週間程度の無断欠勤に首席監察官が乗り出すものなんですか」

「県警内に、冤罪を捏造《ねつぞう》しているグループがある」

交差点に信号機があるとでも言わんばかりだった。内容と口調が比例していない。恭弥の挑発的な言葉にも動じた様子はなかった。

「それは――」初めて聞く話だった。恭弥は言う。「組織的にということですか。個人ではなく」

「むしろ個人の方が難しいだろう。県警もそこまで抜けてはいない」

「いつから気づいていたんですか、その存在に」

「以前から追っていた」再度、視線が向けられる。

「本当にあるんですか、そんな組織が」恭弥は、まだ半信半疑だ。

「確証はない。だから追及している」

「存在すると考えた理由は」

「他の県警と比較して、自白偏重の送致が多い。物的証拠が脆弱《ぜいじゃく》な事案に関して顕著《けんちょ》だ」

〝八〇五〇殺人〟も物的証拠は少ない。恭弥は問う。

「根拠が弱くないですか。捏造グループの目的は何です?」

「基本は金銭だろう」淡々と話す。「何者かから依頼を受け、犯罪を見逃すだけでなく、無関係な人物を検挙し報酬まで得ている。多くは、犯罪者自身が罪を逃れるためと考えられる。金で身代わりが買えるなら、安いものだろうからな」

己の所業は揉《も》み消され、身代わりまで立ててくれる。犯罪者にとっては心強い限りだろう。本当に存在するとしたら、悪質極まる赦《ゆる》しがたい連中だ。ましてや、それが警察官ならば。半倉が続ける。

「あと、捏造グループには人事的な狙いもあるようだ」

「冤罪を捏造しても、人事が有利になるとは思えませんが」

「それも、存在に気づいた理由の一つと言える」半倉の表情に変化はない。「県内の有力者が関わっている際に、そうしたケースが目立つ。政官財界の大物などだ。その子息などが被疑者と考えられる事案でも、別の人間が送致されている場合がある。立場の弱い人間が多いように思う」

「弱者に罪を擦《なす》りつけて、強者に貸しを作り、代わりに出世させてもらうと？」

「そうしたコネを作りたい輩《やから》がいても不思議はない」

無実の弱い人間を、警察官が罪に陥れている。監察官室としては看過《かんか》できない状況だろう。半倉の性格を考えればなおさらだった。

「それは分かりますが」恭弥は考えた。「それと守屋を追うことに、何の関係が」

「守屋彰彦の身柄を確保し、失踪理由を明らかにする。それが、捏造組織を白日《はくじつ》の下《もと》にさらす端緒《たんしょ》となる可能性が高い」

「その根拠は？」

「難事案解決後、功績のある捜査員が姿を消した。それだけで充分だ」

冤罪——恭弥には思い当たる事案があった。〝美容院チェーン社長夫妻殺害事件〟。文字どおりの夫婦が殺害され、被疑者としてあるホームレスが逮捕された。暴力的な取調べにより自白を強要、冤罪となる寸前で恭弥が食い止めた。真犯人の父親は、大手電機メーカーの重役だった。半倉が示す事案例と合致する。

取調べを担当したのは、沼田《ぬまた》という巡査部長だった。現在は退職している。半倉とは、昔から親しかったと聞いていた。

それが、きっかけだろうか。

車内の気温が、一段と下がった気がした。白銀灯の灯りが冷たい。青井の姿は暗闇に溶けこんでいる。

「守屋を追う論拠が脆弱《ぜいじゃく》だと思いますが。その捏造グループの関係者と考えているんですか。奴も加担していると」

「確かに弱いな」半倉は言う。「あくまで一つの方向性。関係ないこともあるだろう。それも、視野に入れてのことだ。対象組織は堅牢で、漏れ出てくる情報も非常に少ないときている。可能性はどんなものでも、ひとつ残らず潰しておきたい」

「それは分かりますが――」

守屋失踪と冤罪捏造グループには関連性があるのか。

〝八〇五〇殺人〟も捏造された冤罪だったのだろうか。ならば、なぜ守屋は冤罪弁護士の小暮を訪ねたのか。自らの取調べ記録を無断で渡すまでして。

「ここまで説明したところで、君に訊きたい」

半倉の口調は変わらない。冷静沈着。吐く息は、外気より温度が低いはずだ。

「守屋の行方を、どこまでつかんでいる？」

「恥ずかしながら、まったく。五里霧中《ごりむちゅう》といった感じです」

「弁護士の小暮についてはどうだ？　守屋も会っていたんだろう」

「訪問していたのは間違いないようです。小暮が専門とする冤罪などについて話していたようですが。聞く限りでは、一般論の域を出ません」

「本日の一五時三三分、君はＮＰＯ法人サポートクラブ野毛山を訪問しているな」

「ご賢察のとおりです」

恭弥の嫌味は、意に介さず続ける。

「守屋も訪れていたのか。その目的は？」

「マル被の取調べに関する下準備でしょう。瀬田の一家に対して、支援を行なっていた団体ですから。そこで八〇五〇問題に関心を持ち、足しげく通うようになった。スタッフの話を聞く限り、その程度にしか思えません」

半倉の顎が、わずかに平衡《へいこう》を崩した。うなずいたようだ。恭弥は言う。

「動くなと言いたいんですか」

「言えば、大人《おとな》しくしてるか」

恭弥は視線を落とした。肩でも竦めて見せたいところだ。

「自由に動いて構わない」半倉は続ける。「今の部署なら、時間の融通《ゆうずう》も利くだろう。君を抑えるために人員など割《さ》くより、つかんだ情報を流してもらった方が生産的だ。最近は何事も効率優先だからな」

「おっしゃるとおりで」

「ただし、情報を抱えこむのはやめてもらう。君と監察官室。連携を密《みつ》にして、事に当たっていくこととする」

「〝連携を密に〟」恭弥が鼻を鳴らす。「役所構文ですね」

半倉の返事はなかった。情報のフィードバックも約束されていない。視線だけが向けられる。有無を言わせぬ圧力があった。

昨日、電車内で捜査第一課の追尾に気づいた。話そうかと考えたが、やめておいた。まだ、カードを切るタイミングではない。肚《はら》を探っているのは、半倉も同様のはずだ。

「了解しました」

「以上だ」

視線が前方に戻される。出ていけという合図らしい。恭弥は寒空の下に出た。

「終わりました？」

暗闇から青井の声がした。顔から順に浮かび上がってくる。

「ああ。待たせたな」

「それでは、早速に失礼しますよ。もう風邪引きそうで」

青井が運転席へ回る。恭弥は横顔に声をかけた。

「おれのアパートまで送ってくれないのか」

「またまた、ご冗談を」

運転席に滑りこみ、青井がエンジンをかける。ヘッドライトが点ると同時に、レクサスがバックし始めた。黒塗りの車体が白銀灯を照り返す。

首席監察官が去るのを待ち、恭弥は歩き始めた。

23：14

『ご両親の件、大変お悔やみ申し上げます。瀬田さんが被害に遭《あ》われた事案を担当しています守屋と申します。よろしくお願いいたします』

口ごもりながら、同じ言葉で瀬田宣之も取調官に返事をした。

自宅アパートで、恭弥はパソコンのディスプレイに向かっている。部屋の蛍光灯は点けたままにしてある。

シャワーや着替えもそこそこに、デスクに座った。小暮から受け取ったフラッシュメモリを接続する。入っていたファイルは一つだけだった。数字だけで、名前さえついていない。日付を表わしているようだ。

再生すると、一人の男が右横から映されていた。瀬田宣之だ。画面左側、部屋の奥側に座っている。

短軀で小太り、髪は長くぼさぼさだった。顔はむくみがちで蒼白く、もみあげから顎と喉《のど》にかけて無精髭《ぶしょうひげ》が覆《おお》っている。目や鼻などの各パーツは小さい。終始うつむき加減で、陰鬱《いんうつ》な雰囲気があった。

こうした外見が、世間の印象を悪くしている感はある。瀬田の写真等は、すでにマスコミ報道などでも晒《さら》されていた。最初はあくまで被害者家族というスタンスだったが、真意は観る側に伝わっている。両親を殺害したひきこもり男。隠された悪意は確実に伝染した。

デスク上には、電気スタンドなど物は一切置かれていない。被疑者の手に渡り、凶器化する恐れがある。取調官の受傷を防ぐ措置だ。

少し遅れて、守屋が入室した。記録担当者も同行している。待たせたことに断りを入れ、着席した。

守屋は瀬田と向かい合う形となった。記録担当者はドア傍の席に着き、ノートパソコンを開く。マジックミラーの外には、監督官やほかの捜査員たちが控えている。

『本日は、捜査にご協力いただきありがとうございます。お疲れになりましたら、自由に退出していただいて構いません。また、ここでお伺いすることは、捜査の証拠となる可能性もあります。お話しになりたくないことまで、無理にはお聞きしませんので』

最初の挨拶から判断して、守屋は瀬田を被疑者とは扱っていない。被害者の遺族、参考人として話を聴く姿勢だった。一般には〝重要参考人〟という用語が使われるようだが、現場で聞いたことはない。被疑者でなければ、すべて単なる〝参考人〟だ。

『ここでの会話内容につきましては、冒頭からラストまで録画及び録音のうえ、記録として残したいのですが。了解いただけますか』

遺族からの聴取なら、録音及び録画は義務化されていない。逆に、相手の承諾が必要となる。断られれば実施できないが、大抵《たいてい》の場合は了承されるよう〝粘る〟。

録音及び録画は取調べを適正化するためのもので、聴取対象者の権利を保障する目的がある。加えて、対象者の言動を抑える効果も期待される。ゆえに拒否されても、安易に受け入れないよう指導されている。

瀬田は録音及び録画を了承した。複数の角度から撮影は行なわれているはずだ。被疑者はもちろん、取調官の表情も残しておく必要がある。口調は丁寧でも、表情などで威嚇している恐れがないとはいえない。

データにあるのは、この画角のものだけだった。守屋と瀬田、男二人が座る姿で固定されている。取調べが行なわれたのは一〇月、守屋はいつもの質素なスーツを着ていた。対して瀬田はトレーナーとジーンズ、多少垢じみて見える。

『ホテルでは、ゆっくりお休みになれましたか』

守屋が訊く。自宅を焼け出された瀬田は、県警が手配したホテルに宿泊しているらしい。宿泊を伴う取調べは違法ではなくとも、心理的な強制が問題とされる場合もある。捜査本部は思い切った行動に出ているといえた。

恭弥は動画の時刻表示を見た。一三時三一分。本部長または署長の事前承認がない限り、二二時から翌朝五時もしくは一日八時間を超える取調べはできない。加えて、被害者遺族からの聴取だ。さらに時間は限られるだろう。

守屋は緻密な計画を立て、入念に準備してきたはずだ。ＮＰＯ法人サポートクラブ野毛山訪問も、その一環だろう。

『ええ、まあ。おかげ様で』

視線を泳がせつつ、瀬田が答えた。守屋は笑顔で応じる。

事件当夜の事実確認から始まった。瀬田の供述に基づき、オープンな質問で自由に語らせていく。逆に、イエスかノーで答えるものはクローズド質問と呼ばれる。

暴力はもちろん、恫喝や言動が荒れることさえない。誘導や便宜《べんぎ》供与等もなし。六類型の監督対象行為は一切なかった。

三十代と五十代――守屋は少し若く見え、瀬田は逆に老けた感じだ――が、世間話をしているかのようだ。常に、冷静かつ紳士的な取調べだった。

『ご苦労なさったらしいですね』

話題は瀬田の生活、ひきこもり暮らしに及んだ。攻めるような口調ではない。相手に興味を持ち、共感を示していく。信頼関係の構築、ラポール形成の一環だった。人は信頼できる人間にしか話をしない。守屋も言っていた。重大な告白ならなおさらだ。

『な、何とも恥ずかしながら』口ごもりながら、瀬田が額を掻く。『家族にも、迷惑をかけ続けてきました』

『ご両親とも力を合わせていらっしゃったとか。NPOの方から話を聞きました』

何度か瞬《まばた》きし、瀬田がうなずく。守屋も微笑《ほほえ》んだまま、うなずいて見せた。相手の自尊心を傷つけてはならない。古くからの友人や、味方と思わせる必要がある。

瀬田の両親にも話は及ぶ。途切れ途切れに瀬田は語っていく。

『……うちの親父は現役時代、家庭を顧《かえり》みず仕事と接待に明け暮れていました……。しつけや教育は基本、お袋任せで。なのに、テストや受験とかの結果ばかり求められて。ひきこもった長男を恥ずかしく思ってたんでしょうね。ひた隠しにされてましたから』

年齢的にも限界を感じたか、父親は息子を立ち直らせようと動き始めた。感謝していると瀬田は言う。

母親にも話は及んだ。家庭を顧みない父親に代わり、家事や育児を一手に引き受けてきた。教育の成果だけを厳しく要求する、夫の顔色ばかり窺っていた。

『お袋も……おれがひきこもってからは、親類や近所の評判ばかり気にして……。何度も泣かれました……無視されたりとか。でも最近は、親父といっしょに話をしてくれるようになって。〝一念発起した〟なんて、本人も言ってましたよ』

話題は瀬田の趣味へと移る。子どものころから野球が好きで、地元球団のファンという。

『よく横浜スタジアムにも出かけました。当時は、まだホエールズでしたが』

答える瀬田の表情は若干明るい。雑談ばかりでは足元を見られるが、相手との距離を詰める効果は期待できる。

『そうでしたか。私が物心ついたころには、もうベイスターズでしたよ。ですが、親父はジャイアンツファンでしてね。〝子どもは地元の帽子を被りたがるが、いずれ現実が見えてくるのさ〟なんて嫌味言うもんで、よくケンカしてました。もう亡くなりましたけど』

守屋は、両親を早くに亡くしていた。瀬田との共通項だ。その事実をさりげなく提示し、共感し合える事項を増やしていく。あえて弱みを見せる意味もあった。ともに、相手の内面へ飛びこむことを目的としている。

事件に話が戻される。瀬田が犯行を認める気配はない。

守屋は、殺人や放火といった直截《ちょくせつ》な表現を使用しなかった。無理に自供を求めることもない。取調べのコツに、未来を想起させないというものがある。将来に暗いイメージを持つことで、事実関係から目を背《そむ》けさせてしまうからだ。

オープンな質問を繰り返し、取調官は聴き役に徹していた。相手が〝聴いて欲しい〟と思うようになるまで、辛抱《しんぼう》強く続ける。距離を詰め、信頼関係を築く。〝割り屋の守屋〟の神髄だろう。

『実は、瀬田さんに確認していただきたいものがあるんですが』

守屋が取り出したのは、横浜大洋《たいよう》ホエールズのタオルだった。古いもので洗濯等により色あせている。半分以上が焼け、燃え残りといっていい。署名などは見当たらない。広げられた状態でビニール袋に入れられ、証拠番号が付《ふ》されている。

現在は乾燥しているが、タオルは濡れた状態で発見された。消火時の放水を浴《あ》びたと考えられていた。署名はじめ指紋その他、持ち主を特定するものはなかった。

当該事案は、物証が極端に少ない。真犯人を示すものは皆無といっていい状況だ。落とすには証拠が不可欠といわれている。提示するタイミングも重要で諸説ある。守屋は取調べの最終盤を選んだ。〝後出しジャンケン〟といわれる手法だ。

ディスプレイ内の守屋とともに、瀬田の反応を見る。タオルの焼け残りを凝視《ぎようし》していた。額《ひたい》に汗が浮かんでいる。一〇月半ばのため、室内に空調は入っていないだろうが、汗ばむ気温ではなかったはずだ。

『現場から発見されましてね。どなたの物か、ご存知ないですか』

具体的な発見場所は言わない。〝秘密の暴露〟に充《あ》てるためだろうか。

瀬田はタオルを見つめていた。瞬きが多い。唾《つば》を飲んだか、喉仏が動いた。

『……僕です』

痰《たん》が絡《から》んだようなかすれた声だった。三〇秒ほどが経過していた。守屋が視線で発言を促す。瀬田は咳払いした。

『僕が、そのタオルを使って……自宅に、火を付けました――』

守屋は表情を動かさなかった。立ち上がりかけた記録担当者を右手で制する。こちらは、顔に驚きを隠せていない。

瀬田の自白と同時に、取調べ記録は終了した。恭弥は時間を確認する。時刻表示は15：58：32、三時間近く経っていた。物証がない状況下では、短時間で落としたといえるだろう。

だが、恭弥は違和感を覚えていた。どうして、自白のタイミングで撮影を止めたのか。取調べ中に参考人が自供する。よくあることだ。被疑者に切り替えられ、緊急逮捕されるのが通常手続きだ。

続いて行なわれるのは弁解録取。被疑者に弁解の機会を提供するものだ。罪状を聞き取り、弁解録取書を作成する。確かにフェーズは変わっている。だが、録画を中断する理由にはならないだろう。

当時の対応はどうだったか。その後の捜査状況は。確認する必要があった。

深夜の自室。恭弥はパソコンをシャットダウンした。守屋の取調べ内容自体には、特に不審な点はない。

本当に冤罪捏造グループは存在しているのか。守屋の関与は。なぜ、取調べ記録を小暮――冤罪弁護士に見せたりしたのか。

アパートは鉄筋コンクリート造四階建て、ワンフロアに五部屋が並ぶ。恭弥の自宅は、二階の中ほどにあった。

窓から外を見た。アパートの前後は駐車場となり、国道一六号へつながる道路と接している。恭弥の部屋には、南側の駐車場から入る構造となっていた。

自室が窺《うかが》える場所に、見知らぬ車があった。白い四ドアセダンだ。アパートへの出入りも確認できる位置だった。

監察官室か、それとも――

窓から離れた。恭弥のアパートはワンルームだった。玄関からの通路に簡素なキッチンとユニットバスがあり、突き当たりがフローリングの六畳間となっている。バブル期以前、近くの国立大学生目当てに建てられた物件だ。駐車場は狭く、周辺道路も広くない。

恭弥は濃紺の防寒着を羽織った。普段使うことのないフードも被る。灯りを点けたまま、外へ出た。アパートの構造は熟知している。車から見られぬよう接近するのは容易《たやす》い。

階段を下りきる手前の踊り場から、身を翻《ひるがえ》した。植え込みの傍《そば》に着地する。この場所なら、車から見られずに移動できる。

深夜二時を回っている。街は静まり返っていた。ときおり、国道一六号から車の走行音が響いてくるだけだ。

車の背後へ回りこんだ。車種はトヨタのマークX、ナンバーも記憶する。後ろから窺う限り、運転席と助手席に一人ずつの計二名が乗っていた。

アパート前には戸建て住宅が並び、間に狭い路地がある。恭弥は身をすべり込ませた。家を遮蔽物にして、車の前に出られる。わずかな灯りを頼りに、歩を進めていった。

ブロック塀の陰から、マークX内をフロントガラス越しに窺う。昨日と同じ県警本部捜査第一課員、片岡と奥平が見えた。恭弥の部屋に注目するでもなく談笑している。

捜査第一課が恭弥を追尾、動向を視察しているのは間違いない。何のために。

今すぐ問い詰めるのは簡単だ。だが、手の内を晒す結果になりかねなかった。もっと状況を把握してから、行動に移しても遅くはない。

恭弥は踵を返した。来たルートを戻っていく。明日は朝からやるべきことがある。

第四章　一二月一七日　金曜日

9：03

金曜の業務は窓口担当からではなかった。前日の相談内容に関する取りまとめを、早々に済ませる。署上層部への報告はあとに回して、恭弥は電話をかけ始めた。

まずは、県警捜査第一課の今宮颯太《そうた》に連絡する。強行犯捜査第七係の巡査で、恭弥が同所属にいた際の部下だ。当時の係員で残っているのは、ほかに係長の赤名《あかな》だけとなっている。

第七係は第二係をサポートする形で、瀬田の事案に関わっていた。

「〝八〇五〇〟は、瀬田が〝本モノ〟ですよ」

本モノ――真犯人を意味する。恭弥が問い合わせると、今宮はあっさり答えた。いつもどおりのマイペースな口調だ。

「どうして、そう思う?」

「弁解録取書や供述調書も読みましたし。別に、おかしなところは──」

守屋の取調べによる自白後、瀬田は殺人及び現住建造物等放火の罪で緊急逮捕された。弁解録取さらにその後の供述でも、素直に自供している。

「供述調書の書き方は〝物語形式〟?」

「そうでしたね。なかなか真《しん》に迫ってましたよ」

物語形式は平文形式ともいう。文字どおり、小説のような書き方を指《さ》す。逆に、一問一答スタイルで記載されたものは〝問答形式〟と呼ばれる。取調べ内容に確信がある場合に、物語形式は用《もち》いられる。調書の作成者は自信を持っているといえる。

「家に放火したやり方も具体的でしたしね。ほら、柱とかをライターで焙《あぶ》ったって、なかなか火なんか点《つ》かないじゃないですか。ある程度大きな裸火じゃないと。だから、自分のタオルを使って──」

被疑者を落としたきっかけ。守屋が見せた横浜大洋ホエールズのタオルは、瀬田の物だという。幼少のころ両親に買ってもらい、箪笥《たんす》に仕舞いこんでいたそうだ。

裸火は生火とも言われる。松明《たいまつ》のように、現に燃えている炎だ。瀬田は例のタオルを絞り、台所のコンロで着火した。それを以《もつ》て、両親居室の障子に放火したと供述している。

タオルは、あとで処分しようと考えていたという。炎の熱さに耐えかね、窓から火のついたまま投げ捨てた。確かに、瀬田の右手には火傷《やけど》があった。

「僕、現場の引き当たり捜査にも立会したんですよ。瀬田は、タオルの発見場所をぴたりと言い当てましたよ」

タオルの焼け残りは屋外の庭、室外機の傍《そば》から発見されている。当該場所の上部にある窓から、瀬田は投棄したと供述した。今宮は続ける。

「あの晩は風もなかったですし。捨てられた場所に、そのまま残ってたんでしょうね。タオルが焼け残っていたのは幸運でしたよ」

「瀬田は、自ら進んでタオルの投棄場所を言ったのか。捜査員が指し示した場所に、同意しただけじゃなく？」

「そんなことしたら、〝秘密の暴露〟にならないじゃないですか。引当捜査報告書にも、その旨《むね》明記されてますよ。それが、検察でも起訴の決め手になったらしいですから」

瀬田が捨てたと供述した場所と、タオルの発見箇所が一致した。確かに、秘密の暴露に当たるだろう。

「最後まで、取調べは守屋一人で行なったわけ？　自白までは奴の手柄と聞いてるけど」

取調べの記録映像を見たとはいえない。今宮の喋《しゃべ》りが、わずかに止まった。

「……第二係の人たちだと思いますけど」

「思う？」

「取調べは、第二係が主《しゅ》で行なってたんですよ。藤吉課長代理が指揮して。具体的に、誰が対応したのかまでは知らないです。でも、間違いないでしょ。割り屋の守屋が落としたんだから」

強行犯捜査第二係は、藤吉課長代理の所管《しょかん》となる。守屋も主任として所属している。先日から、恭弥を追尾している片岡と奥平も同じ係だ。

「分かったよ。ありがとう。また、いろいろ教えてくれると助かる」

「はい、はーい」

恭弥の礼に、今宮は明るく答えた。相変わらずの気楽さだ。

連絡には、自身のスマートフォンを使っている。場所は署一階にあるトイレ傍の廊下、冷え込みが厳しい。一度、課室に戻った。前日の相談取りまとめについて、上の決裁を仰《あお》ぐ。

署長室からの帰り、廊下でスマートフォンを取り出し、やはり第七係に所属していた秋元に連絡する。現在は、刑事部機動捜査隊の巡査部長だ。

「恭さん、お久しぶりです。寒くなりましたね」

こちらも変わらず、威勢のいい声だ。

「秋元さん。〝八〇五〇〟の現場には臨場したんだよね」

「ええ。発生当初だけですが」

「マル被《ひ》の瀬田から話聞いた？　どんな感じだった」

「消火活動が優先ですから。ある程度鎮火してから、捜査員数名で行ないました。呆然としてましたね。何訊《き》いても、生返事で。〝火事ぶれ〟してなかったっていうけど、あの状態では無理じゃないかな。避難するのに精一杯って感じで」

「感触は？」

「まったく。全身煤塗《すすまみ》れの火傷だらけ、命からがら逃げ出したって感じでしたよ。あれで〝本モノ〟なら、かなり間抜けというか。少なくとも、放火に慣れてはないです」

「瀬田に関して、周囲の地取り結果はどうだった？」

「マル被は、相当評判悪かったですね。〝ブランコおじさん〟なんて呼ばれてて」

「ブランコおじさん」恭弥は訊き返した「何それ？」

「ひきこもりとはいえ、近くのコンビニぐらいには出かけてたそうなんですよ。で、雑誌とか漫画やらを買うんですが。その帰り道に公園があるんです。そこの遊具、ブランコに乗ってぼうっとしてたそうで。真っ昼間から、買ったものを読むでもなくね」

「なるほど。で、ブランコおじさんか」

「そういうことです。かなり気味悪がられてましたよ。近所では、有名な浮いた存在だったようですね。実際に、法に触《ふ》れるようなことをしていたわけではないんですが。いい年して働きもせず、親に迷惑かけてると。そんな悪い噂《うわさ》ばっかりでした」

「じゃあ、秋元さんの心証は、かなり〝黒い〟わけ？」

「逆ですよ。近所の話を聞けば聞くほど、あんな大それた真似《まね》できる男には思えなくて」

「秋元さんは、瀬田は〝なし〟と考えたわけだ。少なくとも、臨場時は」

「ですが、何と言っても割り屋の守屋が完落ちさせたんですから。おれの第一印象なんか、屁《へ》でもないですよ。確か、恭さん。守屋主任とは同期でしたね」

「まあね。で、消防は何て言ってた？」

「それなんですけど」

少し声を潜める。大声の秋元としては内緒話に近いだろう。

「隊員さん、最初は外部からの放火じゃないかなんて言ってたんですよ」

「え？」初めて聞く話だ。

「最終的に出火原因判定書の中で、どう書かれたのかは分からないんですが」

出火原因判定書は調査結果に基づいて、消防署が作成する。

「科捜研《かそうけん》経由で大学の先生に委託した鑑定結果は、マル被の供述と同じ。家の屋内、両親居室前で一致しています」

「消防の見立てと違うってこと？」

「自分も現場の人間ですから。長年培《つちか》った勘ってヤツは信用したいんですが。何せ鎮火直後、水浸《びた》しになった焼け跡見ただけの感想ですからね。きちんと調査したわけでもないですし。正式な鑑定結果の方が重いでしょ」

「それはそうだけど」

その後も何点か確認したが、すでに判明している事実の範疇《はんちゅう》を出なかった。礼を言って、恭弥は電話を切ろうとした。

今宮と秋元の意見は、微妙に食い違う。前者が捜査終盤、後者は発生当初に関わったためかも知れない。共通しているのは、割り屋の守屋に対する評価だ。改めて、偉大な同期がもたらす絶対的な信頼感に感服した。

「無茶しないでくださいよ」

面白がるように秋元は言う。声の大きさも戻っていた。

「恭さんから連絡あるぞって、衛藤主任から聞いてましたから。また、何かやらかすつもりだろうとは思ってましたけど。気をつけてください。今度こそ県警にいられなくなりますよ」

「実は、監察官室と業務提携してるんだ。首席の御墨つき」

「こりゃまた、びっくり」

「まあ、気をつけるよ。ありがとう」

恭弥は課室へ戻る途中、給湯室に入った。ピルケースを取り出し、抗不安薬《デパス》を服用する。

昨夜から入ってくる情報量が多すぎた。加えて寝不足もある。頭の奥から警報が響き始めていた。

13：06

ほほえみ相談窓口受付に座る恭弥を、見覚えのある女性が訪ねてきた。NPO法人サポートクラブ野毛山のカウンセラー新條怜音だった。

「ちょっと、よろしいでしょうか」

今日も〝地味〟で、全身をコーデしていた。無造作に縛られた髪と、化粧の薄い顔。カーキ色のパンツスーツは、建設会社の社員が着る作業服にしか見えなかった。同系色のダウンジャケットと、小さな黒いリュックを手にしている。

「今、窓口対応中でして」

「相談なら大丈夫ですよね、警察に関することですし」

「ええ、まあ……」新條の反論に、恭弥はうなずくしかなかった。

「できれば、個室でお願いしたいんですが。あまり多くの方に聞かれたくないので。そういうスペースもありますよね」

新條は冷静に続けた。確かに、そうしたコーナーは存在する。個室を要望する相談者も少なくない。〝面談室〟と一応呼んでいるが、パーテーションで仕切っただけの簡素な空間だ。

「面談室にご案内するから、あと頼むよ」

怪訝《けげん》な表情の村島に告げ、恭弥は立ち上がった。どうぞと新條を先導する。

面談室に入った。簡素なのは仕切りだけではない。テーブルと椅子もアルミやプラスティック、合成繊維で作られた軽量な代物《しろもの》だ。

恭弥は手前に座り、奥の椅子を新條に勧《すす》めた。

「お茶も出せませんが」

「お構いなく。うちのNPOでも出していませんから」

確かに出なかった。向かい合って、腰を下ろした。

「で、どういったご用件でしょうか」

「守屋さんは、どちらにいらっしゃるのでしょうか」

恭弥の問いに、新條は質問で切り返してきた。昨日NPOを訪ねたときは、守屋の失踪には触れていない。

「それはどういう――」

「瀬田さんの事件について相談しようと、昨夕電話したのですが連絡がつきません。携帯の電源自体が切られているようで。そこで、何かご存知ないかと考えまして」

「どうして、知っていると思うんですか」

「おかしいとは思ったんです。同僚の方が我々の団体を訪れたことなら、直接本人に訊《き》けば済む話ですから。ですが、私も迂闊《うかつ》でした。警察の方に、一人でも多く当方の活動を知ってもらいたくて。そちらの方にばかり気が向いてしまいました」

「瀬田の無実も主張したかった」

「そうですね。まさか、守屋さんと連絡がつかなくなるとは思いもしませんでしたから」

「守屋とは連絡を取り合っていたんですか。たとえば、ここ一週間ほどのことですが」

「いえ、特には。昨日あなたがいらっしゃったんで、思いついて連絡を。今の状況をお聞きして、今後のことを相談してみようと思ったんです。連絡先は聞いていましたが、電話してみたのは初めてでした」

「守屋からの連絡は？」

「守屋さんも私の携帯は知っていますが、直接に連絡いただいたことはないです。いつもNPOの事務所へ電話をくださってました」

恭弥は考えた。守屋は瀬田のひきこもり支援について、関心を抱いていた。ゆえに、サポートクラブ野毛山の家族療法も調査した。

守屋の行方を追うなら、新條の助力は不可欠となる。こちらの味方につけた方が得策だった。ギブアンドテイクの関係を築く必要がある。

「実は」恭弥は座り直した。「守屋とは一週間以上、連絡が取れなくなっています。職場も無断欠勤していて。県警内では、誰も居所を知らない状態です」

新條が目を瞠《みは》った。驚きを隠せない口調で続ける。

「ご自宅には？」

「ほかの者が確認しました。不在だったそうです」

「何かあったんでしょうか」

「分かりません」

「そうですか」新條は考えこむ表情になった。恭弥は言う。

「逆にお尋ねしたいのですが。先生のところを訪問した際、守屋はどんな様子でしたか」

「特別気になるところはなくて。昨日もお話ししましたとおり、あなたと似た反応でした。確かに明るい様子ではありませんでしたが」

「瀬田が無実というお考えは、守屋にもお話しになったんですよね。それについては？」

「静かに聞いているというか。あえて言うなら、沈鬱《ちんうつ》な感じだったでしょうか」

「それは、試し行動の辺りですか。親が共感や傾聴《けいちょう》を始めた際、一時的に問題行動が大きくなるという」

「そうですね」新條がうなずく。「誤解していただきたくないのは、ひきこもり当事者の家庭内暴力は、世間のイメージと違い非常にレアケースということです。ある調査では、三・三パーセントしか存在しないとの結果もあります。この件は守屋さんにもお話ししました」

「なるほど」恭弥もうなずく。

「もう一つは瀬田さんのご両親が、不確実性の受容や耐性を学ばれていたということです」

「どういうことでしょうか」

「昭和に現役を過ごした世代は、確実さや着実な事柄を信じ、曖昧《あいまい》さや見通せないものを排除する傾向があります。常に正解を求めてしまう。優秀な方ほど、その傾向が強い。それに対し、現在のメンタルヘルスでは不確実性を受け入れ、耐えることが重要とされているのです」

「マル害《がい》」言い直す。「すみません。瀬田の親御さんは、それを実践していたと?」

「そう言って差し支《つか》えないと考えています。ひきこもり当事者と生活していくには、非常に大切な事柄です」

「そのお話は守屋にもされたんですよね」

「はい。神妙な面持《おもも》ちで聞いていらっしゃいました。おかしな言い方かもしれませんが」

「それは己の行為を後悔していた。そんな感じでしょうか」

「いえ。そうではありません。むしろ、何か意を決したように見えました」

意を決した――守屋は何を決意したのか。

「守屋さんは、何かに悩んでおられたのでしょうか」

新條の問いに、恭弥は視線を上げた。

「他の公共機関もそうですが、県警職員でも我々のようなカウンセラーなどに相談される方は多いんです。過酷な教育の場に端《たん》を発して、そこから続くブラックな労働環境。メンタルヘルスは、もう日本の宿痾《しゅくあ》といっていい状況ですから」

「聞いたことはありません」

守屋から悩みなどを打ち明けられたことはなかった。

「まあ、悩みのない奴などいないと思いますが」

「そうですよね」

守屋に関して何か分かったら、連絡を取り合うこととした。携帯番号の交換を行ない、互いにスマートフォンへ登録していく。

恭弥は新條を見送った。窓口対応に追われている村島が、きつい視線を向けてきている。仕方なく、受付窓口に戻っていった。

18：07

昼間は忙しかったが、夕刻は早めに退勤できた。今日も黄金町法律事務所に向かう。

陽が落ちても、昨夕ほど気温が下がっていない。街行く人々も軽やかに見えた。事務所に入ると、小暮は出かけていた。二十分ほどで戻るという。

出された椅子に座り、暮れ行く街を眺めた。次々と灯《あか》りが点《とも》っていく。

「毎日、大変ですね。小暮先生相手じゃ正直きついでしょう」

数分待っていると、若手弁護士が近づいてきた。何度か顔を合わせたことのある男だ。

今日も椅子を勧めてくれた。

「いえ。大丈夫です」思いつき、恭弥は訊いてみた。「小暮先生は普段、どんな感じですか」

「そうですねえ」言葉を選ぶように、若手弁護士は答えた。「変わり者で短気、かな。裁判所や検察相手でも、平気で怒鳴《どな》りますから。もう〝瞬間湯沸かし器〟ですよ。正義感が強いんでしょうね。だから、とっつきにくいと思ってる人は多いんじゃないかな」

なるほどと恭弥は答えた。若手弁護士は微笑んで続ける。

「何せ、〝変人弁護士四天王〟なんて呼ばれてるくらいですからね。でも、その分だけ裏表はないですよ。嘘吐《うそつ》けないいし。頼りになる先輩です。おっかないですけど。ねえ――」

近くにいた弁護士に話しかける。三十代女性だった。先刻から、スマートフォンに噛みついていた。保育園へ娘を迎えに行くよう夫に指示しているようだ。

「え、小暮先生？　まったくねえ。同業者でも忖度《そんたく》しないっていうか。ほかの事務所にまでクレーム入れるくらいだから。私なんかも、さんざん批判されたし。あんなパワハラ親父、まあロクな死に方しないんじゃない。悪い人間じゃないんだけどね」

恭弥は激しく同意した。

「あら、小暮先生の悪口大会？」

六十前後の女性が廊下を通りかかった。事務員だろうか、グレーの制服を着ている。

「あんまりひどいこと言っちゃダメよう。可愛《かわい》い人なんだから。シャイなのよ。だから、照れ隠しに怒鳴ったり、荒っぽいこと言っちゃったりするの。憎《にく》めない男だから、私は好きよ。タイプじゃないけど」

録音して、小暮本人に聞かせたい。恭弥は思った。

聞き覚えのある笑い声が耳に届く。一階から響いてくるほど大きい。

オフィスの入口に小暮が顔を出したので、恭弥は立ち上がった。

「おう、狂犬。来てたか」

小暮の表情は明るい。意気揚々《いきようよう》とオフィスに入ってくる。

「上機嫌ですね」

「見ろ。馬子《まご》にも衣裳だろ」

「自分で言いますか」

確かに作業着ではなく、スーツ姿だった。就活生が着るような濃紺の吊るしだ。かなりくたびれていて、肩口にはほつれが見える。小暮は自分のデスクへと向かった。恭弥もあとを追う。

「ああ疲れた」

椅子に座った小暮は、赤い柄なしのネクタイを緩めた。

「久々の弁護士業務だったからな。それも刑事じゃない、民事だぞ民事」

詳細は語らないが、労働関係の事件らしい。夫を亡くした女性の代理人になったという。職場のパワハラにより自殺へ追いこまれたとして、会社を提訴したそうだ。

「破産や債務整理に離婚、消費者金融とか医療過誤《かご》の方が金銭面では美味《おい》しいんだが。贅《ぜい》沢《たく》は言ってられん。それに、今回の件は簡単だしな。あんなブラック企業、鼻息でけちょんけちょんにしてやる。搾《しぼ》れるだけ搾り取ってやるよ」

苦笑いか、邪悪な笑みか。複雑な笑顔で小暮は続けた。

「そう言えばクライアントのところへ出かける前に、カウンセラーが訪ねてきてな」

カウンセラー。新條だろうか。どうやって小暮の存在を知ったのか。

「NPO法人サポートクラブ野毛山の新條って言ってたな。いきなりやって来たんだが。被疑者の瀬田に支援を行なってた団体だろ」

「そうですね。用件は？」

「守屋の行方知らないかって」

「彼女は、どうやって先生のことを知ったんです？」

「守屋から聞いたって言ってたな。何にせよ、居所は知らん。心当たりもない。こっちが訊きたいくらいだと答えておいたよ」

「昼間、こちらへも来ましたよ。守屋と連絡が取れないといって。お互い情報交換できるよう携帯番号を交換しました」

「おれの方には、もうちょっと踏みこんできてな」小暮が鼻から息を抜く。「瀬田宜之の公判について、支援を要請された」

「今の国選弁護人を解任させようってことですかね。それとも手を組んで？」

「そこまで細かいことは考えてないだろう。まあ、おれの評判を聞き及んでのことさ。有名人様だからな」

　胸を張る小暮に、恭弥は息を吐く。

「で、何と答えたんですか」

「前にも言った通りだよ、おれは被告人やその関係者の主張を鵜呑《うの》みにはしない。皆、必死になって無実だと訴えてくるが、最初は頭から疑ってかかるくらいだ。そうやって、徹底的に吟味する。その結果、確信が持てる事件のみ引き受けてる」

「そうおっしゃってましたね」

「そうでもしなけりゃ、身が持たん。経済的にな。今日みたいな民事の依頼がコンスタントに入ってくれれば金にもなる。だが、本格的に雪冤《せつえん》を始めたら、とてもじゃないがほかの事件は手につかなくなっちまう」

小暮が言葉を切る。恭弥は待った。

「無罪を争うケースは労力だけじゃなく、金銭的な負担が大きい。そのくせ、被告も経済的に困窮していることが多いときてる。再鑑定の費用を負担するなんざ、まず無理だ」

「ほかにサポートしてくれる方は？」

「もちろん助けは求めるさ。支援団体に救済を依頼するし、弁護士の集まりではカンパや募金も要請する。恥ずかしながら、とな」

「皆、助けてくれるんですか」

「ある程度はな。有志の弁護士や支援団体だって、出せる金には限界がある。ない袖は振れないのさ。だから、そうした連中もおれと同じ。無実との確信がなければ動いてはくれない。ふり向かせるだけのネタを仕込まないと。でなければ――」

「ほかの支援元を探す」

「そう。守屋にも言ったが、重要なのはスポンサーの存在だ。そういう篤志家《とくしか》に助けを求める必要がある。そう都合よく見つかるもんじゃないけどな」

「新條さんに、この話は？」

「もちろん、した。納得したようには見えなかったが。とりあえず帰ったよ。また来るとは言ってたが」

「どうして彼女は、そこまで瀬田の無実に拘《こだわ》るんでしょうか」

「おれに分かるわけないだろう、そんなこと。ただ、瀬田は供述弱者とはいえる」

供述弱者は元々、一部の専門家が使用していた言葉だ。主に、少年や外国人を対象としていた。最近は、軽度の知的障がいや発達障害を持つ者も含まれる。

「五十過ぎのおっさんとはいえ、三十年近く自宅にひきこもってたんだからな。そんな男が両親を亡くしてすぐ、警察の取調べに引っぱり出された。供述弱者と呼んでも差し支えないさ。そうしたことを心配しているのかも知れん。彼女も、その道のプロらしいからな」

「守屋の取調べ動画を見て、どう思った？」

小暮が訊いてきた。今夕訪問したのは、その話をするためだ。恭弥は答えた。

「特に問題点は感じられませんでした」

「そうだよなあ」小暮が腕を組み、天井を仰《あお》いだ。「強制、暴力、脅迫、詐術、利益誘導などは一切なし。記憶を混乱させるようなこともなかった。まあ今どき、そんな乱暴な捜査も減ってはきてるんだろうが」

「見たところ、参考人が自ら自白したようにしか」

「確かにそうだ。連日にわたる長時間の取調べで、心理的に追い詰めたわけでもないし」

「一日限り、三時間だけです」

「代用監獄にも入れてないんだから、面倒見もできねえしな」

留置場に入れることを、代用監獄と呼ぶ弁護士は多い。面倒見は収容中の不便な生活に対して、利益供与を図ることだ。

「別件逮捕どころか、ホテルからお迎えしてる。宿泊を伴う取調べは、やり方次第では留置場と変わらない場合もあるが。そこは細心の注意を払ってるみたいだし。あとは、守屋が投入された背景だな」

「といいますと」

「捜査が難航してる場合、適当な奴をパクることがある。とりあえず目についた怪しそうなのを、当局が焦った挙句《あげく》にな。さらに捜査員が誤った使命感から、そいつを徹底的に締め上げる。昔は〝三日あれば、誰でも自白させられる〟と豪語する刑事もいたらしいからな」

「守屋から、そうした焦りは感じられませんでしたが」

「それが顔に出るようじゃあ、割り屋の守屋とは呼ばれねえだろう。とはいえ、おれも同じ意見だがね。冤罪を生まない取調べ技法としては及第点といっていい。百点満点とまではいかないまでもな」

「自白の任意性は担保されていると思います」

「いや。それは早計《そうけい》だな。映像は〝自分が犯人だ〟と告げた瞬間で止まってる。そのあと、犯行の経緯をどのように自供したか。問題は、そこだ。自白内容が理由もなく二転三転してれば、話は違ってくる」

「瀬田が真犯人を演じている、と」

「そうだ。無実の人間が自白に落ちた際、犯行の内容を自ら考える必要が出てくる。捜査側と無意識のうちに協力して。そこには一定の語れなさがある。〝無知の暴露〟が。分かっている事実から、逆行的に犯行を組み立てていった可能性も否定できない」

　提供された記録以降の、取調べ内容は不明だ。伏せられているといってもいい。

「順行的に考えた場合に、犯行内容に不自然さが出てくることもある。どういう状況で自白したか。当人の心理を推しはかる科学を供述心理学と呼ぶ。あのあとの映像か調書があれば、専門家の判断も仰いで、供述心理鑑定書を書かせることもできるんだが」

「ですが、逆に〝秘密の暴露〟もありました。瀬田が落ちたときに、守屋が見せたタオルです。その投棄場所を被疑者は言い当てています。後日実施された現場の引き当たり捜査において」

　恭弥の言葉に、小暮は鼻を鳴らした。

「〝賢いハンス効果〟って知ってるか」

「何です？」恭弥は眉を寄せた。

「一九世紀後半のドイツに、ハンスって馬がいた。こいつが驚いたことに計算ができるという。問題を出すと、蹄《ひづめ》を叩き始めて正解の回数で止めるんだ」

「はあ」何を言わんとしているのか分からない。

「計算と言ったって、単純な足し算とかだ。その場にいる人間には皆、答えが分かってる。何のこたあない。そいつらが無意識に反応して、ハンスに答えを教えてたのさ。視線や、ちょっとした身体の動きでな。もちろん、わざとじゃない」

　何かで読んだ記憶がある。小暮が続けた。

「馬だって空気読むんだ。いわんや人間をや、だ。現場引き当たりで、犯人しか知り得ない事柄を当ててみせた。なるほど、捜査陣は〝秘密の暴露〟だと大喜びだろう。実際は無実の被疑者が周囲の反応に対して、必死でアンテナを張りめぐらせた結果に過ぎない」

「立会した捜査員が無意識のうちに正解を教えていた、と？」

「よく言われてることだ。誘導や捏造《ねつぞう》は必要ない。追い詰められ犯行を自白した無辜《むこ》が、一生懸命に犯人を演じた結果さ。こういう被疑者は、公判でも捜査員に指示されたなどと証言はしない。それは、真犯人の考え方だ。自分に有利となるからな」

「ですが、出火場所は瀬田の自供どおりとの鑑定結果もあります」

「おれは、捜査側の鑑定結果は信用しない。バイアスがかかってるからだ」

恭弥は小暮を見た。冤罪弁護士は続ける。

「警察や検察から鑑定依頼されてるのに、最初から当局の見立てを否定してかかる奴はいない。普段の親しさや、自白の中身を先に知らされることで、ミスリードされちまう場合もある。そこに予断《よだん》が生まれるのさ」

「…………」

「誤判と誤鑑定はセットなんだよ。この間も、ＤＮＡ鑑定を間違えてたなんていう冤罪事件があったろ」

「ええ」恭弥はうなずいた。全国的に有名な事件だ。

「虚偽自白とジャンクサイエンス。誤鑑定なんてのは、言ってみれば似非《えせ》科学だからな。この二つが組み合わさって、冤罪は生み出される。そこに警察や検察のお墨付きが加われば、裁判官は否定しない。皆、国家権力という同じ側の人間だからだ」

「裁判員裁判も始まりましたが」

「多少は状況も良くなっているが、根本的な違いはないだろうな。証拠の権限を、裁判官が無制限に握っている限りは。いくら被告に有利な証拠があったとしても採用されず、裁判員に見せられないなら同じことだ」

瀬田は無実なのか。守屋は、無辜の被疑者をあえて落としたのか。なぜ、取調べ記録を小暮に見せたのか。冤罪捏造グループは当該事案とどう関わってくるのか。捜査一課は、どうして自分を追尾するのか。

最大の不明点は、守屋の所在だった。なぜ行方をくらませたのか。そもそも、本当に失踪なのだろうか。何者かに攫われた可能性は。無事だろうか。恐ろしい想像に、恭弥は内心の震えを感じた。

「とにかく、今の段階では不明な点が多すぎるってことだ」

小暮の言葉に、恭弥は問うた。

「守屋は、何が問題だと考えていたのでしょうか」

「さあな」小暮が首を傾《かし》げた。

オフィスから、帰宅する弁護士が増え始めた。恭弥と小暮以外には二、三人しか残っていない。暖房も落とされたようだ。

「本人に訊くしかないだろう。お前、土日は休みか」

「一応休みですが」

週末、相談窓口は開かない。土日が定休日となるのは、恭弥にとって奉職《ほうしょく》以来初めてのことだった。

「おれといっしょに、守屋を捜してみないか」

小暮の意外な提案に、恭弥は言葉に詰まった。

「ここで面つき合わせて、あーだこーだ言ってても始まらねえだろ。守屋がいなけりゃ話にならん。おれも、来週からは例の労働事件で忙しくなるし。あいつを捜し出すんなら、この週末が最後のチャンスになる。どうだ？」

民間人、しかも弁護士と捜査員を捜す。掟破りの申し出だ。首席監察官——半倉との協定もある。どうするか。

恭弥は内心、己を嗤《わら》った。しょせん神奈川の狂犬、監察官室など放っておけばいい。

「分かりました」恭弥は答えた。「明日、朝一番からお願いします」

恭弥と小暮は、ともに守屋の行方を追うこととなった。

第五章　一二月一八日　土曜日

6:58

身支度を済ませた恭弥は、自宅の窓辺に移動した。

見覚えのあるマークXが駐《と》まっている。昨夜からだ。乗員も確認してあった。捜査第一課の片岡と奥平だ。連日の張り込みとなる。

昨夜《ゆうべ》は手を出さなかった。だが、朝からついて来られるなら、話は別だ。恭弥は濃紺のスーツを着て、ネクタイはしていない。防寒着を羽織りながら外に出る。

暗い曇天《どんてん》だった。どんよりした雲が天を覆っている。空の色に反して、気温はさほど低くない。かじかむような寒さは感じなかった。体温を保つためでなく、裾《すそ》が閃《ひらめ》かないように、恭弥は防寒着のジッパーを締めた。

一昨日の深夜——昨日の早朝と同じルートで、マークXへと接近していく。洗面台で濡らしたタオルを手にしていた。片岡と奥平が、恭弥に気づいた様子はない。運転席と助手席に座っている。ときおり肩が揺れるのは、笑っているのだろう。

身体を低くし、恭弥は車の後方へ近づいていった。排気管を見た。排ガスは出ていない。ガソリン節約のためか、エンジンは切られている。刑事二人は並んで、車内の寒さに耐えているようだ。

恭弥は濡れタオルを固く絞った。沈黙したままの排気管へねじこむ。奥まで押し入れ、車から離れた。来た道を戻り始める。

今アパートから出てきた素振《そぶ》りで駐車場へ進んだ。片岡と奥平の視界には入っているはずだが、恭弥は視線を向けなかった。自身のスペースへと歩いていく。

自家用の日産フェアレディZに乗りこむ。七一年式２４０ＺＧ――ＨＳ30の旧車、車体の色は赤だ。かなり目立つが、致し方ない。エンジンをかける。車内にヒーターを効かせた。レストア済みのため、冬でも快調だった。

視界の端に、捜査第一課のマークXがある。片岡と奥平が動き始めるのも見えた。エンジンを始動しているようだ。

排気管を塞《ふさ》がれた車はエンジンがかからない。刑事二人が、慌てているのが分かる。

恭弥は悠然とZを発進させた。マークXの鼻先を左折する。あとに残された車は動き出す気配がない。運転席から飛び出す奥平が、ルームミラーに映っていた。

国道一六号に出た。小暮が住む県営住宅を目指す。車の交通量も少なく、静かな土曜の朝だった。出発前に見た天気予報は、降雪の可能性を示唆していた。

小暮の住まいまで、渋滞に巻きこまれることもなかった。県営住宅横の駐車場へと車を回す。そこで待ち合わせしていた。

駐車場の入口に、小暮の姿が見えた。中背の身体を、ハンフリー・ボガートが着るような薄茶のトレンチコートに包んでいる。中折れ帽までは被っていなかったが。裾からは、濃いグレーのスラックスが出ていた。

「狂犬、ここだ！」

車内まで響く大声だった。恭弥はZを右折させ、小暮の横に滑りこませた。運転席側のサイドウィンドウを下ろす。

「いつも、でかい声ですね」

「ふん。ぼそぼそ喋《しゃべ》る弁護士など、底の抜けた洗面器より役に立たん。ずいぶん古い車に乗ってるな。まともに走るのか、これ」

「大丈夫です。乗ってください」旧車に乗っていれば、この手の発言にも慣れる。

「待て。今、コンビニへコーヒー買いに行ってる」

「誰がですか」

「お待たせしました。もう寒くて」

聞き覚えのある声だった。恭弥は視線を向けた。

カウンセラーの新條だった。昨日持っていたカーキ色のダウンジャケットを着ていた。裾から見えるパンツスーツは、もう少し色が濃い。足はスニーカーだ。手には紙のトレイ、スタイロフォームのカップが三つささっている。

「おう、悪いな。ゴチになるよ」

恭弥が口を開くより早く、小暮が手を挙げた。新條の視線が向けられる。

「剣崎さん、いらしたんですね」

「ここで何してるんですか」

「新條先生もいっしょに行くからな」

恭弥の問いには、小暮が答えた。何事もなかったかのように、コーヒーを受け取っている。

「はあ?」眉が下がるのを感じた。「どういうことです?」

「まあ、コーヒーどうぞ。おごりです」

プラスティックの蓋《ふた》が載るカップを、新條が差し出してきた。車に乗ったままでは受け取るしかない。

「すみません」スタイロフォーム越しにも、微《かす》かに熱が伝わる。「ていうか、どうしてここにいらっしゃるんですか」

「私も、ごいっしょします」

「はあ？」再度、同じ言葉が出た。

駐車場への出入りに、邪魔とならない位置まで車を進めた。エンジンを切って、Zを降りる。コーヒーのカップは手にしたままだ。

「どういうことですか」

小暮に詰め寄ると、珍しく苦笑いしてみせた。

「大勢いた方が楽しいだろ」

「ピクニックじゃないんだから」

「人手はあった方がいいと思いますよ」新條が背後から言う。「手分けして動く場合もあるでしょうし。私も人捜しは専門ではありませんが、役には立つと思います」

「先生が呼んだんですか」小暮に問う。

「元々、彼女の提案なんだよ。守屋捜すのは」

「はあ？」三たび、同じ言葉が出た。

「昨日来たときに誘われたんだよ。新條先生も土日は空いてるって言うからさ。お互い、ちょうどいいかなあって。で、お前にも声かけてくれって言われてな」

小暮と新條が顔を見合わせ微笑み合う。昨日、初めて会ったようには見えない。

「何が〝いきなりやって来た〟ですか」恭弥は吐き捨てる。「以前からツーカーだったんでしょう」

「まあ。多少はな」小暮が答える。

「危険です。この方を連れてはいけません」

「性差別ですか」

恭弥の言葉に、新條が眉《まゆ》を吊り上げる。

「職業で区別してるんです。僕は警察官、小暮先生も一応弁護士ですし」

「一応って何だよ」小暮が口を尖《とが》らせる。

「とにかく心療内科医には荷が重すぎます。同行は許可できません。諦めてください」

「どうして、あなたの許可が必要なんですか。いいですよ、勝手について行きますから。私も自分の軽自動車で来てますし」

新條と視線が絡《から》む。もう〝はあ〟という気力もなかった。冬空の駐車場で、男女三人が円になっている。

「大丈夫じゃないか」小暮がなだめに入る。「神奈川の狂犬と呼ばれる刑事がついてるんだ。それに、おれもいるし」

「〝変態弁護士四天王〟ですか」

「〝変人〟だ」

恭弥は考えた。守屋が自ら失踪したのでなければ、どうなるか。何者かが関与していたら。捜査第一課の動きも不穏だ。念には念を入れるべきだった。断るのが本来といえる。だが、勝手について来られるより、同道させた方が安全を確保できるだろう。車二台の移動では、緊急時の対応が難しい。

「分かりました」恭弥は息を吐いた。「危険だと判断したら、中止します。また、緊急時は必ず指示に従うこと。いいですね」

新條が何か言いかけたが、小暮が押し留めた。

「もちろんだよ。おれたちだって、その道のプロだ。プロの意見には従うさ」

恭弥は二人を見回す。本当に大丈夫だろうか。

「そう怖い顔しないでさ。コーヒー飲んで落ち着きなよ。おれが買ってきたんじゃないけど」

小暮の言葉に、新條も続く。

「そうですよ、ぐいっと」

恭弥はプラスティックの蓋を取った。ブラックのコーヒーが舌を焼いた。

「この車じゃあ、三人は無理ですが」

コーヒーを飲みながら、恭弥は言った。旧車のフェアレディZでは、三人の乗車は厳しい。

「おれの車にしよう。四ドアセダンで、かなりデカい。今、キーを取ってくる」

小暮は言い、空《から》のカップと紙トレイも回収した。自宅に捨ててくれるようだ。意外とマメな面がある。

「いつから、小暮先生と？」

残された恭弥は、新條に話しかけた。

「最近ですよ。守屋さんの紹介で」

そうですかと答えた。一つ分かったことがある。新條の件も含め、小暮は情報を小出しにしている。恭弥を試しているのかも知れなかった。

キーを手に、小暮が戻ってきた。駐車場を進み、古びたトヨタ・クレスタの前で立ち止まった。ダークブルーの車体は陽に灼《や》け、あちこち剝《は》がれている。生産中止になって、かなり経《た》つ車種だ。

「平成初期の中間管理職が休日に磨《みが》いてた車ですよね。後生大事に扱って。うちの父親もそうでした」

新條が呟《つぶや》く。聞こえなかったか、小暮は上機嫌だ。

「今出すから、代わりにお前のポンコツを入れろ」

お互い様だと思ったが、恭弥は黙ってZに乗った。クレスタが出たあとの区画に、自分の車を入れる。

新條の軽自動車は、敷地内の空きスペースに駐めているという。来訪者が自由に駐車するので、住人が慣れてしまった場所らしい。

「運転します」

Ｚを降りた恭弥は告げた。小暮は運転席から顔を出し、新條に話しかけようとしていた。一応、警察官だ。アラフィフの弁護士よりは運転技術も上だろう。車上襲撃までは考えていないが、追尾をふり切る程度のことは予想される。

「そいつは楽でいいや」特に反対もなく、小暮は降車した。「じゃあ頼むわ」

恭弥は運転席、小暮が助手席、新條は後部座席に座った。

「冤罪弁護なんかやってると、車も買えなくてな。そんな貧乏暮らしを知ってる大学の先輩が譲《ゆず》ってくれたんだ」

小暮が自慢げに語る。発進させようとして、恭弥は戸惑った。

「サイドブレーキがないんですが」

「足元だよ、左側。知らないのか」

フットブレーキか。サイドブレーキのように手ではなく、足で踏み操作する。話に聞いたことはあるが、乗るのは初めてだ。

ＡＴ車自体が久しぶりだった。カーナビやドライブレコーダーも設置されていない。弁護士なら、事故を起こしても楽勝だろうが。

「これ、ステアリングやサスペンションがガタガタですね。アクセルとブレーキの遊びも、やたらと大きいし」

動かし始めてすぐ、恭弥は眉をひそめた。後ろから新條も言う。

「何か、おじさんの臭いしないですか。この車」

「お前ら、いちいちうるさいぞ！」

小暮の罵声《ばせい》は無視して、恭弥はクレスタを道路に出した。最初に向かう場所は決めてある。

8：32

クレスタは、横浜市神奈川区《かながわ》斎藤分町《さいとうぶんちょう》の賃貸アパートに着いた。守屋の自宅だ。途中のコンビニエンスストアで、新條が車用の消臭剤を買ってきた。充満する臭いが耐えがたかったらしい。小暮は不満気だったが、恭弥は早速、空調の吹出口に取りつけた。

空いている駐車スペースに無断で入れた。恐らく長時間にはならない。借主が帰宅する前に車を出せるだろう。

鉄筋コンクリート造の二階建てだった。左右に十部屋ほどが並び、並行する形で駐車場が設けられている。築年数及び部屋の広さ、家賃なども恭弥の自宅と大差ないはずだ。高級な物件ではない。

恭弥と小暮、新條はクレスタを降りた。端の階段を使って、二階へと上がる。

守屋の部屋は、二階の三部屋目だった。確認のため、インターフォンを押す。反応はなく、ドアノブも回してみた。鍵がかかっている。不在を確認しただけに終わった。

「まだ帰ってないことだけは、間違いないようだな」

小暮が呟き、三人は踵《きびす》を返した。帰宅を期待したわけではなかったが、捜索のスタートとしては外せなかった。

「管理会社の表記がないですか」

先行して階段を下りる新條に、恭弥は問うた。

「〝満足エステート〟みたいですね」

階段を下り切った一階の壁に、管理会社の白いプレートが貼ってあった。赤字で〝満足エステート株式会社〟と表記されていた。住所と電話番号もある。東白楽《ひがしはくらく》支店の担当らしい。

有名な不動産企業だ。国内有数といっていい。TVCMも多く放送されている。恭弥はスマートフォンで会社名を検索した。

主業務は宅地建物取引業に賃貸住宅管理業など。高級マンションの売買と、学生や単身者への手ごろな賃貸住宅斡旋《あっせん》を広く手がけているようだ。東白楽支店の店舗も検索した。

所在地はさほど離れていない。

「アパートの管理会社へ行ってみましょう」恭弥は言った。「部屋の中を見たい。鍵を開けてもらえるかも知れません」

満足エステート株式会社東白楽支店は、車で五分ほどの距離だった。

賑やかな商店街の一角、平屋の独立した建物だった。敷地の左側は、店舗を囲むようにL字型の駐車場となっている。半分ほどの区画が埋まっていた。

三人でクレスタを降り、店舗へ向かった。営業時間は九時から二〇時までの年中無休。開店したばかりとなる。

「いらっしゃいませ」

自動ドアをくぐると、元気だが端正《たんせい》な声に迎えられた。二十代だろうか、制服姿の女性が一礼している。

恭弥は女性の方へ向かった。店内もL字のカウンターに仕切られ、窓際には待合のソファが並ぶ。奥にキッズコーナーも設置されていた。

カウンターには窓口が五つあり、三つが埋まっている。待っている人間はいない。土曜の早朝、不動産会社として混雑しているかは分からなかった。

蛍光灯が女性の顔を明るく浮かび上がらせた。照明はすべて点《とも》され、照らす角度も調整されている。暖房の効きも完璧だ。

「お忙しいところすみません。県警保土ケ谷署の剣崎と申します」

恭弥は名刺を差し出した。休日のため、警察手帳は携帯していない。休日の持ち出しは、都道府県警ごとに対応が違う。常時携帯が義務づけられているところもあれば、持ち出し厳禁のところもある。神奈川は持ち出せなかった。

警察官の名刺は、警察手帳に較《くら》べれば身分証としての格は低い。作ろうと思えば、誰でも所持できるからだ。無視されてもやむを得ない。あとは、社員の対応に賭けるしかなかった。

小暮と新條には、後ろで待機させていた。身分も告げさせない。弁護士と精神科医を連れた刑事など怪しまれるだけだ。対応は自分に任せるよう、店へ入る前に告げてあった。

「支店長に話してまいります。申し訳ございませんが、あちらでおかけになってお待ちいただけますか」

優美な動きで、女性は窓際のソファを手で示した。よろしくお願いしますと言い、背後の二人に目で合図した。

女性は一礼し、事務所の奥へと進んでいった。壁際に座る男性が支店長らしい。

恭弥は小暮、新條とソファで待った。特に会話はなく、口出しもなかった。今のところは白紙委任されているようだ。

先刻の女性が呼びに来た。店の左手へと案内されていく。カウンターに付随したドアを抜けて進む。

カウンターの延長線上に、高い仕切りを設けた窓口があった。個室とまではいかないが、独立した感じを与えている。

「今、支店長が参りますので」

言い残して、女性は去った。窓口には回転式の椅子が一つしかない。後方のパイプ椅子に、小暮と新條を待機させた。

恭弥は回転椅子に座った。腰が深く沈んだ。木目のある仕切りは合板だが、かなり厚い。

「お待たせしました」

四十代半《なか》ばの男性が入ってきた。ドアはカウンターの外側と内側、両方に設置されている。

男性は髪を中央で固く分け、生真面目な印象だった。長身で痩《や》せている。流行の細身なスーツに身を包んでいた。

恭弥は立ち上がり、一礼した。名刺を交換する。男性は支店長——木下康則《きのしたやすのり》といった。

促されて、再度腰を下ろす。恭弥の名刺を念入りに確認し、木下もカウンター内の前方に座った。

「どういったご用件でしょうか。地元署の方ではないようですが」

「ええ。実は人を捜してまして。その関係で、ちょっとお願いに」

木下の問いに、恭弥は微笑んで続けた。

「守屋彰彦という県警の職員なんですが。数日、連絡が取れなくなってまして。彼の住まいが、御社が管理している――」アパート名を言った。「ですので、部屋の鍵を開けていただきたく参った次第です」

「ああ。その件ですか」予想していたような口ぶりだった。「確かに、そのアパートは弊社の管理物件です。ただ、鍵を開けるというのはちょっと……」

「警察の依頼でもですか」

「警察から依頼されてるんです。開けないようにと。お聞きじゃないですか」

「いえ」恭弥は首を横に振った。

「先日、警察の方がいらっしゃいまして。守屋様の件も伺《うかが》いました。我々、不動産屋はお客様の了解なく、物件をお開けすることはいたしません。人命に関わることや、犯罪捜査などでございませんと。よほどの緊急時でない限り、書面等でお願いしております」

それはそうだろう。口頭で開けてもらえるかは賭けだった。

「〝捜査関係事項照会書〟ですか。以前いらした方は書面もお持ちでしたので、私と社員が赴《おもむ》いて、鍵をお開けいたしました。部屋の中をご覧になったあと、守屋様の件をお話しになられて。〝誰が来ても、絶対に開けないように〟と厳命されてお帰りになりました」

「警察官でも、ですか」

「例外はないとのことでした」

警察の依頼ということで、自信があるのか。頑なな表情で続ける。

「お客様の了解なくお開けすることには抵抗がありますが。開けないようにとのご依頼でしたら、弊社としましてもお断りする理由がございませんので」

「県警の何という人間でしたか。御社を訪れたのは」

「それも話さないようにと言われております」

開けないよう命ずるのは理解できる。身分まで口止めするのは行きすぎに思えた。

「お知りになりたいのでしたら」木下は言う。緊張が感じられた。「警察の中で、お聞きになったらいかがでしょうか。同じお巡《まわ》りさん同士ですから」

それが、自然な対応だろう。無理に開けさせようとすれば、県警に連絡されかねない。

守屋を捜しているのなら、所属している捜査第一課員である可能性が高い。開錠しないよう命じたのは、課長代理の藤吉ではないだろうか。恭弥は訊いた。

「開錠時には立会されたんですよね？　いかがでしたか、室内の様子は」

「特には何もございませんでした。非常に整理されたお部屋で。綺麗に使っていただいていると思いました。それ以上のことは、私には分かりかねます」

捜査第一課が捜索している以上、手がかりとなるものは残されていないだろう。民間アパートのシリンダー錠ぐらい開錠できる技術はあるが、無理に押し入っても無駄だ。恭弥は小暮を見た。小さくうなずく。同じ考えのようだ。

警察で駄目なら、弁護士か精神科医ならどうか。今回の訪問は、支店長から県警に報告されるだろう。動きを悟られるのはやむを得ないが、手の内を晒しすぎるのは、今の段階において得策ではない。押し問答している時間も惜しかった。

「了解しました」恭弥は立ち上がった。「こちらでも県警の者に訊いてみます。お時間を取っていただき、ありがとうございました」

「それがいいと思います」安心した様子で、木下も立ち上がった。「お役に立てず申し訳ございません」

小暮と新條に合図し、恭弥はカウンターを離れた。途中、女性社員と視線が合った。冷静に一礼されただけだった。

三人は満足エステートを出た。顔が寒風に晒される。曇天は少し明るさを増していた。

「あっさりと引き下がりましたね」新條が言う。

「叩けばほこりが出るような相手なら別ですがね」

恭弥の言葉に、新條は納得できない様子だ。

「あの支店長もプロだな」

小暮が穏やかに告げる。〝瞬間湯沸かし器〟と揶揄《やゆ》される短気な弁護士から、怒りは感じられない。独白するように続けた。

「不動産屋はある意味、人の生活を預かる最前線にいる。住まいを提供するってのは、そういうことだ。情報の秘匿は至上命題だろう。これも大変な仕事だよ。支店長ともなれば、相当な覚悟を強《し》いられる」

「そうですね」恭弥は言い、新條もうなずく。小暮がクレスタへ歩き出した。

「次へ行こう」

9:17

クレスタは、国道一六号を横浜市旭区方面へと進んでいた。

小暮の提案により、事件現場となった瀬田の自宅を視察する。住所は旭区万騎が原となっていた。恭弥自身、一度見ておきたかった。

「新條先生は事件のこと、どれぐらい知ってるの？」

後部座席の新條に、小暮が話しかけた。

「マスコミ報道とネットの噂《うわさ》ぐらいです」後ろから新條の声がする。「そこに出ていないことがあるなら、ぜひ教えていただきたいんですが。警察が、瀬田さんの犯行と考えた決定的な理由は何ですか」

「瀬田の自白です」ハンドルを握ったまま、恭弥は答えた。

「落としたのが守屋なんだよ」小暮が続ける。

「守屋さんは、優秀な刑事さんなんですよね」

「取調室のエースと呼ばれています。その技術では県警一でしょう」

「少なくとも、こいつよりは評判がいい」小暮が恭弥を指差す。

「神奈川の狂犬と呼ばれてるんでしたね」

答えにくいことを言う。恭弥は話題を変えた。

「ですので、守屋の取調べは県警内で絶大な信頼を得ています。瀬田が完落ちしたと見られているのは、そのためです」

「私は、取調べはドラマなどでしか知りませんが。守屋さんの人柄から考えて、胸倉《むなぐら》つかんで無理やり吐かせるなんてしないように思うんですが」

「今の時代に、そんな真似《まね》する奴はいません」

「もっと巧妙《こうみょう》な手を使うんだ」

恭弥は小暮を見た。涼しい顔をしている。新條が続けた。

「目星というんですか。瀬田さんに着目したのはなぜです？　ひきこもりが原因ですか。近所の方がいろいろおっしゃったとか。ブランコおじさんなどと陰口を叩かれていたことは、私も知っていますが」

「もちろん、そいつはある」小暮が言う。「現時点で、瀬田に不利な点がいくつかあってな。まずは火事ぶれをしていなかったこと。ほら、例の〝火事だあ〟って近所に触《ふ》れ回ったりするやつだよ。それをせずに呆然としていたらしい」

「それが疑われた理由ですか」

「真犯人こそ疑われないように、そういう真似をやると思うがね、おれは。自分ちが目の前で燃えてるのに、冷静に助けなんて呼べるもんじゃねえだろ。人によるとは思うが」

新條に捜査情報を伝えるのは大丈夫だろうか。小暮には、すでにかなりのところを話している。今さら感はあった。加えて、共通認識のある方が話も進めやすい。弁護士と精神科医はともに守秘義務を課せられる職業だ。

「自白だけではないんです。放火に使用されたタオルがあるんですが、その投棄場所を瀬田は言い当てました。当局から誘導や指示は一切していません。出火場所も自供と鑑定結果は一致しています」

「それに関しては、おれはちょっと異論があるがね。っと、危ねえな」

小暮が前のめりになる。恭弥が軽くブレーキを踏んだためだ。前方に割りこんでくる車があった。古いためか、クレスタのエンジンは弱っていてスピードが出にくい。

「軽トラにも抜かれてますよ、この車」

恭弥のクレームに、小暮が目くじらを立てる。

「うるせえ。安全運転でいいだろ。ま、その辺もこみこみでさ。現場を見ておこうってのが、今回移動の趣旨さ。無実の証拠が見つかるかも知れないぜ。乞うご期待」

9：41

国道一六号を鶴ケ峰《つるがみね》で左折し、県道四〇号横浜厚木《あつぎ》線いわゆる厚木街道へ入る。相鉄本線や二俣川《ふたまたがわ》と並行して走る道路だ。

旭区役所や消防署前を通っていく。警察署や郵便局もある。二俣川駅を通り過ぎ、さちが丘でふたたび左折した。橋を越えると、住宅街となった。さらにクレスタを走らせる。普段の交通量は分からないが、渋滞もなくスムーズに進むことができた。

万騎が原へ到着した。現在は住宅街だが、元々は古戦場だった。鎌倉《かまくら》幕府の重臣だった畠山重忠《はたけやましげただ》が、北条義時《ほうじようよしとき》の軍に討ち取られた場所だ。地名も史実に基づき、北条氏が万の騎兵を構えたことに由来する。

「ここだな」

小暮が進行方向を指差した。瀬田の自宅は、住宅街の一角にあった。周囲よりは比較的古い住宅が集まる一帯だ。

瀬田宅は西の端に位置し、その先は道路となる。東側と裏手は他の住宅と隣接しているが、側溝によって隔《へだ》てられ、わずかな空間があった。東側へ延びるように住宅が並び、接道を挟んで、向かい合うように同じ数の住宅が立つ。丁寧に整理された区画といえた。

住宅は二階建て。七割程度の半焼で、廃墟と化したまま残されていた。冬の曇り空を背景に、黒くそびえて見えた。一度通りすぎ、西側の道路まで進むと広い路側帯があった。そこへ路上駐車する。

恭弥たち三人は、クレスタを降りた。気のせいか、焦《こ》げ臭さを感じた。二カ月経過しても、臭いは残っているものだろうか。

敷地はブロック塀に囲まれている。正面は、アコーディオン式のアルミゲートが開かれたままになっていた。

「入りますか」

新條がためらいがちに言う。門扉《もんぴ》には、黄色い規制テープが貼られたままだった。証拠として保存しているのか。現場の検証は、はるか前に終了しているはずだ。

事件現場には不審な人物の出入りや、子どもが遊びに入る心配もある。事故や悪戯《いたずら》を予防するため、あえて残していることも考えられた。

焼け跡は所有者に撤去義務がある。家人が不在のため、目途《めど》が立たないのかも知れない。嫁《とつ》いでいる妹や、ほかの親族には資金がない可能性もある。住人による放火の線が濃厚では、火災保険も下りないはずだ。恭弥は規制テープに触れた。

「外から見ましょう。剝《は》がして入ると、近所の人と騒ぎになるかも知れません。通報される恐れもあります」

火災、しかも放火となれば、近隣住民は神経質になっていると見るべきだった。無断で入れば、県警に連絡されることが懸念された。動きを悟られるだけでなく、封じこめられる可能性も出てくる。

「その方が利口だな」小暮が規制テープを指で弾《はじ》く。「ただ、外からじゃ中の様子までは窺い知ることができねえ。間取りの分かるものでもあればいいんだが」

「私、ある程度分かります」

恭弥と小暮は、新條を見た。

「瀬田さんが相談に来られたとき、家族の状況と併《あわ》せてお訊きしました。家の間取りなどを知っておくと、参考になる場合があるんです。一度、家庭訪問させていただいたこともありますので。火事になる前の状態も見ていますよ」

「そいつはナイスプレーだ」

小暮が両手をこすり合わせる。特別寒い日ではないが、一二月だ。長時間外にいるのは身体に響く。急いだ方がいい。

規制テープの外から敷地内を視察する。バブル期に一億を超えた物件の残骸だ。亡くなった夫妻は、建築時どんな気持ちだったか。

　家屋の形状は辛《かろ》うじて保たれていた。木造だが、耐火構造らしい。和風の造りで、瓦《かわら》葺《ぶき》の屋根は半分近くが崩れ落ちている。外壁は各面とも大半が残り、黒く煤《すす》けていた。微《かす》かに残る地肌から判断して、元はクリーム色だったようだ。内部も完全には焼け落ちていない。

「一階から出火したってのは間違いないようだな」

「どうしてそう思うんです？」小暮の言葉を、恭弥は訊き返した。

「熱せられた木材は気化して、可燃性気体になる。酸素と反応して燃焼し、熱いから上へ昇る。つまり火の流れは、気体の上昇と連動するのさ。家全体が焦げて天井まで落ちてるってことは、一階から上へ燃え広がったんだろう。二階からの出火じゃこうはならねえ」

「火事にもお詳しいんですね」新條が感嘆する。

「弁護活動には雑学が必要なんですよ。科学的な知識がね。法律に詳しいだけじゃあ、裁判には勝てねえ。普段から、いろんな知識を仕入れておく。そこがポイントです」

　門扉から入ってすぐは、駐車スペースになっていた。二台分ある。奥に進むと、玄関が設けられている。建屋が奥から張り出している形だった。

　家を取り囲むように、同じ種類の庭木が植えられている。七から八メートルと、かなりの高木だった。緑の長い葉を茂らせていた。植栽は防火の効果が期待できるといわれるが、ここでも近隣住宅への延焼を防いだようだ。

「ユズリハか」庭木を見て、小暮が言う。「花言葉は〝世代交代〟。常緑樹だが、春に新芽が出ると古い葉を全部落とすんだ。この家には何とも皮肉な木だよ」

弁護士は植物にも詳しいらしい。新條が西側へ数歩進む。

「張り出している建屋の一階が、ご両親の居室」

新條が指差して説明する。

「その真上の二階が、ご長男の部屋です。一階には、ほかに応接間やキッチン、お風呂場やトイレがあります。二階の奥は、元々は妹さんのお部屋でした。結婚されてから長期間使用していなかったので、物置になっていたと聞いています」

妹は、あまり実家には帰省していなかった。基本、宜之と両親の三人暮らしだった。

新條が示した両親の居室は、もっとも損傷が激しい。雨戸は焼け落ち、カーテンは消え、ガラス戸も破れていた。

室内が見えるが、黒く焼けただれている様子しか確認できない。和室だが障子や襖も消え、畳も単なる黒い板だ。四角い形をした色の淡い部分が、二箇所視認できる。

「畳は燃えにくいんだ」小暮が補足する。「だから表面だけ焦げて、床ごと抜けずに焼け残った。色の薄い四角いところが、両親の布団が敷いてあった場所だろうな」

床の間は黒い凹みと化し、天井も床と同様の状態だった。窓も大きく開いた穴だ。炭で塗り潰したような空間を、左右から曇天の陽光が鈍く照らし出している。

瀬田の供述では、居室の障子へ放火したとある。供述との矛盾《むじゅん》はないように思えた。

「あまり気持ちのいい光景じゃねえな」

小暮が一人呟き、新條も同意した。

居室の外壁には、エアコン室外機の残骸が見えた。ほとんど焼け落ち、外殻と土台の金属部分ぐらいしか残っていない。傍に、チョークで書いた丸が微かに残っている。タオルが発見された場所だろう。

恭弥は視線を上げた。瀬田の供述では、上部の窓から投棄したことになっていた。白丸の延長線上、外壁の上部に窓らしき空間があった。焼け落ちて、黒い四角にしか見えない。確かに供述と合致している。

家屋を取り囲む形で、黒い堆積《たいせき》物があることに気づいた。何かの燃え滓と、庭の泥が混ざったように見える。

「あの黒いの、何でしょうね？」

恭弥は黒い堆積物を指で示した。小暮は首を傾《かし》げたが、新條は腑に落ちたようだった。

「新聞や雑誌、本などが燃えた物だと思います」新條は答えた。「それが消火活動の放水で、庭の土と混ざり合ったんでしょう。家庭訪問させていただいた際、そうした紙類が家の周りに山積みとなっていましたから」

「そりゃまた、どうして？」小暮が質問する。

「処理が追いつかなくなったと聞きました。ストレスからか、本や雑誌を大量に買いこんでしまうのですが、捨てたり売りに出す行動はできない。部屋から溢れ、仕方なく庭に積んでいたそうです。ご両親の年齢や、瀬田さんの体調では無理からぬことかと」

紙はまとまると、かなりな重量になる。可燃ごみやプラスティック類などは両親が処理できたが、雑誌や本などは放置せざるを得なかったそうだ。

「そうしたことは、よくあるんですか」恭弥が訊いた。

「廃棄物を処理できず、家がゴミ屋敷の様相を呈《てい》するという事例は、よく報告されています。我々の団体にも実例がありました。ひきこもり当事者は心身の不調を抱えている方も多く、親御さんも高齢。早朝などに、ごみを出すのが難しいケースも多いですから」

なるほどと小暮がうなずく。恭弥も得心《とくしん》した。

周辺を見回した。静かだ。通行人や車、バイクに自転車などもほとんど通らない。近隣の住民が皆、瀬田家を避けているようにさえ感じられた。

実際に避けているのかも知れない。人間二人が死亡した現場が、焼け落ちたまま残されている。近づきたくないのが本音だろう。家屋は西の端、接道は住宅街を貫いているため、回りこめば前を通らずに済む。

捜査本部は、事件当日も瀬田家を訪れた人間はいないとしていた。宜之の自白及び近隣住民による証言とも一致している。

視線を焼け跡に戻そうとしたとき、接道へ入ってくる車両に気づいた。シルバーのトヨタ・アクアだった。五ナンバーのコンパクトカーだ。

アクアは接道の途中、二軒向こうの住宅前で停まった。エンジンはかかったままだ。男性が一名乗っているようだが、降りてくる気配はない。

恭弥は目を凝らした。アクア内の男に見覚えはない。捜査第一課員なら、最低でも名前と顔ぐらいは知っている。

一体、何者か。

「冷えてきたな」

小暮がトレンチコートの襟を合わせる。三人とも吐く息が白い。

「どうだい。ここで、まだ見たいところあるかい？」

「いえ、特には」

恭弥は答え、新條も同意する。再度、アクアに視線を向けた。二人に話すべきだろうか。

三人は瀬田宅前から歩き出した。路上駐車しているクレスタへ向かう。アクアに動きは見えない。ナンバーを記憶し、恭弥はスマートフォンのメモ機能に書きこんだ。

「次は、どこに行くかな」

歩きながら小暮が言う。新條が視線を向けてきた。

「大和市《やまと》に行っていただけますか」

恭弥と小暮は新條を見た。

「瀬田さんの妹さんが住んでいらっしゃいます。会ってみましょう。アポを取っていますので。時間的にもちょうどいいです」

「そりゃいいや」

小暮が賛成し、恭弥はクレスタのロックを解除した。三人で車に乗りこむ。

クレスタが発進しても、アクアが追ってくる気配はなかった。瀬田宅が見える位置で、停車したままだった。

10：46

クレスタを厚木街道へ戻し、大和市方面へと向かう。

瀬田の妹だろうか。新條がスマートフォンで話している。これから向かうと告げていた。

恭弥はルームミラー等で後方を確認する。先刻のアクアはじめ、追尾車はない。勘違いだったのだろうか。

「日本では、有罪率が異様に高いとお聞きしましたけど」

後部座席の新條が言う。助手席の小暮は、少し身体を後ろへ向けた。

「毎年七万人ぐらいが起訴されてますが、無罪になるのは数十人です」

新條の驚いた顔がルームミラーに映った。小暮が続ける。

「そんな状況ですからね。絶対に無実だと思っても、〝否認しろ〟なんて言えないんですよ。裁判は長くなるうえ、確実に無罪となる保証もないわけですから。死刑や無期なら話は別ですが、執行猶予や罰金刑なら泣き寝入りする人は多いですし、止められません」

「どうして、そういう状況になるんでしょう？」

「自白が重視され過ぎるからですよ。裁判官は予断《よだん》を持ちます。警察や検察と同じ公的機関ですから。公務員同士、同じ側の人間なんです」

厚木街道に混雑はない。横浜市瀬谷《せや》区に入っていく。小暮が続ける。

「自由心証主義といいましてね。裁判官は、自由に証拠を評価できます。近代刑事手続きの原則ではあるんですが、裁判所が虚偽自白等の誤った証拠を重要視した場合、被告には打つ手がなくなってしまうんですよ。誤った鑑定結果も同様です」

相鉄本線三ツ境《みつきょう》駅傍《そば》を抜け瀬谷区中心部へ。区役所、警察や消防署が見え始める。

「本来は、供述より物的証拠が優先されるべきなんです。物から人へと行きつく。ですが、大抵は逆ですね。人に目星を付けることが先行されてしまう。ただ、物的証拠も人が絡まなければ、単なる物質に過ぎない面はあるのですが」

「なるほどですね」小暮の言説に、新條がうなずく。

「その物的証拠でも、弁護側は劣勢に立たされています。公金で鑑定し放題の警察や検察に対して、被告や弁護側は自己負担ですから。弁護側も利用できる第三者機関設立を求めていますが、難しいですな。加えて――」

小暮は少し言葉を切った。クレスタが信号待ちとなる。青信号と発言が同時だった。

「一つだけの機関に、鑑定を託すのは危険なんです。人間のすることですから、当然エラーはある。誤まった鑑定を避けるためには、被告が再鑑定を受けられるよう権利の保障をすること。さらに鑑定試料の保管を徹底し、全量消費も禁止してもらわないと困ります」

「冤罪を晴らそうと思ったら、弁護側はどのように鑑定するんですか」

「手弁当ですよ。自分たちで装置なりを作って、実験するんです」

「え?」新條が目を瞠り、恭弥はスピードを落とした。

「弁護士が自ら汗まみれで大工仕事ですよ。それでも金が足りない。今回のような火災に関する鑑定なら、二百万円ぐらいは覚悟しておかないといけないでしょうな。支援者つまりスポンサーの存在は不可欠なんですよ。必死で頭下げて、頼みこむわけです」

「助けてくださる方は多いんですか」

「結構いますよ。支援を専門としている団体もあるし。格安で鑑定してくれる大学教授や、無料で使わせてくれる研究所もありました。自分で言うのもなんですが、こちらの熱意に応えてくれたんでしょうな。根《こん》負けしただけかも知れませんが」

小暮が苦笑する。新條も微笑み返した。

「そこまでやっても、検察は第二鑑定を依頼する。こっちの鑑定結果を覆そうというわけです。堂々巡りですよ。だから、無罪判決を諦めている弁護士は大勢います」

横浜市主要地方道一八号——環状四号線との交差点を抜ける。右に曲がれば、相鉄本線瀬谷駅を越え海軍道路へ。直進すれば大和市だった。

「無罪判決を得ようと思ったら、科学的に実証して、被疑者の犯行は不可能と立証するか。それこそTVドラマよろしく、弁護側が別の真犯人を言い当てるか。いずれにせよ、通常の弁護業務を越えとります。そこまでやって——」

小暮が嘆息《たんそく》する。珍しいことだった。

「無罪判決を得ても、冤罪被害者の日常は戻りません。長期間拘束され、職も失い、復帰や再就職も難しい。精神や肉体的にもきつい。しなくていい苦労をさせられた挙句《あげく》、何のフォローもなく社会へ放り出される。普通の日常を取り戻してあげたいと思っても、なかなか」

小暮の口調が熱を帯びていく。

「日本の刑事裁判は処罰感情が強すぎます。判事補の研修で〝一人の犯罪者も見逃すな〟

と言われるくらいですから。本来は〝十人の犯人を逃すとも、一人の無辜《むこ》も処罰するなかれ〟。〝疑わしきは被告人の利益に〟が鉄則です」

市境の標識が見えた。小暮が続ける。

「自然、誤判も増えます。警察や検察の捜査も同じです。〝絶対に犯罪者を取り逃がしてはならない〟。誤った使命感に囚《とら》われた結果、成果を焦り、誤った人間を追いこんでしまう。結果として、冤罪が生みだされていくのです。……お前のことだよ、狂犬」

小暮の視線が向く。ふたたび信号待ちとなり、恭弥も横目で見た。

「お前の話は守屋から聞いていた。殺人犯確保のためなら手段を選ばない。我を忘れて暴走する。独断専行に命令無視と何でもありだ。冤罪弁護の立場からすれば、お前の正義感は危険極まりない。正解しているうちはいい。だが、お前の牙《きば》が間違った人間に向けられたら」

恭弥は答えなかった。クレスタを発進させる。バー・モンタナでの会話を思い出していた。あれはいつだったか。

――《ビスク事件》に巻きこまれたとき、お前はどう思った？　同級生まで亡くして。

普段なら、絶対に答えないような質問だ。守屋は違う。特別な相手と感じていたわけではない。割り屋の手管によって、言葉を掘り返されようとしていた。恭弥は言った。

――悪い奴は死ね。

ハンドルを握ったまま、恭弥は小暮に告げた。

「そうかも知れません」

クレスタは大和市に入った。

10：58

瀬田宣之の妹、茉由《まゆ》は結婚し下尾《しもお》という姓になっている。大和市柳橋《やなぎばし》一丁目に夫婦で居を構えていた。

大和市に入った段階で、新條が下尾茉由に関する基礎情報を説明し始めた。

県内の公立高校を出たあと、東京の短大に進学した。卒業後は、中堅の建設会社に事務員として勤めた。

「学生時代や就職後、どちらも成績は普通でしたが、気立てが良いと評判だったそうです」

当該建設会社へ営業に来ていた大手都市銀行員、下尾雪広《ゆきひろ》と知り合い結婚する。専業主婦となるが、現在はスーパーのパートをしている。高校生の娘――麗奈《れいな》が一人。

事件発生後、夫や娘と別居した。市内中心部のウィークリーマンションへ身を寄せている。マスコミの取材攻勢や、興味本位の野次馬を避けるためらしい。

柳橋一丁目を越えて右折し、市内中心部へと向かう。待ち合わせ時刻は一一時ちょうどだという。少し遅れる旨を新條がスマートフォンで連絡する。

人目を避けたいとの希望があったことから、新條はマンション以外の待ち合わせ場所を見つけていた。市内中心部、相鉄本線大和駅に程近いインターネットカフェだった。駐車場がない店舗のため、近隣のコインパーキングを探す。

一区画離れた駐車場にクレスタを入れた。歩いて、インターネットカフェを目指す。雲の切れ間から陽光が射しこみ、穏やかな風景だった。

瀬田の妹と話すことが、守屋を捜し出す糸口になり得るだろうか。疑問はあったが、何らかの手がかりとなる可能性もある。会える事件関係者には面会しておくべきだった。

五階建ての雑居ビルだった。古くも新しくもない建物だ。下の二階部分がインターネットカフェ、残る上階にカラオケボックスが入っている。正面は二車線道路に面していた。飲食店等が立ち並ぶ一角にある。新條の先導で受付に向かった。

「ご連絡した新條ですけど」

ウェブ予約しているらしい。レンタル会議室を備えた店舗だった。先に到着する妹を案内しておくよう、新條が店員に話をつけていた。

カードキーを受け取り、新條が店の奥へ進む。恭弥と小暮はあとを追った。

「茉由さん、新條です。遅くなってごめんなさい。ドア開けますね」

スマートフォンで新條が連絡する。カードキーをスキャナーにかざすと、開錠音が響いた。レバー式のノブが下げられる。

四畳半ほどの部屋だった。壁紙など全体が白い。四脚の椅子と中央に据えられたテーブルも同様だ。天井では、ボックスにはめ込まれた蛍光灯が煌々と点っていた。室内の色と相まって、目が眩《くら》むほど眩《まぶ》しい。

会議室の奥に、小柄な女性が立っていた。下尾茉由だろう。四十六歳と聞いている。輪郭は丸く大人しい顔立ちだ。各パーツが中央に寄って見え、ショートボブの髪には白いものが目立つ。上はグレーのニット、下は古びたダメージジーンズだった。壁のハンガーには、ベージュのくたびれたコートがかかっている。新條を認めると、一礼した。

「お呼びたてして申し訳ありません。こちらが――」

新條も頭を下げ、小暮を手で示した。

「お話ししてあった弁護士の小暮先生と、県警の剣崎さんです」

下尾が、おずおずと頭を下げる。怯えているようにさえ感じられた。恭弥と小暮は名刺を渡し、改めて名乗った。それぞれに、両親を亡くしたことへのお悔みを述《の》べる。

「私はスーパーのパートですので、名刺は……」

「結構です、結構です」

大きな声で小暮が言い、顔の前で何度も手を振った。

新條の仕切りで、各自席に着く。一番奥に、下尾が腰を下ろした。その隣が新條、下尾の前に小暮、恭弥はドアの傍に座った。施錠を確認する。オートロックのようだ。

少し暖房が強すぎる。新條が壁の装置を操作した。

「それでは、お願いします」恭弥が切り出す。「事件後に、ご家族と別居なさったそうですが。それは何か理由が？」

うつむき加減で座る下尾が、隣の新條に視線を送る。

「話しにくかったら、私が代わりに」

すでに同じ話をしていたようだ。下尾が顔を小さく横に振る。極力、本人の口から聞きたい。事前に、新條には告げてある。

「以前から夫や向こうの実家とは、あまりいい関係ではなくて……」

下尾が答える。ぼそぼそと喋り、聞き取れないほど小さい。

「それは、お兄さんの件に関係しているのですか。火災の前から？」

「そうです」下尾の視線が下を向く。「夫の実家は少し裕福なのですが、夫も含めて世間体を気にする家柄でして」

ゆえに瀬田のひきこもり状態を、早期に解消させるよう強く要求されていた。義実家は呉服店を経営、義父が三代目に当たる。夫の雪広も近いうちに跡を継ぐ予定だ。土地等の財産は多少あるが、名門というほどでもない。下尾が続ける。

「兄がひきこもりの状態を続けるようであれば、離婚でも構わないと言われていました」

三下《みくだ》り半《はん》を突きつけられかねない勢いだったらしい。それは、数年にわたって続けられてきた。そこに事件が発生、亀裂は決定的となった。

「夫との自宅にもマスコミが押しかけてきまして。ときには夫の実家まで。ネットも大変な騒ぎでしたし、不審な貼り紙や電話も連続しました。娘も脅《おび》えてしまい、不登校に。私自身も精神的に参ってしまいましたので、いたたまれずに家を出ることに」

「ご実家拝見させていただきましたよ。お断りしなかったのは申し訳なかったが」

小暮が話をする。いつもと違い穏やかな口調だった。

「大変な現場でしたね。ご両親は残念だが、お兄さんだけでも助かってよかった」

「……近隣の住民から、焼け跡の撤去を急《せ》かされています。ですが、両親は死亡し、兄は逮捕されました。実家の経済状態も限界でしたし、事件があった土地では売れないでしょう。私にも貯金はなく、義実家や親類は頼れない状況です。どうしようもありません」

下尾がハンカチを取り出した。泣いているのかと思ったが、額《ひたい》や頬《ほお》の汗を拭った。

「何か、飲み物でも」

新條が提案し、小暮が後頭部を掻《か》く。

「それがいいな。どうも、おれは気が利《き》かなくていけねえ」

全員が冷たいウーロン茶にした。話題の性質上、頭を冷やしながらが望ましい。新條が内線で注文し、品が届くまで待った。

ドアがノックされ、恭弥が盆に載ったグラスを受け取る。新條とともに、ウーロン茶を配った。喉《のど》を潤して再開、恭弥が訊く。

「お兄さんは、ご自宅ではどのような様子でしたか」

「兄は二十代からひきこもってまして」変わらず声は小さい。「基本的には自室へこもったきり。たまに、本や雑誌を買いに出る程度で。そのタイミングで親が注意したりはしていましたが、私はあまり関わらないようにしていました」

「親御さんは何と？」

「〝これからどうする。このままでいいと思ってるのか〟とか、〝辛《つら》いのはお前だけじゃない。皆、努力や苦労をしている〟とか。正論や建前ばかりで。兄も反発して、よく口論になりました。ひどい暴言を吐いたり、ときには暴れ出すことも」

「家庭内暴力ですか」新條から事例は少ないと聞かされていたが。

「暴力というか、誰かを殴《なぐ》ったりはしません。壁を蹴ったり、物を床に投げつけて壊したり。おかげで、家の床や壁は傷だらけでした。たまに、私に向かっても暴言を吐いたり」

結婚して家を出られたときは、心底から安心したという。

「怖かったんです、兄が。不安でもありました。こんな生活がいつまで続くんだろうって。結婚できたときは嬉しかった。親を置いて逃げ出した後ろめたさはありましたが、ほっとした気持ちの方が強かったです」

最近になって両親が、さまざまな対応を試み始めたのは知っていた。協力したい気持ちはあったが夫や義実家、近所の目もある。なるべく関わらないようにしてきた。

「事件当夜は、どちらに？」

「柳橋の自宅にいました」

「ご家族とごいっしょに？」

「いえ」目を伏せた。「自室に一人で。今のウィークリーマンションに移る前から、家庭内別居のような状態でしたから。兄のことをきっかけに夫と喧嘩《けんか》が絶えなくて、思春期の娘にも嫌われていましたし。会話どころか、顔を合わせることさえない日が続いていました」

新條が肩に手を置くと、下尾は小さくうなずいた。先日、ＮＰＯで見学した家族たちの明るい様子とは対照的に思えた。

「そうですか。話は変わりますが、守屋という捜査員が訪ねてきませんでしたか」

下尾が目を上げた。不思議そうな表情だった。

「……よく分かりません。〝兄の事件〟以来――」

少しして答えた。

「刑事さんはたくさん訪ねてきて、何度も話を聞かれました。ですので、お一人ずつ顔とお名前を思い出すのはちょっと」

「写真を見ていただけますか」

恭弥と守屋は、互いに撮影したりはしない。大泉から顔写真を取り寄せていた。スマートフォンを下尾に見せる。首をかしげた。

「すみません。……ちょっと記憶があいまいで」

「しつこいようですが」恭弥は食い下がった。「来たとすれば、守屋は一人だったはずです。通常、捜査員は二人以上で行動しますから。かなり目立ったのではないかと思うんですが」

年齢や見た目、所属など特徴も語ったが思い出されることはなかった。

「名刺などは残っていませんか」

「残っているとは思います。失礼な話ですが、整理ができていなくて。それこそ無数にいただきましたから。確認はしてみますけど、分からないかも知れません。期待しないでいただけると助かるのですが」

「大変なときに申し訳ありませんが、よろしくお願いします」

「じゃあ分かったら、私に連絡いただけますか」

新條が言い添えると、下尾はまたうなずいた。

少し考えたが、恭弥にはもう質問したい事項はなかった。小暮を見る。

「先生からは何か」

「いや、おれはいい」右手を振って断る。「下尾さん。いろいろ大変だと思うけど、気を落とさないでくださいね。おれやこいつは――」

恭弥を指差し、続ける。こんな優しい声も出せるとは知らなかった。

「あんまり役に立たねえだろうけど。隣の新條先生なら力になってくれるから。ねっ」

小暮が微笑み、新條もうなずいて言う。

「そうですよ。何でも連絡してください」

下尾が深々と頭を下げた。瞬間、目尻で涙が光ったかに見えた。

11：43

恭弥たちは、下尾とともにネットカフェを出た。

「後日お訊きしたいことが出るかも知れませんので、その際はよろしくお願いします」

恭弥の言葉に、下尾は一礼し踵《きびす》を返した。先の歩道沿いに白いヤマハ・ジョグがあった。移動には原動機付自転車を利用しているらしい。

道行く車が増えていた。雲の切れ目から射す陽光も増していた。一時的なものかも知れなかったが。

下尾のバイクを見送った恭弥は、視線を止めた。

反対車線の路肩に、シルバーのトヨタ・アクアがあった。葉を落とした街路樹に挟まれる形で駐まっている。先刻、瀬田宅近隣で見たのと同じ車だ。ナンバーも一致していた。乗員が一名なのも変わっていない。距離が取られ、十数メートルは離れている。厚木街道の移動中、常に背後の警戒をしていた。同じ車は見ていない。ほかに、追尾の気配は感じなかった。

考えられるとすれば、小型バイク等による別動隊の存在だ。基本、直線移動を続けていた。距離を置かれれば気づきにくい。逆に追尾は容易だったろう。立ち回り先を確認したうえで、アクアに連絡した。ほかには考えられなかった。恭弥は追跡車の反対方向を向いた。

「おい、パーキングは逆方向だぞ」

小暮の声が響く。恭弥は声を落とした。アクアに声が届く距離ではなかった。

「尾《つ》けられてます」

恭弥の言葉に、小暮が目を瞠《みは》る。新條も顔をこわばらせ、ふり向きかけた。

「見ないでください」恭弥は鋭く言う。「顔を向けずに確認を。後ろの離れたコンパクトカーです。色はシルバー」

「顔向けずにったってよ……」

眉をひそめる小暮は無視して、恭弥はスマートフォンを取り出した。背後の車に気づかれぬよう撮影するなど造作もないことだ。

「おれのスマホ、見てください。視線だけ向けて」

小暮と新條が、恭弥を挟む形になった。

「近いですよ」恭弥がささやく。さりげなく見ているつもりだろうが、どうしても身体を寄せてしまう。弁護士と精神科医なら、これが限界だろう。

「知らないです。不審者が乗っているような車には見えませんけど」

新條が言い、小暮もうなずく。

「見たことねえな。ありふれた車だから、どっかですれ違ってるかも知れねえが。で、これからどうする？」

「ちょっと待ってください」

言い置いて、恭弥はスマートフォンを操作した。出てきたばかりのインターネットカフェを検索する。位置図を呼び出し、拡大した。

「まっすぐ行った突き当たりを右に曲がれば、コインパーキングまで回りこめる。ゆっくり歩きましょう」

恭弥は歩き出し、二人もついて来る。途中、並ぶ店舗のガラス窓等で確認したが、アクアが追尾してくる様子はない。

一体、何者か。目的は何か。

「中止した方がいいですね」

「駄目だ」恭弥の提案を小暮が一蹴する。「お前、プロなんだ。横須賀《よこすか》へ着く前に撒《ま》いちまえよ」

次は、守屋の生まれた横須賀を訪れることにしていた。恭弥の提案だった。

「そうですよ。簡単でしょ、そんなの」新條も同調した。

「冗談言ってる場合じゃ――」

「おいおい、前向け。自分が言ったんだろうが！」

顔を動かしかけた恭弥を、小暮の一喝《いっかつ》が襲う。

仕方がない。恭弥は内心、嘆息《たんそく》した。


コインパーキングに戻り、クレスタを出す。今のところ追尾の気配は感じない。

「下尾さんは小さいころ、お兄さんとはとても仲の良い兄妹だったそうです」

車内の配置は変わっていない。後部座席から新條が話す声を、恭弥はハンドルを握りながら聞いていた。

「共通の趣味は野球だったとか。地元の球団が好きで、よく家族でいっしょにナイターを観に行ったと。いい思い出だったとおっしゃっていました」

「そうか。それが、こんなことになるとはなあ」

小暮が息を吐き、新條が続ける。

「ひきこもりというのは、一種の自己防衛といえます。表裏一体となって過労死の問題がある。自分を守るために、戦術的撤退を図るか。危機に気づかず、死に至るか。不安定かつ低賃金の過重労働や各種ハラスメント。日本の過酷な状況下では二つに一つです」

クレスタは厚木街道を戻り、南台《みなみだい》の交差点に向かっている。車の交通量が増え、空は厚い雲に覆われ始めていた。

「つまり、ひきこもりは誰にでも起こりうることなのですが、その対処法がお粗末極まりない。ひとたび履歴書に空白期間ができてしまうと、社会に戻ることが困難となるのです。加えて、日本は自己責任という概念が強い。努力や能力の不足で片づけられてしまいます」

「自助なんて言葉も流行してるしな」小暮がうなずく。

「いやしくも政治や行政に携《たずさ》わる者が、自助などと言ってはいけません。あり余る公助のすえに、民の側から〝自助で行ないたい〟と申し出るのが筋《すじ》です。ですが、政府は対策を家族に押しつけ、社会保障の削減にばかり目を向けています」

「ですが、先生のＮＰＯは家族療法に着目していらっしゃいますよね」恭弥が訊く。

「それは、支援に有効だからです。家族だけに対策を押しつけても、一般の方はどうしていいか分かりません。むしろ、誤った方向に進むことの方が多い。そうなる前に有効な手助けを、と考えています。自分が万能だと思い上がっているわけではありませんが」

「いや、そりゃ分かるよ。おれたちだって、なあ」

「ええ」小暮の視線が向き、恭弥はウィンカーを左に出した。クレスタを路側帯に寄せる。この車はスピードが出ない。後続車が詰まっていた。

注目すべき動きを見せる車両はない。急に停まれば、慌てた反応を見せることもある。

「八〇五〇《ハチマルゴマル》問題は、そうした人々を社会や行政が黙殺してきたことによって深刻化しました。ようやく事の重大さが理解され始めても、主なサポートが就労支援に偏ってしまっていて。ゆえに若年層ばかりが、サポートの対象とされる傾向にあったのです」

南台の交差点から、中原《なかはら》街道に入った。下川井《しもかわい》ＩＣへ向かう。時間短縮のため、横須賀まで高速道路を使う予定だ。

「就職を終点とする支援は危険でさえあります。無理やり働かせても意味がないんです。元々、人に会うことを苦手とする方が多いですから。職場に戻したはいいが、いきなり精神論や根性論でこき使われたら、当事者の生命に関わりますので」

生産性や、経済的損失のみで語られるべき課題ではないと新條は言った。

「なるほどな」小暮は聞き入っている。恭弥は背後及び前方への注意を怠《おこた》らない。現時点では、警戒すべき車両等は見当たらなかった。

「就労による自立だけでなく、生活そのものを支えること。まずは生き抜いていける。そういう環境を作ることが重要です。支援者には、〝どうやってひきこもり続けられるか考えよう〟なんて言う方もいます。自分は〝ひきこもり〟を〝支援〟しているのだからと」

「そいつは面白《おもしれ》えな」

小暮が短く笑い、ルームミラーの新條も微笑んでいた。その背後に不審車はない。

「前から疑問だったんだけど」小暮が新條に訊く。「先生はどうして、瀬田の無実を信用してるんですかね？」

「就職先が決まっていたからです」

「え？」恭弥と小暮は同時に言った。初耳だった。

「どちらで働く予定だったんです？」恭弥は訊く。

「横浜市内のファッションホテルです」

「ラブホかい」小暮が大きく驚く。

「〝ルームさん〟というんですか。客室の掃除やセッティングをする仕事です。ひきこもり当事者には適してるんですよ。真面目で細かいところに気がつきますし。人づきあいが苦手でも大丈夫。客側も、従業員などになるべく会いたくないと思っている場所ですから」

「それは、瀬田自身の希望ですか」恭弥は質問を続ける。

「はい。ご本人の申し出で。〝ちょっと働いてみようかな〟とおっしゃって。ご両親も賛成されていました」

「就労は目指さないとおっしゃっていましたが」

「先ほどまでの話と矛盾するように聞こえるかも知れませんが。別に我々の団体も〝働くな〟と言っているわけではありません。心身に無理のない範囲で、当事者が望むとおりの生活ができること。それが一番ですから。そのためなら、就労も選択肢の一つです」

瀬田の申し出を受け、新條はじめNPOの職員が職探しを行なった。当初から、ファッションホテルは有力な候補の一つだったそうだ。程なく、雇ってもいいという経営者に巡り合うことができた。

「さっきの妹さんには、そのこと話してあったのかい?」小暮が訊く。

「いえ。瀬田さんが内緒にして欲しいと。ちゃんと勤まるか分からないし。長く迷惑をかけてきたから、ぬか喜びさせたくないと。照れ臭さもあったのでしょう。仕事が軌道に乗ってから、話したいとおっしゃっていましたので」

一一月から勤務する予定だった。事件が発生し、瀬田が逮捕された。当該ホテルは、話を白紙に戻した。NPO法人にも口外しないよう懇願したそうだ。

「客商売ですから、無理もありません」新條が言う。「ですので、瀬田さんがあんな犯行をするはずないと思いました。ひきこもり当事者は責任感が強いんです。それゆえに、社会に潰されるわけですから。ここまで話が進んでいるのに、一時の感情であんな真似は」

「なるほどな」小暮が呟く。

可能なら、瀬田から直接話を訊きたいところだ。捜査第一課に追尾されている今の状況では無理だろう。半倉を通す手も考えたが、恭弥の尋問技術でどこまで真相に近づけるか疑問だった。

恭弥はアクセルを緩めた。下川井ＩＣが見え始めていた。

13：51

恭弥たち一行は横須賀市内へ入った。

高速道路の通行には、小暮のＥＴＣカードを使った。料金を払うと申し出たが、断られた。すべて終わってから、清算した方がいいだろう。

途中、コンビニエンスストアで昼食休憩を取った。緊張しているのか。全員が特に空腹ではなかったため、おにぎりやサンドウィッチで済ませた。運転続きの恭弥を気遣ったか、食後もしばらく駐車場で休んだ。

トイレを借りた際、抗不安薬《デパス》を服用した。軽い頭痛の兆《きざ》しだけだったが、先は長い。副作用の眠気等に襲われた場合は、小暮に運転を替わってもらえばいい。

曇天は、厚みと暗さを増している。走行中には、わずかに雪も舞った。水分が多く、雨のように道路を濡らしていった。

道中、追尾の気配は一切感じなかった。諦めたか、さらに慎重な方策へ切り替えたか。現在、二種類の尾行を受けている。一つは県警捜査第一課。もう一つは正体不明のアクア。前者は、朝に自宅で振り切って以来見かけていない。後者も状況は不明だ。なぜ追尾するのか。瀬田の事案や、守屋失踪との関係は。

守屋の生誕地は、横須賀市役所前公園に近い商店の並びにあった。亡くなった両親は、サイクルショップを経営していた。

空車表示が出ているコインパーキングを見つけ、クレスタを駐車した。三人揃って、徒歩で移動する。

バー・モンタナの会話で、この辺りと聞いただけで具体的な住所は知らない。現在は廃業しているはずだ。当時を知っていそうな古い店を探す。

「もう雪降らねえといいけどな」小暮が呟き、首をすぼめる。

店の並びに、古びた金物店を見つけた。少なくとも昭和の開業だろう。木造の店舗には、錆《さび》の目立つ看板が掲げられていた。六十代の夫婦が経営している。恭弥が名刺を渡し、守屋の実家について尋ねた。

守屋の実家は二軒隣だった。何度か人手に渡ったが、現在は更地となっていた。

〝サイクルショップ守屋〟は、主にマウンテンバイクなどのスポーツサイクルを扱う先駆け的な店だった。店の経営は順調だったとのこと。守屋は一人息子だ。

守屋は、小学生のころ両親を亡くしている。配達途中、交通事故に遭った。相手方の飲酒運転によるものだった。加害者も死亡したため、大した補償は受けられなかったという。

「多少の遺産は残されたって噂だったけどね。守屋さんご夫婦が亡くなって、しばらくはさ。相模原《さがみはら》に住む母方の祖母とかいう人が来て、彰彦くんの面倒見てたよ。小学校卒業するのと同時に引き取られちゃったんじゃなかったかな、確か」

「相模原のおばあさんですが、ご連絡先をご存知ないですか」

「ちょっと待って。確か、ここに――」

恭弥の質問に、主人は古い台帳を取り出した。中央辺りのページを開く。

「自分がいないときに、彰彦くんに何かあったら連絡してくれって。当時、頼まれちゃったんだよ。これ住所と電話番号」

祖母の名は、長田琴奈《ながたことな》といった。恭弥はスマートフォンを取り出し、名前と住所及び電話番号を撮影した。

礼を言って、金物店をあとにする。二軒隣へ移動した。

実家跡は木製の杭《くい》と鉄条網、不動産業者の看板で封鎖されていた。多少は雑草が残っているが、大半は冬枯れしているようだ。生活の痕《あと》を感じることはできなかった。

「家が撤去されてから、かなりの年月が経ってますね」

新條が白い息を吐く。小暮も身をすくめている。

「もう少し、近所に聞きこんでみるか」

二十年、守屋を見ていない。金物店の主人は言った。姿を見た者はいないか。近隣を当たってみることにする。

「手分けした方が効率的ではないですか」

新條の意見に、恭弥は反対した。

「正体不明の尾行者がいます。安全のため、三人揃って行動しましょう」

守屋の生まれ故郷を訪ねて、何かつかめるだろうか。疑問ではあったが、看過《かんか》もできない。瀬田の事案にだけ焦点を当てていては、ほかの可能性を見落とす恐れがある。

コンビニエンスストアほか新しい店などは避け、古くからの店や住人を訪ねて歩く。出てくる話は、金物店の主人と大同小異《だいどうしょうい》だった。

「守屋さんだろ、自転車屋さんの。よく覚えてるよ。可哀《かわい》そうなことになっちゃったよねえ。あの家族は」

精肉店の店主は言った。古くからの住人らしい。改装したのか、店舗自体は新しかった。揚げたてのコロッケ目当てに客が列をなしていた。恭弥たちも並び、質問と併《あわ》せて購入した。確かに美味《うま》い。

「近所の評判は良かったんじゃないかな。ご両親は働き者で人当たりがよくてさ、息子は真面目な優等生。皆、そう思ってたんじゃない」

守屋の実家跡地前で打ち合わせをしてあった。問いかけは、まず恭弥が行なう。警察官の方が、口火を切るのに適していると判断した。相手によっては、小暮か新條が〝追い〟質問をする。

聞き込みする相手に、守屋の失踪を明かすかどうか。

これと思った人物がいたら、アイコンタクト——視線を上に向ける。三人の反応が一致したときだけ、守屋の失踪を打ち明け、さらなる情報収集を図る。相手が信用できなければ、身上調査の一環とだけ告げる。

せっかくの合図だったが、無駄に終わった。三人が揃って、アイコンタクトをすることはなかった。小暮や新條は何回か合図したが、恭弥は一度も視線を上げなかった。

「さっきの人なんか、有望だと思いましたけど」

新條は不満気だった。小暮も同趣旨の発言をしていたが、恭弥は首を横に振った。

守屋の失踪を触れ回ることはできなかった。妙な噂を広めるだけでなく、本人に危害が及ぶ可能性も否定できない。自ら身を潜めているのか。それとも、何者かに拉致《らち》されたのか。それさえ分かっていない段階だった。

話を聞くに当たって、警戒する人間も多くいた。個人情報に厳しい時代だ。恭弥の質問では相手の口が重い場合、新條と交代した。カウンセラーらしく、穏やかな対応で口を割らせていく。守屋の手管に似ていると、恭弥は思った。

聞き込みの結果、全員に共通している点があった。守屋家に対する評判の良さ、加えて二十年以上守屋の姿を見ていないことだった。

「さすがに疲れたな」

歩道を進みながら、小暮が首を回す。新條も肩を落としている。気温は一段と下がっていた。空は暗さを増し、にわか雪が降った。

恭弥も同感だった。聞き込みは、ほぼ空振《からぶ》りに終わった。思い出話が少し集まった程度だ。徒労といっていい。

「相模原に行ってみましょう」恭弥は提案した。「ここに住んでいたころの守屋は幼すぎる。中学以降を過ごした街なら、何か分かるかも知れません。お疲れでないならですが」

大丈夫だと二人はうなずいた。踵《きびす》を返し、コインパーキングへ向かった。

16：28

横浜横須賀道路を通って、国道一六号保土ヶ谷バイパスへ。横浜町田《まちだ》ＩＣを経て目的地を目指した。

相模原市に到着した。日没には少し時間があるが、空は暗さを増していた。黒ずんでいるといってもいい。街行く人々も身を縮めているように見える。途中、ヘッドライトが必要となった。

守屋の母方に当たる祖母、長田琴奈の住所は南区相模台《さがみだい》六丁目となっていた。市内に入ったところで、小暮と新條にスマートフォンを検索させた。ナビの代わりだ。

クレスタは住宅街へと入っていった。古い一角らしく、木造の大きな屋敷が立ち並ぶ。最近建築された家屋は見当たらなかった。

「そこだと思うんですけど」

見つけ出すのは、新條の方が早かった。指差された先は二階建ての低層マンションだった。四世帯しか入ってない洋風の瀟洒《しょうしゃ》な建物だ。異様に新しく、周辺の屋敷群からは浮き上がって見える。正面は灌木に囲まれた駐車場で、高級な外車が駐まっている。

「ここかい」小暮が訝《いぶか》しげな声を上げる。恭弥も同じ感想だった。

通り過ぎると、低い丘へ登る緩やかなカーブに広めの路側帯を見つけた。そこへクレスタを駐車する。揃って車を降り、当該マンションへと向かった。

マンションの前に立ち、恭弥は住居表示を確認した。この位置で間違いない。

「どうする？」

小暮が顔を覗きこんでくる。新條は眉を寄せていた。四世帯の表札を確認したが、長田姓はなかった。

右隣の家に人影が見えた。築四十年程度、昭和後期建築の二階建て住宅といった感じだ。木造で、青い屋根瓦が鮮やかだった。外壁はくすんだ焦げ茶色をしている。

「すみません」恭弥は人影に声をかけた。

視線が向けられた。女性は五十代後半に見えた。頭を茶色に染め、首には鮮やかなマフラーが巻かれている。ニットやズボンも派手な色合いだった。一礼すると、にこやかに微笑《ほほえ》んだ。話し好きな明るい人物と思えた。

「県警の者なんですが」

恭弥は県警の名刺を差し出した。受け取った女性が目を丸くする。

「刑事さん？」

「はい。長田琴奈さんを訪ねてきておりまして。こちらが住所と伺ったのですが、どうもお住まいではないようですので」

「長田さんは、お亡くなりになりましたよ。もう五年になるかしらね」

そうなんですかと恭弥は答えた。背後の小暮と新條から失望が伝わってくる。

「確かに、長田さんはお隣にお住まいでした」女性が続ける。「ですが、お亡くなりになってすぐ、親類の方がお住まいを撤去なさって。このマンションを建てられたんですよ」

「その親類の方は、どちらにお住まいか。ご存知ではないですか」

「すぐ近くですよ。マンションの左三軒向こう。井頭《いがしら》さんというお家です」

「そうですか。ありがとうございました」

恭弥は一礼した。小暮や新條も同じく頭を下げていた。踵を返して、歩き出す。

「訪ねてみますよね?」

「もちろん」恭弥の問いに、二人がうなずく。

暗くなるのが早い日だ。家々には灯《あか》りが点《とも》り始めていた。

目指す住宅は、やはり古い屋敷だった。木製の塀に囲まれ、重厚な門構えには〝井頭幹人〟の表札がある。扉は両側ともに開いていた。

「門に呼び鈴とかはねえな」小暮が言う。「入ってみようぜ」

三人は門の中へ入っていった。広い前庭があった。敷地は左右に広く、合わせるように屋敷も広がっている。木造の平屋だった。周辺に田畑はないが、戦前から続く農家を思わせる佇まいだ。

改装したのか、玄関や正面を向く外窓はアルミサッシだった。固く閉ざされている。奥に灯りが見えた。恭弥はインターフォンを押した。

「……はい」不機嫌そうな声が答えた。

「夕方に申し訳ありません。私、県警保土ケ谷署の剣崎という者ですが。ちょっと、お話を伺えませんでしょうか」

「県警？」訝しげに続ける。「どういったご用件でしょう？」

「ご親戚に当たる長田琴奈さんのことで」

「少々お待ちください」

数分待った。冷え込みが厳しくなっている。身体を抱えながら、小暮と新條は白い息を吐き出し続けた。

玄関に灯りが点き、アルミサッシが横に開かれた。顔を出した七十代前半の男性は、小柄な老人だった。臙脂《えんじ》色のスウェットに丹前《たんぜん》を羽織っている。頭髪は疎《まば》らで、剃《そ》り上げていた。顔には皺《しわ》が多く刻まれ、目つきは鋭く険しい。名刺を差し出し、恭弥は訊いた。

「井頭幹人《みきひと》さんですね？」

「そうだが」名刺を受け取った井頭は、猜疑《さいぎ》心を隠そうとしない。「寒いから中へ、と言いたいところだが。今のご時世、名刺だけじゃ信用できん。警察手帳はないのか」

「休日のため持ち出せません。お疑いでしたら、署の方に確認をお願いします。土曜の夕方でも人はいると思いますので」

「いや、いい。話はここでもいいか」

寒空の下、立ち話で済ませるつもりらしい。暖房を極度に効かせているのか、奥から暖かい空気は流れてきている。

「結構です」

井頭によると、長田琴奈は従姉《いとこ》に当たる。亡くなった際、彼女の自宅を受け継いだ。遺産相続に際して、どういった話し合いが行なわれたかは説明されなかった。

「うちは元々農業をやってたんだが、昭和のうちにやめちまって土地は売却した。私は相模原市役所に勤めてたんだ」

妻とは二年前に死別。娘二人も結婚し、別居している。

「長田さんは、お孫さんと暮らしていたはずですが。守屋彰彦さんという」

「彰彦？」驚いた顔をした。「そうか。あいつ、県警に勤めたとか誰かが言ってたな。でも、何でここに訪ねてくる？　本人に訊けばいいだろう」

「守屋さんには内緒の身上調査でして。昇進等にも関わるものですから」

横須賀でも使用した言い訳だった。

「そうか」納得したようには見えなかった。「なら、悪口は言わない方がいいな。だが、あいつに関していい話はできんよ。それに、もう十五年以上会っていないが」

「そうですか」井頭の苦々し気《げ》な口調が気になった。

「たぶん、あいつにとって、私が県内では唯一の血縁者だと思う。ただ、彰彦は恩知らずなところがあってね」

井頭の右頬が痙攣《けいれん》した。恭弥は微笑を浮かべて先を促す。

「琴奈姉さん、つまり従姉があいつの面倒を見ていたが、当然費用がかかる。子育てだってタダじゃないからね。姉さんや私も余裕があるわけじゃない。で、彰彦の両親が残した遺産を養育費に充《あ》てていたんだが。それが気に入らなかったようでね」

「なるほどですね」新條が相づちを打つ。相手に喋らせるには必要なテクニックだ。

納得されたと感じたか。井頭の舌が滑らかになる。

「言いがかりなんだが、あいつは短気でね。こちらの話を聞こうとしない。何度も口論になって、つかみ合いになりかけたこともあるよ。で、高校を卒業すると同時に、この街を出ていった。東京の私立大学に進学したんだが、そのあとは知らん」

「よく分かりました」恭弥は微笑む。「それは大変でしたね」

「そうなんだよ。彰彦に会ったら、伝えておいてくれ。元気にやってくれと、勝手にな。こちらを頼られても困る。渡せるものは何もないしね。あいつを育てるのに全部使ってしまった」

18：38

井頭宅を辞去し、来た道を三人で戻っていた。無言だった。確認したわけではなかったが、それぞれに同じ疲労感があった。空の暗さに街灯が点り始めている。

「あら。井頭さんにお会いした？」

見ると、先刻の話し好きな女性がいた。長田宅跡に建設されたマンションの前だった。

「ええ、おかげ様で。大変助かりました」

恭弥は言う。女性が眉を寄せる。

「偏屈《へんくつ》でしょう、井頭さんは。あの人、近所でも評判が悪いの。がめつくてね。だから、長田さんが持ってた住宅も自分のものにして、強引にマンション建てちゃったのよ。今ごろホクホクなんじゃない」

「それは本当ですかね」恭弥より先に、小暮が訊いた。

「もちろんよ。私、いい加減なこと言ったりしないわよ」

女性が機嫌を損ねた様子はない。恭弥は続けた。

「十五年ぐらい前ですが。長田さんが、お孫さんを引き取って育てていらしたかと。名前は守屋彰彦。ご存知ないですか」

「ああ。彰彦くんね。よく覚えてるわよ。礼儀正しい、いい子でねえ。成績も良かったはず。もう、ずっと会ってないけど。あの子も大変だったのよう」

「と、いいますと」

「お婆さん、長田さんとは彰彦くんも仲良くしてたの。ただ、井頭さんがねえ――」

女性によると、守屋の両親が残していた遺産を井頭は投資に充てたという。株式投資を副業としていたそうだ。

「井頭さんの方が本家筋らしいの。彰彦くんを引き取るのも反対していたとか。で、強く出られずに遺産も貸したみたい。それを全部すられちゃって。なのに、〝株なんだから損失は当たり前〟と開き直られちゃったそうでねえ。長田さん泣いてらしたわよ」

「それは法的措置を検討してもいいくらいだな」

背後から小暮の大きな声が響く。憤懣《ふんまん》やるかたない口調だ。

「守屋は納得してたんですかね」

小暮の同調に気をよくしたか、女性の舌が滑らかになる。

「まさか。おかげで大学進学どころか、高校を卒業するのがやっとの状態にされたのよ。彰彦くん、井頭さんのところに乗りこんで。大喧嘩になったって聞いてるわ。それでも、お金は返ってこなかったそう」

仕方なく、守屋は奨学金を受けて大学に進学した。アルバイトで生活費を稼ぐなど、ほぼ自立していた。祖母と連絡は取り合っていたらしいが、相模原に立ち寄ることはなかった。ほかの親類とも没交渉ではないかとのことだ。

「彰彦くんは優しい子だからねえ。長田さんのことは気にかけてたと思うわ。でも、井頭さんのことは嫌ってたんじゃないかしら。いくら温厚でも、あんな真似されたら会いたいとは思わないでしょ。県外に住むほかの親戚も同じ。誰も助けてくれなかったんだから」

「そうですね」新條が同意し、恭弥もうなずいた。

「かわいそうな子よ、ほんと。ご両親を亡くされただけでも大変なのに、親類からひどい目に遭わされて。元気にしてくれているといいんだけど」

礼を言って、恭弥たちは女性と別れた。守屋は県警に勤めている旨伝えると、喜んでいた。安心したのか、なぜ祖母を訪ねたのかは言及されなかった。

「これ以上誰かに訊いても、さっき聴いた話以上の情報は出ねえだろう。まず、守屋はこの近辺には寄りついていない。横須賀のときと同じ、思い出話が出るだけさ」

「そうですね」小暮の言葉に、新條も同意する。「今日はこれくらいにして、それぞれ今後の方策を検討してみませんか」

恭弥も同意した。尾行の問題もある。陽も落ち始めた。暗くなってから動き続けるのは危険だ。撤収することとし、路上駐車したクレスタに戻った。

相模原駅入口から国道一六号に入り、横浜市方面へと進む。土曜の夕刻、交通量が増えていた。渋滞まで、あと一歩といった状態だった。

車内に会話はなかった。聞き込みに半日を費やしたが、守屋捜索の進展はなかった。過去と人となりがつかめただけに終わった。空振りといっていい。無駄足は疲れるものだ。小暮と新條は疲労困憊《こんぱい》しているように見えた。

背後にも気を配る。横須賀行き以来、尾行の気配は途絶えていた。

「守屋も苦労してきたんだな」

「そうですね」小暮が呟き、恭弥も息を吐いた。

「守屋さんと剣崎さんの似ている理由が、分かった気がします」

後部座席から新條が言った。小暮が視線を向ける。

「どういうことだい」

「幼いころの経験から苛烈《かれつ》な正義感を持つようになり、県警に入った。そして、異名を持つまでの刑事になった。そういった点です」

「シンプルにまとめていただいて」恭弥は短く鼻を鳴らした。

「ビスク事件のことはお聞きしています」

恭弥は軽くブレーキを踏んだ。車間距離が詰まり始めていた。この車では、早めに手を打っておいた方が安全だ。新條が続ける。

「守屋さんから。現在の体調に関しても」

恭弥は返事をしなかった。以前から知っていたのか、小暮も黙っていた。

「剣崎さんの症状は、ひきこもり当事者にも多く見られるものです。薬で抑えていらっしゃるとはいえ、県警のお仕事を続けるのは大変だと思います。ですから、守屋さんも心配なさって、私に相談したんでしょう。よかったらお話をお聴きしますが」

一昨日、新條と名刺交換したときのことを思い出していた。以前から名前を知っていたような素振りだった。守屋から聞いていたということか。恭弥は平静を装った。

「そうですか」

「あなたは、いつ限界が来てもおかしくない。私はそう思います。これ以上、今のお仕事を続けるのなら」

車内に沈黙が下りた。表情もなく、小暮は前方に視線を据えている。

「割り屋の守屋だからって」恭弥は吐き捨てた。「自分の口まで割ることはないんだ」

新條の目を瞠る様子が、ルームミラーに映った。小暮も視線を向けてくる。

「失礼しました」新條が一礼した。「軽々しく口にすべきではありませんでした。プロとして失格です。申し訳ありません」

「ま、心配してのことだからさ」取りなすように小暮が言う。

恭弥は黙って、運転し続けた。


小暮の県営住宅へ到着するころには、日は完全に暮れていた。外灯が眩しい。

駐車場にクレスタを入れ、邪魔にならない位置で停めた。小暮の区画に入れておいたフェアレディZと交換する形だった。

「じゃあ、今日は解散とするか」

「そうですね。何か疲れました」

クレスタから降りた小暮と新條が話す。恭弥もZから顔を出した。降りて話すと、面倒になりそうな事柄を切り出す。

「明日は一人で動きます」

小暮と新條の視線が、Zの恭弥を向く。

「何、へそ曲げてんだよ。狂犬」

「気を悪くされたなら、謝りますから」

口々に言う二人を、恭弥は手で制した。

「至って冷静な判断です。尾行されているのは間違いありません。それも二手から。一つに関しては、その正体さえつかめていない。これ以上、三人で動き続けるのは危険すぎます」

何か言いかけた小暮と新條を残して、恭弥はZをバックさせた。短いクラクション一つを夜空に響かせて、駐車場から道路へと出ていった。

20：13

恭弥は自宅アパートの駐車場に、フェアレディZを入れた。

小暮の自宅から帰る途中も、追尾を確認し続けた。午前中のアクアなど、怪しい素振りの車両は確認できなかった。

捜査第一課の車両は、朝と同じ位置にいた。片岡と奥平も乗っている。恭弥の姿を確認したのか、身じろぎするのが見えた。車種だけが替わっていた。日産スカイラインのセダン。車体の色は暗い小豆《あずき》色だった。

排気管にタオルをねじ込まれた時点で、追尾を察知されていることに気づいたはずだ。命じた者に指示を仰ぐ。下手《へた》に動くな。対象者は、いずれ自宅に帰ってくる。車を交換し、様子を見ろ。そんなところか。

位置を変えていないのは、恭弥の自室を見張るには特等席だからだろう。車さえ替えれば、ばれないと思っているのか。見くびられたものだ。

捜査第一課の車両には気づいていないふりをして、恭弥は自室に戻った。防寒着を脱ぎ窓辺に寄る。

スカイラインの左後方、かなり離れた位置にシルバーのトヨタ・アクアが駐まっていた。ナンバーを確認する。朝や昼と替わっていた。つけ替えたらしい。

横須賀に向かったあと、追尾の気配は感じなかった。どうやって、恭弥の自宅を突き止めたのか。

ナンバープレートだと思い至った。クレスタのナンバーを確認し、小暮の車とつかんだ。そこから恭弥にまでたどり着いたのだろう。

尾行者は、ナンバーで所有者を突き止める術《すべ》がある。小暮と恭弥の関係も知っている。協力してくれる人間の伝手《つて》かも知れない。何者だろうか。

アクアのナンバーなら二種類、こちらの手元にもある。保土ケ谷署に協力を依頼するか、自身で出向いて調べるか。現在、車両照会はオンライン化されている。アクセスすれば、痕跡を残してしまう。

私的利用したと判断されれば、懲戒ものだ。同じ理由で監察官室も動かせないだろう。捜査第一課に動きを悟られる恐れもあった。

プレートをつけ替えたなら、偽造である可能性が高い。罪を犯すほどの見返りがあるとは思えなかった。

恭弥は少し悔やんだ。弁護士は職権で車両照会できる。土日に可能かは分からないが。駄目だ。小暮は巻きこまないと決めた。別の方法を考えよう。

捜査第一課はともかく、別の尾行車は確認しておく必要がある。

警察手帳がない以上、正式な職務質問とはならないだろう。トラブルになっても、捜査第一課の捜査員がいる。上手くすれば援軍か、最低でも威嚇には使える。少々強引な手でも構わない。恭弥は脱いだ防寒着を、ふたたび手にした。

先日、捜査第一課の車両に近づいたときと同じルートを取った。さらに住宅間の路地を進めば、アクアの後方に出られる。

アクアは低層マンションの前にあった。恭弥のアパートと同規模の物件だが、かなり新しい。灌木――ツツジの植えこみと接するように駐車している。

アクアの後方へと近づいていく。ハッチバックのため、リアがせり出していない。恭弥は、後部ドアに身体をすり寄せた。車内を窺う。

単独追尾なのだろうか。日中同様、運転席に一人座っているだけだった。顔は確認できないが、男性だと感じた。手持ち無沙汰《ぶさた》なのだろう。頭を左右へ緩やかに回している。長い髪が揺れた。ポニーテールにしているようだ。文字どおり馬の尾を思わせた。

アクアと植えこみには、人一人通れるだけの隙間がある。背後から左手に回り、車との空間を這うように抜けていく。

フロントノーズを回りこみ、運転席のサイドガラスをノックした。車内で動く気配。車の前方へ戻り、身を潜めた。

運転席のドアが開かれ、ポニーテールが降り立った。長身で痩身、長髪は黒い。顔がふり向けられた。各パーツはすべて細く、のっぺりとした印象だった。見覚えはない。

流行なのだろう。朝の不動産支店長と同じく、細身の黒いスーツを着ていた。ポニーテールは周囲に何度か顔を巡らせてから、運転席のドアハンドルをつかんだ。

恭弥は駆け出した。驚いたように、ポニーテールの視線が向けられ、屈みこもうとした。右足首へ手を伸ばしたようにも見える。背後から右腕をねじ上げ、立たせると同時にアクアの車体へ叩きつけた。

「何者だ？」

誰何《すいか》するが、返事はない。身じろぎし、左手で抵抗が試みられる。恭弥は左腕をつかんだ。ポニーテールの身体と、車体の間にねじこみ固定する。

恭弥は自分の左手で、ポニーテールの右手をつかんだ。残った右手で身体検査を始めた。免許証その他、身分が分かるものを探す。

胸ポケットには何もない。上着の右ポケットに何かが入っていた。微かな手触りがある。とても小さなものだ。取り出すと、スーツなどの襟《えり》につける徽章《きしょう》だった。

「これは何だ。どこに所属している？」

徽章をポニーテールの眼前にかざすが、無言のままだった。表情の変化もない。平静を装っているようだ。

恭弥は、徽章を防寒着のポケットに収めた。さらに身体を探る。背中と尻ポケットには何も入ってない。運転席へ座るには邪魔となるからだろう。携帯も所持していないため、一式まとめて車内にあると思われた。

拘束したまま脚を探るのは、体勢に無理がある。ポニーテールの上半身をボンネットにねじ伏せた。かなりの音がした。右手で太ももから確認、足首のところで何かが指に触れた。スラックスの裾を引き上げる。

拳銃があった。足首に巻くタイプのホルスターに収められている。先端には穴が開き、銃口部分が窺えた。セミオートで、銃身は一〇センチに満たない。上部のスライドは黒いが、下部やグリップは淡い茶色をしている。

ポニーテールの屈んだ理由が分かった。撃つつもりだったらしい。

「何で、こんなもん持ってる?」

答えはなし。アンクルホルスターは、マジックテープで固定する仕組みだ。剝がして、拳銃をアスファルトの上に置く。

左足首にも何かある。めくると、予備の弾倉だった。やはり足首へ巻くマガジンパウチに二本が差し込まれていた。

捜査第一課のスカイラインへ視線を向ける。車内の片岡と奥平に動きがあった。ポニーテールをボンネットに叩きつけた音が聞こえたのかも知れない。

マジックテープを剝いだ瞬間、後頭部に衝撃があった。殴られたと分かったのは、両膝をアスファルトについたときだった。

もう一人いたらしい。朝からドライバー一人しか確認できていなかったため、油断していた。両手をアスファルトにつき、立ち上がろうとする。痛みと衝撃で吐き気がした。

解放されたポニーテールが前方に回り、後方からも足音がする。もう一人の姿は確認できていない。挟みこまれたことが分かった。全身に力をこめるが、身体には行き渡らなかった。両手と両膝を道路についたまま、思いどおり動かせずにいた。

「何をしているか！」

夜の道路に怒声が響いた。聞き覚えのある声だった。おそらく、捜査第一課員の片岡だ。

スーツの男二人が車に乗りこむ。捜査員二名の近づく気配がした。恭弥は、拳銃と予備弾倉をホルスター類ごと植えこみへ投げこんだ。灌木のツツジは、根元まで葉を茂らせている。外側からは視認できないはずだ。

アクアが急発進した。制止しようとした奥平を振り切るように、前進していく。

片岡と奥平はアクアの追跡を諦めたようだ。両名は恭弥に近づき、助け起こした。両脇から抱え上げ、植えこみの煉瓦《れんが》に座らせる。

狙いどおりだった。追尾対象が襲われれば、警察官として放置はできない。何らかのアクションは起こすだろうと睨んでいた。

「大丈夫か、剣崎」

片岡が訊く。声音を聞く限り、真剣に心配しているようだ。

「見てのとおりです」

「ちょっと、失礼」

言い捨てて、奥平が恭弥の後頭部を確認する。殴られたところも見ていたようだ。無遠慮な指先の動きに顔をしかめる。

「怪我は瘤《こぶ》程度ですね」奥平が言う。「ですが、頭。しかも後頭部ですから。万が一を考えて、医者に診てもらった方がいいと思います」

「そうするよ。ありがとう」

「ここで何をしていた？」片岡が問う。「あいつらは何者だ？」

「こっちが訊きたい」恭弥は用意しておいた弁明をした。「近所から〝不審者がいる〟と相談を受けましてね。県警の職員ですから、無視もできないでしょう。で、職質してみたんですが、結果はこのザマです。そちらは、ここで何を？」

恭弥の反問に、片岡と奥平は顔を見合わせる。上司の方が答える。

「たまたま通りかかっただけだ」苦しい言い訳が返ってくる。「運が良かったよ。タイミングばっちりだった。一人で無茶するのも、いい加減にしろよ」

確かにタイミングは良かった。無茶もほどほどにするべきだ。

お互いに腹は探られたくない。恭弥には公用車両を発進不能とした負い目もある。大人の対応が求められる局面だった。

改めて思う。この二人は冤罪捏造グループと繋がっているのか。それとも、単に上の指示を受けて動いているだけなのか。

探る手はない。当面は監察官室、半倉に任せるほかなかった。

「そうですね」恭弥は答えた。「助かりました。ありがとうございます。また医者にでも行ってみますよ。おやすみなさい」

恭弥は立ち上がり、ふらつく足で自室へと戻った。

23：01

夜も更《ふ》け、恭弥は窓辺に向かった。後頭部の瘤は氷で冷やし続けていた。痛みはかなり治まってきた。

窓の外、視界に入る車両はない。スカイライン、アクアともに姿を消している。捜査第一課も深追いは避けたのだろう。正体不明の追尾者も同様だ。恭弥は自室を出た。

回りくどいルートは使わず、まっすぐ向かいの植えこみへと向かった。覚えていた位置で屈みこみ、灌木の根元を探る。指先がツツジの幹に触れる。たどっていくと、ナイロン製の生地に当たった。つかんで、手元に出す。

ホルスターに入った拳銃が出てきた。再度、手を伸ばし予備弾倉も回収した。

拳銃と弾倉を手に、恭弥は自室に戻った。デスクに行き、パソコンを起《た》ち上げる。

続いて、ホルスターから拳銃を引き抜いた。黒いスライドの左面後方に、〝Ｐ３６５〟

の刻印がある。中央辺りには、XとLを合わせたマークも刻まれていた。右面中央の排莢孔には〝SIG SAUER〟とあった。

　刻印を基に、ネット検索を行なう。銃種は、シグP365XLと分かった。口径九×一九ミリ、装弾数は一二＋一発だ。

　ネット記事の操作法にならい、弾倉を抜き出す。確かに、九ミリ弾が一二発装塡されている。予備弾倉二個も同様だ。暴発を危惧《きぐ》していたのか、薬室は空《から》だった。計三六発の実包が手元にある計算だった。

　拳銃の左右には、マニュアルセイフティが装備されている。没収したときから小型軽量と感じていたが、銃身長は九センチ強、重量も六〇〇グラムに満たない。コンシールドキャリー用のコンパクトタイプだ。

　ただ、ディスプレイに映し出されている拳銃とは雰囲気が違う。写真では全体が黒いのに対し、手元のP365XLはツートンカラーだった。上部のスライドこそ黒いが、下部からグリップにかけては、なめし革のような色をしている。

　詳しい人間に確認した方がいいだろう。恭弥は拳銃をスマートフォンで撮影し、パソコンへ送った。ダークウェブへと入っていく。

　秋の事案に関わった際、恭弥は大泉の指導を受けている。多少は、ダークウェブにも通じるようになった。匿名性が高く、アクセスするには特別なソフトウェアを必要とするインターネット空間だ。ここなら、ディープな銃器マニアも存在するだろう。

写真を掲載し、明るい調子でコメントを添える。

〝アメリカのネットで、こんな写真拾ったんだけど。普通のSIG・P365XLとは違うみたい。詳しい方いらっしゃったら、情報よろしくです〟

拳銃の素性から、所有者の正体に近づけるかも知れない。コメントの返信を待つ。

パソコンの横には、同時に没収した徽章が転がっている。直径は一センチ強。金のメッキがなされ、黒字でPとFが施されている。ねじ式で、丸い部品により固定するタイプだ。スーツの胸、フラワーホールに突起を刺して使う。

拳銃と同じ手順で、ダークウェブに照会中だが返信はない。週明けなら、署で調べることも可能だ。

会社や団体の徽章ならば、表層ウェブの方が情報を得やすいだろう。いわゆる普通のネットだ。そうは思ったが、匿名性がなさすぎる。相手に動きを悟られる恐れがあった。

守屋の所在が分からない以上、彼の身に危険が及ぶことも想定しなければならない。内偵は秘密裏に行なう必要がある。

〝ゴーストガン、幽霊銃だね〟

コメントの返信があった。拳銃の方だ。

ゴーストガンいわゆる幽霊銃は現在、アメリカで問題化している。

〝自分でパーツを購入して、組み立てたんじゃないかな。特に、下部のタンカラー部分なんてそうだと思うよ〟

ネットや銃砲店で部品のみ購入、ホームメイドする。銃器登録から外れてしまうため、所有者や販売ルートを追えない。そのため犯罪に使用されることが多い。恭弥はコメントに書かれた最後の一言を注視した。

〝ルートを追えないから、密輸にも適してる。最近日本にも流れてきてるなんて噂があるけど、どうなんだろうね〟

幽霊銃であっても、日本ではパーツさえ買えない。流入しているとすれば、密輸しかなかった。噂どおりの一挺かも知れない。

徽章を外していたのは、身元を隠すためだろう。さらに、足首には拳銃。何者だろうか。

危険人物なのは間違いない。複数かつ組織化されているならば、なおさらだ。

明日も守屋の捜索は続ける。相手が実力行使も辞さないなら、拳銃を所持しておいた方がいい。護身のためだ。動いていれば、いずれ相手も尻尾《しっぽ》を出す。

恭弥は、パソコンをシャットダウンした。

第六章　一二月一九日　日曜日

6：58

「何やってるんですか」

恭弥は思わず声を出した。朝の恒例、追尾車の存在を確認したときだった。

捜査第一課のスカイラインも、正体不明のアクアもいなかった。代わりに、見覚えのある古びたクレスタが駐車していた。傍《そば》には小暮と新條が立っている。恭弥は急いでベランダへ出ることとなった。

「おう、狂犬。グッドモーニング」小暮が手を振る。

「おはようございます」新條も一礼した。

示し合わせて、待ち構えていたようだ。昨夕、二人だけで残したのを後悔した。

「ちょっと待ってください」

恭弥は自室に引っこんだ。ベランダと地上で話していては騒がしい。早朝から近所迷惑だ。幸い、身支度は済んでいる。昨日と同じ濃紺のスーツだ。あとは防寒着をひっかけて、外出するだけだった。

ドアを開き、階段を駆け下りた。駐車場を抜け接道に出ると、小暮と新條がにこやかに待っていた。恭弥は眉をひそめた。

「独りで動くと言ったでしょう」

「そんなもん了解してねえよ、こっちは。なあ」

小暮が言い、新條もうなずく。

「勝手に決められても困ります」

「危険すぎます」恭弥は両名を見回す。「昨夜、例のアクアが自宅前まで尾《つ》けてきました。ナンバープレートまでつけ替えて。問い質《ただ》しましたが、別の尾行者から頭を殴《なぐ》られる羽目《はめ》になりました。今も後頭部に瘤があります」

昨夜拾った拳銃は身につけておいた。右足首にはホルスターを、左足首にはマガジンパウチを巻いている。貴重な戦利品だった。脚の重さに少し違和感を覚えるだけだ。徽章《きしょう》も上着のポケットに入れていた。恭弥は続けた。

「もっと言うなら、足手まといです。ついて来ないでください。いいですね」

言い捨てて、恭弥はフェアレディZへと歩いていく。立ち塞《ふさ》がるように、小暮と新條がフロントノーズへ移動する。

「どいてください。邪魔ですよ」

運転席のドアに手をかけながら、恭弥は言った。

「足手まといとは失礼な」

新條が鼻を鳴らし、小暮が白い息を吐く。

「頭どつかれたからって、そういきり立つなよ」

気温は低いが、空は昨日ほど暗くない。雲は一面に白く広がり、ペンキで均一に塗りつぶしたかのごとく濃淡がなかった。

恭弥は二人へと向かった。どかさなければ、車を出せない。

「これを見てください」

上着のポケットから徽章を摘み、小暮と新條に掲げた。

「昨日の尾行者が持っていた物です。一悶着《ひともんちやく》ありましたが、取り上げることができました。徽章を作っている以上何らかの団体、相手は組織化されていると思われます」

昨夜からダークウェブで照会をかけたが、コメント等の反応はなかった。

「調べてみましたが、正体がつかめない。非常に不気味な集団です。分かりましたか。これ以上首を突っこむのは危険だということが」

小暮は眉《まゆ》を寄せて見ていたが、新條の顔は明るくなった。

「これなら、どこの物か知っていますよ」

恭弥と小暮は、同時に新條を見た。ほくそ笑んでいるようだ。

「どこの物だよ」

「教えてください」

小暮と恭弥が口々に言うが、新條は微笑んだままだ。

「教えて欲しかったら、連れて行ってください」

「え？」戸惑う恭弥に、小暮は得心《とくしん》がいったという笑みを見せた。

「そうだよな。人に教えを乞《こ》うのに、タダってわけにはいかねえよ」

恭弥は小暮を睨《にら》むが、平然としている。

「どうします」新條が上目遣いで見てきた。「この寒空の下、押し問答を続けますか。それとも皆で出かけて、新しい手がかりを追いかけるか。私はどっちでもいいですよ」

「いやあ。やっぱ、お医者様の意見は建設的だねえ。頭の硬いお巡《まわ》りとは違って」

感心したように、小暮が何度もうなずく。恭弥は舌打ちした。

新條と視線が絡《から》む。恭弥は考えた。一晩かけても、徽章に関する情報は入手できなかった。明日、署に出向いても分かるという保証はない。つかめたとしても、一日無駄にすることとなる。

新條たちと出発すれば、徽章の組織から当たることができる。守屋捜索は各段にスピードアップする。

問題は安全性だ。恭弥を襲撃した手口から、連中は荒事に慣れている。少なくとも、暴力に抵抗がない。拳銃まで持っている。危険な輩《やから》だった。

そうした危険な組織と、守屋失踪はつながっている。捜査第一課の動きから、県警本部は信用できない。今のあいまいな状態では、監察官室も動かないだろう。

放置すれば、守屋の生命にも関わりかねない。

「分かりました」恭弥は言った。「三人で行きましょう。ですが、危険な状況には変わりありません。指示には必ず従ってください。いいですね」

「それはどうかなあ」

「時と場合によりますよね」

白々しく小暮と新條が言う。恭弥は息を吐いた。

「ま、おれの高級車で出かけようぜ」

小暮が親指で、自分のクレスタを指《さ》す。恭弥は息を吐いた。

「あのポンコツにも、うんざりですね」

「それには激しく同意します」と新條。

「うるせえよ、お前ら！」小暮が大声を出す。近所一帯が目覚めそうだ。「いいから、早く乗れ。出発するぞ」

7：22

恭弥たち三人はクレスタで出発した。国道一六号を流している。新條から、綾瀬《あやせ》市方面に進んで欲しいと言われていた。日曜の早朝、交通量は少ない。

昨日と違い、アクセル等のペダル操作に違和感がある。両足首に拳銃や弾倉《だんそう》を巻いているせいだ。子どものころに雑誌で見たトレーニング器具を使っている感じだった。

拳銃の件は小暮と新條には告げていない。話さずに済めばいいのだが。

「徽章のこと教えてください」

ハンドルを握ったまま、恭弥は問う。配席は昨日と同じ。小暮が助手席で、新條が後部座席に座っている。

「あれは〝株式会社ポジティブみらい〟という企業の社章です。〝ポジティブ自立支援センター〟という施設を運営しています」

「一般企業かよ」

小暮が呟《つぶや》く。恭弥も意外だった。ならば、簡単にヒットしそうなものだが。

「企業といっても、実態は悪質な〝引き出し業者〟です。表向きは、ひきこもり解決に真《しん》摯《し》な取組みを行なっているよう装っていますが」

「引き出し業者」小暮が顔を傾ける。

「何か聞いたことあるな」

「引き出し屋とも呼ばれています。簡単に言えば、力ずくで対象者を引きずり出し、監禁まがいの行為をする組織のことです。暴言や暴力を行なう団体も存在していて、支援団体とは名ばかりといっていいでしょう」

ひきこもる子の存在がストレスとなる親は多い。新條が続ける。

「顔も見たくないから、早く連れ出して欲しい。誰にも相談できず孤立している人々が、そう願ってしまうのは、ある意味やむを得ません。昨日もお話ししたとおり公的支援の不拡充が原因なのですが、そうした当事者家族の不安や焦りにつけこむ悪質な業者は多いのです」

〝暴力的支援〟は、当事者本人が望んでいない強制全般を指す。直接的な暴力はもちろん虚偽や詐術《さじゅつ》、精神的に追いつめるなどといった行為を行なう。本人の意思は無視、強制的に宿泊型施設へ連行することもある。

恐怖心をあおり、自由を奪ってコントロールするため、監禁状態に置くことも少なくない。悪質なものとしては、手錠や鎖で拘束した末に死亡させたケースや、睡眠薬の無断投与など法に触《ふ》れる事例も多発している。

「勝手に部屋のドアを開け、無理やり当事者を連れ出します。単に〝福祉の職員〟としか名乗らない場合も多いのです。その際には徽章も着けていないでしょう。先ほどネットで情報が得られないと言っていましたが、一般の方がご存知ないのも無理ありません」

営業活動など普通の会社員を装うときのみ、徽章を使用しているそうだ。

「なるほどな」小暮が呟き、恭弥も納得した。

「入寮費や指導料などの名目で、料金も法外。数カ月から半年で、五百万から七百万円を請求された事例もあります。ですから消費者トラブルも絶えません。そのくせ支援内容は適当。医療機関による診察はおろか、充分な食事を与えず、飲料さえ満足に提供しないのです」

施設は利益を上げ続けるが、脱走者は絶えない。保護されたあともＰＴＳＤ、心的外傷後ストレス障害を発症するなど不調に悩まされる当事者は多い。施設に預けた親や家族を恨み、家庭は崩壊。より強くひきこもるなど逆効果となっている。

「メディアにも問題があります。ひきこもり当事者を悪、引き出し屋は善として感動ストーリーをでっち上げたうえで視聴者等に伝えてしまう。さも優秀な専門家として扱うことから、悪質な業者の広告塔となっている面があるのです」

政府の方針にも問題があるという。

「政府は〝アウトリーチ〟型の支援を推奨しています。家庭訪問等により、ひきこもり当事者へ直接介入する行為です。〝家族より当事者を当たれ〟というのが基本方針ですからね。そのくせ責任だけは家族に押しつけるのですから、どうしようもありません」

アウトリーチ型支援は、引き出し業者の活動を後押ししている面もあった。強引に引き出す手法を正当化してしまうからだ。そうした対応は危険で、人権侵害となる恐れもある。

「施設や会社によって、程度には差があります。真摯に対応している団体もあるでしょうが、ポジティブみらいは全国でもトップクラスの悪質さです」

新條のNPO法人サポートクラブ野毛山も、被害に遭った当事者や家族から相談を受けてきた。件数はかなりの数に上る。法的対応を検討し、人権問題専門の弁護士にも相談した。訴訟準備を進めていたところに、瀬田の事案が発生する。

「瀬田さんのせいにはしたくないのですが、あの事件は影響が大きくて。対応に追われてしまい、法的措置はペンディングの状態にせざるを得ませんでした」

瀬田の両親も一時期、株式会社ポジティブみらいに依頼していた。非常に悪辣《あくらつ》な扱いを受け、本人の状態も悪化した。

「私たちも相談に乗ってきました。あの事件がなければ、瀬田さんたちも原告側のメンバーになっていたと思います」

ポジティブみらいの存在が、守屋失踪や瀬田の無実に拘る理由かも知れない。

「守屋に、その引き出し屋の話はしたんですか」

恭弥の問いに、新條は話したと答えた。

「非常に関心を持っておられました。事件との関連は分かりませんが。昨日のことからして、そう考えた方が自然かと。瀬田さんの自宅に現われたり、私たちをつけ回したりして。当たってみた方がよいかと思います。行ってみましょう」

「意外と、守屋を寮に監禁してたりしてな」

小暮が短く笑う。その可能性はある。だが、相手は拳銃まで所持している。このまま三人で訪問することはできない。

「一人で行きます」恭弥は言う。「どこか駅の近くででも降ろしますから、適当に帰ってください」

「まだ、ぐずぐず言ってんのかよ」

小暮が眉を寄せる。新條は冷静だ。

「一人の方が危険だと思います。いくら訓練された刑事さんでも、多勢に無勢でしょう。もし守屋さんが捕まっているなら、単独で動いたためではないでしょうか。三人もいれば、おいそれとは手が出せません」

「そうそう。枯れ木も山の賑わいだよ。大したことない奴でも、数だけで何かの役に立つっ」

「自分で言います?」恭弥は横目で小暮を見た。

「それに、ポジティブみらいは私のことを知っています。恐れてもいるでしょう。弁護士の小暮先生もいる。さらに刑事さんまで」

新條が言葉を切る。ルームミラーに映る顔は、意気軒昂に見えた。

「昨日は一般の方ばかり相手にしましたから、剣崎さんの警察身分が役に立ちましたが。今回は相手が違います。我々もいた方が、向こうの対応も変わってくるでしょう。少なくとも門前払いはないはずです。どうしますか」

恭弥は考えた。悪質な引き出し業者を詰問するなら、その道の専門家や弁護士は役に立つだろう。名刺しか持たない警察官が、単身飛びこむより有効に思えた。数が多ければ威圧になるというのも、接遇の基本だ。相談窓口対応で覚えたテクニックだった。

恭弥はアクセルを踏んだ。足首には拳銃もある。

「分かりました」恭弥は息を吐いた。「三人で行きましょう。ただし、洒落《しゃれ》にならない相手のようです。充分に気をつけてください。いいですね」

9：01

ポジティブ自立支援センターこと株式会社ポジティブみらいは、綾瀬市深谷中《ふかやなか》八丁目にあった。綾瀬工業団地から少し離れた一角になる。

「日曜でも人はいますか」

車中で、恭弥は疑問を口にした。新條が答える。

「大丈夫です。二四時間の全寮制ですから。誰かはいますし。我々が行けば、責任ある人間がやって来ると思います。休日を返上してでも」

「ちょっといいですか。基礎事項を学んでおきたいので」

途中、広い路側帯が見えた。恭弥は後方確認のうえ、左にウィンカーを出した。ハンドルを切り、クレスタを停車させる。シフトレバーをパーキングにし、フットブレーキをかけた。防寒着からスマートフォンを取り出す。

株式会社ポジティブみらいを検索した。鮮やかなホームページが現われた。宣伝には力を入れているようだ。怪しげな雰囲気はなく、緑を基調とした画面は爽やかでさえある。

会社の概要を見た。設立は四年前、従業員は臨時職を含めて三十八人。資本金は八百万円、売上高は年平均四億五千万円に上る。所有する施設は、ポジティブ自立支援センター一箇所だった。業務内容は人材育成コンサルティング事業及び各種カウンセリング事業。

〝代表のことば〟という欄に移る。代表取締役の名は箕原大賢《みのはらだいけん》といった。経歴には生年月日しかない。現在、五十八歳。微笑を浮かべた写真がある。白髪を角刈りに、顔はふくよか。垂れた目は温厚な印象だった。高級なスーツからは太目の体格が感じられた。

同欄から施設の方針が窺《うかが》える。ポジティブ自立支援センターは、ひきこもり当事者の社会復帰支援を目的としている。主な最終目標は就労、そのために全寮制で研修やカウンセリング等を行なっていた。

施設のモットーは〝厳しい世間を、前向きに生き抜いていける支援を目指して〟だった。ホームページを一とおり見たが、社章——PとFを基調にした徽章のマークは見当たらなかった。極力伏せているというのは本当らしい。あとは会って話を聞くほかない。

「お待たせしました。行きましょう」

ポジティブ自立支援センターの施設が見え始めた。株式会社ポジティブみらい自体も、同じ建物内にある。

コンクリート製の塀に囲まれ、上部には鉄条網が張り巡らせてあった。等間隔に設置された防犯カメラが、敷地の内外を睥睨《へいげい》する。刑務所のような雰囲気だった。

会社の規模と比較して、敷地が広い。塀伝いにクレスタを進め、正面の門に出た。長い横開きの門扉《もんぴ》が閉ざされている。鋼鉄製らしい。黒い塗装が随所で剝《は》がれ、錆《さび》も目立った。横のコンクリート柱には、施設名が記された木製の看板が掲げられている。

「私が行ってきます」

門扉前にコンクリート敷きのスペースがある。クレスタの鼻先を入れ、停車させた。

新條がクレスタを降りた。看板のある門柱へと進んでいく。施設を見ながら小暮が言う。

「なんか、小学校みてえだな」

ポジティブ自立支援センターは、小規模な学校といった外観をしていた。鉄筋コンクリート造四階建ての校舎を思わせる建物が二棟、向かい合う形で立っていた。奥には体育館のような建物や、校庭を思わせる広場も見えた。

コンクリート打ちっ放しの外壁は苔《こけ》で黒ずみ、背景の曇天《どんてん》に溶けこんでいる。最近のデザインではない。

看板の横に、インターフォンが設置されていた。新條が話しかけている。

話を終えても、新條は帰ってくる気配がなかった。門扉が開かれるのを待っているようだ。

奥から、制服姿の警備員が現われた。ガードマンというより、アメリカのポリスマンを思わせる風体《ふうてい》だった。遠目にだが、顔もいかつい。背は高く、体格も良かった。四十代後半といったところか。服装に顔つき、筋肉すべてが相手を威嚇するためにあった。

警備員が新條に声をかけた。何事か話し合い、相手は腰から取り出した装置を口に当てた。携帯ではなく無線だ。施設内と話しているのだろう。

少しして警備員が返答すると、新條はクレスタを手招きした。恭弥は車を門扉に近づけ、小暮とともに降りた。

「この二人が刑事と弁護士です」

恭弥と小暮は、警備員に名刺を渡した。特に反応もなく、門扉を横に開き始めた。

「車に戻っていましょう」

新條の言うとおり、三人は車に乗った。門扉が車一台通れるだけ開かれた。警備員は表情もなく立ったままで、案内はもちろん手振りさえない。

「自分の勤める会社が、どんな仕事をしてるかは知ってるようだな」

小暮が呟く。新條が後部座席から身を乗り出す。

「まっすぐ進んでください。建物の前を左に行けば、外来者用の駐車場があります」

門から続くアスファルトの通路は、緩やかに傾斜していた。サツキらしい灌木《かんぼく》の植栽に挟まれている。

校舎のような建物が近づいてくる。老朽化が進んでいるようだ。クラックや苔、黒ずんだ染《し》みが随所に見られた。

「結構古いな」

小暮の呟きに、新條が答える。

「元々は、ある大企業が昭和のころに建てた研修施設と聞いています。平成の大不況となり、宿泊を伴う研修が減ったので手放したとか。そこをポジティブみらいが、かなりの格安で入手したようです」

恭弥はクレスタを左に回した。建物に向かい合う形で、駐車スペースが切られている。アスファルトの白線は剝げかけていた。桜二本が植えられ、樹木に挟まれる形で一〇区画あった。建物の傍には、コンクリートに囲まれた松も見える。

一番手前の区画に、恭弥はクレスタをバックで入れた。三人で車を降りる。新條に先導されて、建物へと向かった。

新條によると、手前の建物に事務所があるそうだ。会議室や研修室といった機能も入っている。中庭を挟んだ向こうの建物が宿泊棟だ。食堂や共同浴室も備えているという。

玄関ドアは大きなガラス張りとなっていた。前には円形の植栽スペースがあり、大きなソテツが植えられている。

建物内は暗く、中はよく見通せない。縦に長い真鍮《しんちゅう》製のレバーが重々しく見えた。新條が引いたものの、鈍い音を立てただけに終わった。施錠されている。

新條が玄関横のインターフォンを使った。玄関に到着した旨を伝える。

少し待つと、男性が玄関に現われた。昨夜のポニーテール同様、流行の細身なスーツを着ている。色は暗めの青だ。ドアの中央に鍵を差しこみ、屈んで下部の鍵も開けた。

恭弥たちは薄暗い玄関を入っていった。広いロビーがあった。中央に大きな円《まる》いベンチがあり、隅には応接セットも見える。ほかには何も置かれていなかった。空間の無駄遣いをしているように感じられた。

男性は當間《とうま》と名乗った。三十代半《なか》ば、中背で筋肉質。頭は短く刈りこんでいる。日焼けサロンによるものか、一二月でも極端に色黒だった。

「ご案内します」

名刺交換を待たず、當間は言った。感情を感じさせない声だった。

連れて行かれたのは、応接室のようだった。窓から曇天特有の白い光が射《さ》しこんでいる。當間が室内灯を点《つ》けた。白い壁が蛍光灯の灯《あか》りを反射した。

「こちらでお待ちください。今、責任者を呼んでおりますので。日曜ですから、自宅から向かっておりまして。少々お時間をいただくことになりますが、ご了承願います」

口調は丁寧だったが、視線は警戒心を隠していなかった。

當間が去ってから、恭弥たちはソファに腰を下ろした。向かい合わせに設置され、片方に三人は座れる。相当にくたびれ、綻《ほころ》びもあった。中央のテーブルも含めて、かなり古い代物《しろもの》だった。以前の所有者という大企業から、受け継いだのかも知れない。

壁紙は新しかった。家具量販店が大売り出しに使うような安物だった。無遠慮に白く、目に痛い。

「しばらくかかりそうですね」

新條の呟きに、小暮もうなずく。

「ちょいと、失礼」

小暮が立ち上がり、ドアから出ていった。何者かに話しかける。

「おう、トイレどこだい」

ドアが閉められ、足音が遠ざかる。しばらくして、ドアが開いた。小暮が室内へと戻ってくる。声を潜めて言った。

「あの當間って野郎が、ドアの外に張りついてやがる。自由には出歩けねえな」

「以前もそうでした」

腹立たし気《げ》に、新條が腕を組んだ。恭弥が言う。

「この企業も、就労支援をゴールにしているみたいですね」

「私は就労を目標とする支援自体が疑問です。引き出し業者云々《うんぬん》に関係なく。関係構築から見守り、最後に介入しますが、そこが一番難しく慎重さを要します」

新條が言い、恭弥と小暮は耳を傾ける。

「社会に生きづらさを感じてひきこもった方を、その原因である社会に戻して〝働け〟というのは妙な話です。協調性が求められる社会において、それを苦手とする人間がひきこもるんです。自身の特性を無視させて、乗りこえろと強制している」

一方的に常識と信じられている価値観を押しつけ、無理やり社会にはめ込む。そうした支援は無意味だという。

「〝生きていてはいけない〟〝社会から消えなくては〟そんな価値観を押しつけられた挙句、ひきこもり当事者たちは〝緩やかな死〟を選んでいるとさえいえます」

ひきこもりを一種の個性と考える国では、生き方の一つと認識され問題にならない。日本では、個人の責任や努力不足と捉えられる。家族も家の恥として隠し続けてきた。それが世間の理解を遅らせ、問題を深刻化してきたといえる。

「就労による自立ではなく、ひきこもっていても生活できる。生きていけるようにサポートすることが大切です。そのためには〝受援力〟、人の助けを借りる力が重要となります」

新條は言う。恭弥と小暮はうなずきながら聞いていた。

「皆、自分が生きたいように生きればいい。結論は至ってシンプルです。変わるべきは、ひきこもり当事者ではなく社会の方でしょう。多様性を重視し、人との関わりが苦手な人も認められる。そうあるべきではないでしょうか」

ゆえに働かせたり、家から連れ出すよりも重要な支援があるという。

「話を聴くこと。〝聴く〟は耳と心で聴くと書きますから。単に聞き流すのではなく、傾聴することとです」

「それは言えるな」小暮が何度もうなずく。「ある判事が言ってた。〝誤判を防ぐには、被告の話に耳を傾けることが大切〟だってな。守屋も含めて、人の話を聴くプロが集まってるわけだ。違うのはお前だけだ、狂犬」

小暮の視線が向けられる。口角が邪悪に上がっていた。

「独断専行、命令無視。人の話を聴かないにもほどがある。少しは、おれたちを見習え」

小暮が声を立てて哄笑《こうしょう》し、新條も微笑んでいる。恭弥は一人息を吐いた。

三十分以上待ったが、責任者なる人物が現われる気配はなかった。

「ちょっと、その辺を見てきます」

言い置いて、恭弥は席を立った。ドアを開くと、當間が顔を向けてきた。視線には警戒心が漲《みなぎ》っていた。

「トイレどこでしょう」

恭弥の質問に、當間は指差して答えた。右に進んで、ロビーに出ればいい。

言われたとおりに進み、トイレに入った。無人だった。用を足し、手を洗って窓を見る。擦りガラスの窓は低い位置にあった。開いて、外を見る。向かいには宿泊棟らしき建物があった。地面までは七〇センチほどしかない。桟に足をかけ、飛び降りる。

灌木の植えこみへと降り立った。木を折らないように進み、宿泊棟の入口に向かう。

研修棟玄関と同じタイプのガラス窓があった。真鍮のレバーも同様だった。太い鎖《くさり》で何重にも巻かれ、頑強な南京錠がかけられている。鍵なしで開くのは無理に思われた。

恭弥は右側から建物を回りこんだ。宿泊棟の裏は、二メートル程度の段差となっていた。斜面には芝が乱雑に植えられ、下側は駐車場だった。

社用車専用だろう。軽自動車にセダン、商業用のバン。ワンボックスカーやマイクロバスまであった。車体の色は白が多く、社名か施設名がプリントされている。シルバーのアクアは見当たらない。

恭弥は踵《きびす》を返した。行きと同じルートでトイレに戻る。窓を閉めて、事務棟に戻った。

ロビーの壁面には、施設の案内板があった。大企業が所有していたころの名残らしい。テープで随所に修正が施されていた。

恭弥は案内板を凝視《ぎょうし》した。目に映る映像を脳裏《のうり》へ焼きつけていく。

「何やってるんですか」

背後から、當間の鋭《するど》い声がした。恭弥はふり返った。

「失礼。腹の調子が悪くてね」

「どうぞ、こちらへ」

言われるがまま、當間の背中について歩き出した。

ロビーと応接室の間には事務室がある。入って奥に進むと、社長室だ。社員らしき女性が出てきて、ドアを開いた。恭弥は中を覗きこんだ。

施設の外観と同じく、古びたオフィスだった。置かれているOA機器やサプライは最新型のため、ちぐはぐな印象を受けた。日曜のためか二、三人しか人間がいない。昨夜のポニーテールも見つけられなかった。

「オフィス内に、何かご用が？」

當間がふり返っていた。恭弥は平然と見返した。

「めったに来られない施設ですから。珍しくて」

鼻を鳴らさんばかりに、當間は前を向いた。恭弥は応接室に戻った。

10：04

「お待たせしまして、申し訳ございません」

応接室に案内されてから、一時間近くが経過していた。ドアが開き、當間が支えた。奥から、見覚えのある男性が入ってきた。

ＨＰの写真よりも大柄に感じられる。長身で、太目の身体は肥満体といっていい。体重は百キロを超えるだろう。出ている腹部などチャコールグレーのスーツは、ボタンが弾け飛びそうだった。垂れた目を細め、満面の笑みを浮かべていた。

「代表取締役の箕原大賢と申します。新條先生、お久しぶりでございます。で、こちらのお二方が」

「弁護士の小暮先生、そして県警の剣崎さん。刑事さんです」

箕原の笑みに、新條も微笑を返した。互いに瞳の奥が笑っていない。因縁《いんねん》があるのは本当らしい。

小暮と恭弥は、自己紹介と名刺交換をした。もらった名刺には〝株式会社ポジティブみ

らい代表取締役兼ポジティブ自立支援センター所長　箕原大賢〟と記されてあった。Pと
Fを意匠とする社章は印刷されていない。
「どうぞ、おかけください」
示された側のソファに、三人は腰を下ろした。奥から新條、小暮、恭弥の順だった。三
人がけでも充分な広さがあった。向かい合わせに箕原が座る。〝落とす〟という表現が似
合う様相で、ソファが傾きかけた。倒れないようバランスを取るためか、端に當間が陣取
った。
「で、本日は、どういったご用件でしょうか」
「それは私から」
口火は恭弥が切った。待たされているときに打ち合わせてあった。
「守屋彰彦という捜査員が、御社を訪れていませんでしょうか。年齢は私ぐらい。所属は
県警本部の捜査第一課強行犯捜査第二係です」
「ご協力する前に一点」箕原が人差し指を立てた。「それはどういった目的でしょうか。
県警の方が、刑事さんが弊社を訪ねられたかお訊《き》きになるのも不自然かと」
「私は保土ケ谷署の所属ですが」口実は準備しておいた。「監察官室から依頼を受けてい
ます。どうも守屋は最近、単独行動が目立つようでしてね。問題にならないか、心配して
いるところです。で、彼の同期である私に、調べるよう白羽の矢が立った次第でして」

嘘ではない、多少の脚色はあるにせよ。

「そうでしたか」箕原はにこやかに応じる。「守屋さんという県警の方は、確かに弊社を訪れております。私が対応させていただきました」

「それはいつごろですか」

「二週間ぐらい前ではなかったかと思いますが。詳しい日時はちょっと。當間くん、記録調べてくれる？　秘書に訊いてみて」

當間がスマートフォンで連絡を取る。箕原が頭を下げる。

「申し訳ございません。今調べておりますので、少々お待ちいただけますか」

「分かりました。守屋は、どういった用件で御社を訪れたのでしょうか」

「弊社の業務内容等についてお尋ねでした」

「それは、どのような？」

「当施設はホームページにもありますとおり、〝厳しい世間を、前向きに生き抜いていける支援を目指して〟がモットーでございまして。ひきこもり当事者の社会復帰支援を目的としております。特に、就労を最終目標として目指しておるところです」

「はい」恭弥は相づちを打った。事前に調べておいた事柄だ。

「その目標を達成するために、研修やカウンセリング等に全力を挙げております。全寮制で行なうことにより、きめ細やかな指導に努めておりまして。おかげさまで、当事者やそのご家族といったクライアントからも、絶大な支持と好評をいただいておるところです」

「守屋にも、そのお話を？」

「させていただきました。ご理解いただけたようでして。弊社としても大変安心したところでございます」

「守屋はどうして、社長さんにそういったお話を伺ったんだと思いますか」

「それは、私どもには何とも。弊社は我々の活動に関しまして、真摯にお答えするだけでございますので」

「ちょっと小耳に挟んだんですが」あえて、新條を見る。「最近は、就労を目的としない支援が主流になりつつあると。その辺りは、どうお考えでしょう」

箕原の瞳が、わずかに動いた。新條に視線を向けたようだ。微笑は消えない。

「あえて、社会復帰を求めない方針は承知しております。ですが、公的扶助に対する世間の厳しい目や、ご家族の不安もございます。何よりご本人の今後を考えた場合、経済的な自立を目指した方がよろしいかと弊社は考えます」

なるほどと恭弥はうなずく。納得されたと感じたか、箕原は語り続ける。

「ご本人やご家族だけでなく、我が国の今後を考える必要もございます。残念ながら、ひきこもりによる経済的損失は天文学的な数字に上ります。日本経済に与える影響は、大変深刻であると言わざるを得ません」

箕原は恭弥たちを見回す。反論はしない。新條でさえ黙って聞いている。

「そこで、ひきこもりによって生じたマイナスを、プラスの生産性に変換していく。日本社会の安定と経済的発展には、不可欠であると考えております。一日も早く就労を伴う社会復帰をしていただきたく、社を挙げてサポートに取り組んでいるところです」

「失礼します」

當間が立ち上がる。スマートフォンが震えていた。部屋の隅で何事か話し、戻って箕原に耳打ちする。

「守屋様がいらっしゃったのは、先々週の木曜日。一二月九日の一五時一二分ですね」

恭弥は礼を言った。守屋がポジティブ自立支援センターを訪問したのは、最後に会った翌週となる。

選手交代。今度は小暮が質問した。

「これは申し上げにくいんですがね。御社の指導は厳しすぎるという声が、一部から上がっているなんて話をお聞きしたんですが」

弁護士からの質問に、箕原の視線が一瞬泳ぐ。新條のＮＰＯ法人が、法的措置を準備していたことは承知しているはずだ。軽く息を吸いこむ。吐き出したときには、顔に微笑が戻っていた。口角を緩めて言う。

「暴力や暴言に訴えるといったことですね。そういった弊社の不評も伺《うかが》っております。

基本、全寮制で当事者の自立を求めておりますので、ときには厳しい対応を取ることもございまして」

言葉を切り、こちらの反応を窺う。微笑は崩さない。

「それが、そのような誤解を生んでいるのではないでしょうか。もちろん、暴力を振るったり、ご本人の尊厳を損なうような発言は一切しておりません」

「守屋も、その辺りはお尋ねしましたか」恭弥は訊いた。

「はい。守屋様からも同様のご心配をいただきました。ですので同趣旨のご説明をさせていただきまして、ご納得いただいた次第です」

「こちらをご覧いただきたいのですが」

上着のポケットに手を入れ、恭弥は白い懐紙《かいし》に包んだ物を取り出した。広げると、昨夜に没収した徽章が出てきた。

「これは、御社の徽章ではないかと思うのですが」

箕原が身を乗り出して確認する。微笑は浮かべたままだった。

「そうですね。弊社の物です」平然と答えた。「社章をかたどっております。Pはポジティブ、Fはフューチャーを表わします。社名からもじったものでして。単純で、何ともお恥ずかしいのですが」

今度は小暮が訊く。箕原の視線が動いた。

「御社にとっては大切なマークですよね。ですが、社員の方はあまり身に着けておられないとか。社長さんの名刺にも入っていなかったようですし。どうしてですかね」

「それはですね。支援の邪魔になることがございまして——」

軽く咳払《せきばら》いし、微笑む社長は続ける。

「弊社の業務発足当時、社のマークをつけておりますと、非常に怯《おび》えてしまう当事者の方が現われまして、警戒を解く意味からもサポート時には、身に着けないことといたしました。支援以外の商取引などには、信用の意味からも徽章を用《もち》いますが。それ以外の場面では」

威圧感が強すぎるようだと箕原は説明した。同じ理由から名刺にも印刷していない。ならば、門を開けた警備員の制服はどうなのだろうか。威圧感に満ちていた。単に、身分を伏せて行動したいだけではないのか。昨日の追尾がそうであるように。

「これは一体、どちらで入手なさったのですか」

箕原の疑問に、恭弥は答えた。

「守屋について話を聞いているうちに、とある方からお預かりしました」

「拝見してもよろしいでしょうか」

どうぞと恭弥が言い、箕原は徽章を手に取った。後ろの丸い金具を回して外し、ねじから抜き取る。目をすがめて裏側を確認、當間に渡した。

「確認して」

受け取った當間も、裏側を見た。金具を戻して懐紙に置き、スマートフォンで連絡する。

「徽章の裏には、番号が彫《ほ》ってありましてね」簑原が説明する。「所有している社員が特定できるんですよ」

一分ほどで、當間のスマートフォンに返信があった。口を簑原の耳に近づける。

「弊社社員の物で間違いございません」

微笑んだままの簑原に、恭弥は訊いた。

「どなたの徽章ですか」

「増子《ましこ》という社員の物です。本人から紛失したとの報告がありました。盗まれた可能性もございましたが、会社の徽章一つです。先ほどお話ししましたとおり、世間に広く知れ渡っているマークでもございませんし。悪用されない限り、通報までは考えておりませんでした」

「その増子さん、呼んでいただくわけにはいきませんかね」

小暮の言葉に、にこやかな簑原の視線が向く。

「申し訳ございません。増子は県外に帰省中でして。どこだったかな、當間くん」

「増子くんの出身は静岡ですね」

「ですので、今日お会いいただくのは難しいかと」

「後日なら大丈夫ですか」

無言で待機していた新條が言った。箕原の視線が瞬時険しくなったが、すぐに満面の笑みを取り戻した。

「もちろんでございます。協力は惜しみません。増子にも言っておきますので。こちらは当方でお預かりさせていただきまして、本人に返却いたしたいのですが」

箕原が手を伸ばすより早く、恭弥が徽章を回収した。

「これは証拠品になりますので、しばらく警察で管理します」

恭弥の主張に、箕原は微笑で応じた。

拳銃の件には触れない。当初から決めていた。社員が所持していたというだけで、会社との関連を否定されたら終わりだ。下手《へた》に開示すれば、手の内を読まれるだけになる。県警に連絡されるなど、自分の首を絞める結果にもなりかねなかった。

組織的に拳銃を社員に持たせていたなら、奪われたことも把握している。そうした警戒心を表出しないことに、箕原は成功していた。

「お忙しいところ大変恐縮なのですが」

新條の言葉に、全員の視線が集中する。

「後学のために、寮を見学させていただきたいのですが」

前回訪問時には、研修カリキュラムの関係で視察できなかったそうだ。

「本日は弁護士の小暮先生や、県警の剣崎さんもいらっしゃいます。何とかお願いできませんでしょうか」

「もちろんでございます」

揉《も》み手しそうな勢いで、箕原は答えた。

「喜んでご案内させていただきます。弁護士の先生や警察でお勤めされている方にも、ぜひ当施設の取り組みにつきまして、ご理解を深めていただけましたら幸いに存じますので」

にこやかなまま、箕原は社員をふり返った。

「當間くん、頼んだよ」

10：53

社長の箕原が去り、恭弥たちはしばらく待たされた。當間が見学の準備をしている。勝手に動き回ることも考えたが、悶着は避けるとの判断に至った。

當間がふたたび姿を現わしたときには、かなりの時間が経過していた。もう一人、女性の社員が同行している。

「お待たせしました」當間が言った。「どうぞ、こちらへ」

社員二名の先導で、廊下を進む。ロビーに入ると、上階へと続く階段があった。恭弥たちも、あとについて上っていく。エレベーターは設置されていない。

二階は、大会議室が大半を占《し》めていた。あとは給湯室とトイレぐらいしかない。ドアが開かれ、室内も案内された。椅子や机は、研修内容に応じてその都度配置する。

続く三階は、中から小規模の研修室が並ぶ。数えたところ六室あった。グループに分かれて、ミーティングやゼミ形式の研修を行なうという。

最上階となる四階は個室が半分、個別のカウンセリングに使用する。資料室や図書室もある。奥には倉庫があり、備品等が納められているそうだ。ＯＡ専用ルームは設置されておらず、必要に応じてノートパソコンを設置するという。

どのフロアも無人だった。構造は、頭に描いていたものと大差なかった。先刻見た案内板を記憶に焼きつけてある。當間が説明する。

「日曜ですので、一切の研修等は行なっておりません。ひきこもり当事者には、そうした規則正しい生活習慣も重要ですので。一日ゆっくりと休養を取っていただき、明日からに備えていただいております」

新條も、特に反論はしなかった。黙って施設内を見ている。

白い壁に、白い廊下。各階とも病院を思わせる雰囲気だった。塗装は新しい。施設買収時に塗り直したのだろう。暖房は入っておらず、リノリウム張りの床は冷えこんでいた。全員の吐く息が白い。

宿泊棟に向かって右側、廊下の突き当たりにドアがあった。銀色のアルミ製で、造りは簡素だ。上部に非常口の文字が見えた。

「研修棟の方は、これくらいでよろしいでしょうか」

當間がふり返る。実際の研修などが行なわれていない以上話すことはない。恭弥だけでなく、小暮や新條も同じ意見のようだ。

「はい。ありがとうございます」

恭弥たちは揃って、軽く頭を下げた。當間と女性社員は満足そうに見えた。

「では、宿泊棟の方をご案内いたします」

當間に先導され、白い階段を下りていく。途中、誰ともすれ違わなかった。

研修棟と宿泊棟は、一階部分でしか接続していない。入寮者は一度下りて、ふたたび階段を上る必要がある。

研修棟からの出入り口は施錠されていた。當間が鍵を使って開ける。マスターキーだろうか。数本しか所持していなかった。

宿泊棟の玄関が見えた。ガラス張りのドアからは、鎖と南京錠が外されていた。近くには見当たらない。

當間は、玄関には向かわなかった。数メートル離れた位置に、小さなドアがあった。

「土日は、こちらの通用口を使用するようにしています」

ドアノブの上部に操作盤が備えつけられている。四桁の暗証番号と、右手親指の生体認証で開ける仕組みだ。

「入寮者全員の指紋データが入力されてるのか」

「ええ、まあ」

小暮の質問に、當間の回答は歯切れが悪かった。

電子音とともに開錠音が響く。當間がドアを開き、支える。どうぞの声とともに、小暮、新條、恭弥の順に入った。

背後でドアが閉まり、社員二人が前方へ回る。廊下の色合いは、研修棟と同様に白かった。明るいが、室内灯が灯されているわけではない。ガラス窓から射す曇天の鈍《にぶ》い外光を、壁が反射しているだけだった。

「こちらは電灯を点《つ》けてないんですね」

新條が言う。小暮に負けない大声だった。

研修棟では、全てのフロアで室内灯が灯されていた。軽くとまどい、當間が答える。

「え、ええ。人が泊まる施設だからでしょうか。当初の設計から、外光をたくさん取り入れるようにしておりまして。健康的ですし、節電対策にもなるので重宝しております」

新條が何度もうなずく。恭弥は廊下の右側を見た。小さな合板のドアが、十枚ほど続いている。やはり白い。

「寮の部屋は、すべて個室になっておりまして。浴室は共同ですが、トイレと洗面台は各部屋に取りつけております。最近まで、ひきこもっておられた方々ですから。プライバシーの確保には、充分配慮しておるところです」

「各階十部屋ずつですか」

新條が問う。やはり声が大きい。

「いえ。二階には男女別の共同浴室がございますので、五部屋しかございません」

「つまり、計三十五人収容できると」

「そうですね。それだけの人数は入寮できます」

新條の大声に、社員二名がとまどっている、恭弥や小暮も同じだ。

「満室なのかい」

「現在、二十七名入寮しておりますので。若干の空きはございます」

小暮の質問に、當間は平静さを取り戻したようだ。

恭弥は、ふたたび個室のドアを見た。通用口のように、操作盤は取りつけられていない。

「各部屋は施錠されてるんですか」

恭弥が問うと、當間が険しい目を向けてきた。

「そのようなことはございません。日曜は休養日ですから。入寮者の安全に配慮して、玄関と通用口は施錠していますが、事務室へ連絡いただければ寮からの外出も自由です」

「それはいいですね」

新條の声は変わらず大きい。表情を見る限り、當間の発言は信用していない。

「それでは、二階へどうぞ」

案内され、階段を上る。研修棟と同じく、エレベーターはない。

説明のとおり、フロアの半分が共同浴室で占められていた。男女別の入口も見えた。個室は五部屋しかない。

「お風呂の大きさは、男女いっしょですか」

新條が問う。声のトーンは元に戻っていた。

「ええ。まったく同じ構造ですが」

當間の答えに、新條が何度もうなずく。

「やっぱ、女性は風呂が気になるのかな」

小暮のささやきは、常人の話し声と同じだ。

「知りませんよ」

三階と最上階は、一階と同じ佇まいだった。高低差により、窓外の景色が多少変わるだけだ。見えるのは研修棟の側面だけだが、背後に小高い丘がある。

各フロアとも暖房が入っていない。白い寒々とした空間が続いているだけだ。室外に出ている入寮者は一人もいなかった。

「廊下を歩いてる人がいねえな」

「長年ひきこもっていらっしゃった方々ですから。外に出て、運動でもしていただけると嬉しいんですが」

小暮の言葉に、當間は平然と答えた。

「入所者の方とお話しすることはできますか」

新條が尋ねた。声の大きさは通常レベルだ。

「個々の状況に応じた緻密な支援プログラムを実践しておりますので。外来者の方と、事前のアポなく面会することはお断りしております」

當間の答えは予想していた。新條の表情はそう言っていた。

階段を下り始めた。フロアごとの中央辺りに踊り場があり、くの字に折れ曲がっている。

「お腹が痛いのよう！」

二階から一階への踊り場に差しかかったときだった。下から女性の声が響いた。當間と女性社員が駆け下り始め、恭弥たちもあとに続いた。

一階の廊下、中央辺りに女性が座りこんでいた。両脇に、制服姿の警備員が立っている。

「どうした？」

廊下の端から、當間が警備員に声をかけた。

「吉野《よしの》さんが腹痛を訴えてきたものですから、医務室へ運ぼうとしておりまして」

吉野が女性の名前らしい。四十代前半から半ば、上下グレーのスウェットを着ている。小柄で、極端に痩せていた。髪はぼさぼさ、化粧っ気《け》もない。

「なら、早く連れて行きなさい」

當間の指示に、警備員が顔をしかめる。

「今運ぼうとしていたのですが。腹部の痛みで動けないと言って、しゃがみこんでしまいまして……」

声音に困惑が滲《にじ》む。背後から走り出す人影があった。新條だった。吉野の傍に屈《かが》みこむ。

「大丈夫？」

新條の言葉に、吉野がうなずく。顔は苦痛に歪《ゆが》んでいた。

吉野と新條、警備員二名が一塊となって見えた。白い廊下が続く中、黒い点のように浮かび上がっている。

「私は専門外ですが、重症である可能性もあります。ストレッチャーはありませんか」

「おい」當間が声をかけ、女性社員が動いた。

廊下の隅にあるドアを開く。倉庫になっているようだ。中から折り畳まれたストレッチャーを出し、廊下の中央へと転がしていった。

女性社員がストレッチャーを開き、警備員二名が吉野を抱え上げた。台の上に寝かせ、静かに運び始める。女性社員もつき添っていった。

「お騒がせして申し訳ございません」

當間が頭を下げ、小暮が言う。

「大したことないといいけどな」

恭弥はストレッチャーを見送った。宿泊棟の玄関から、向かい側のロビーへと移動していく。恭弥は案内板を思い出した。医務室は研修棟の一階、応接室の隣にある。

「これで、一とおりご案内させていただきましたが」

當間が言う。終了の合図らしい。

「ありがとうございました。大変参考になりました」

新條が明るく応える。意外なことに微笑《ほほえ》んでさえいた。

「また何かありましたら、ご協力お願いできますか。では、失礼します」

意気揚々《いきようよう》と新條が歩き出す。恭弥と小暮は顔を見合わせ、あとを追った。

11：46

恭弥たちはクレスタに乗り、ポジティブ自立支援センターをあとにした。

綾瀬市中心部へ向かう。正午が近い。今後のことを相談する必要もある。どこかで昼食を摂《と》りながら、打ち合わせをすることにした。

白一色だった空に、黒いものが混ざり始めた。濃淡に加えて、雲の切れ間から薄明光線が地面を照らす。

「これを見てください」

新條が、後部座席から何かを差し出してきた。小暮は肉眼で、恭弥はルームミラーを使って確認した。

黒い極小サイズの機器だった。長さは四センチ、幅は三センチに満たず、厚さは五ミリほどしかない。掌に握りこめるだろう。小暮が訊く。

「何だい、これ」

「吉野さんが渡してくれたものです」新條が笑みを浮かべる。「マイクロサイズのボイスレコーダー、長時間録音が可能なＩＣ搭載タイプです。ポジティブ自立支援センター内の音声データが入っています」

吉野は、下の名前を里花《りか》という。現在四十三歳だが、子どものころから不登校気味だった。ひきこもり生活となり、現在に至る。両親が半ば無理やり、ポジティブ自立支援センターへ入所させた。

当該両親はその後、新條のNPO法人サポートクラブ野毛山へ相談に来た。吉野がSOSを発したためだった。

「センターの寮では、入所者の携帯電話など通信機器類はすべて取り上げられます。ですが、家族による面会は可能です」

面会時に、吉野に録音を頼んであった。両親も危機的状況を理解し、同施設告発のために協力している。ボイスレコーダーを本人へ渡したのも彼らだ。宿泊棟の廊下で吉野に近づいた際、録音データを受け取った。

「じゃあ、あの病気は？」

「仮病です」

小暮の言葉に、新條は平然と答える。恭弥は合点がいった。

「宿泊棟へ移動した際に突然大声で喋り始めたのは、吉野さんに到着を知らせるためだったんですね」

「里花さんは、私の声を知っていますから」

吉野自身は、何度か新條のNPO法人を訪れていた。同団体の支援はのんびりし過ぎている。そう感じた両親がしびれを切らし、株式会社ポジティブみらいを頼ったそうだ。

「風呂の質問も、何か狙いがあったのかい」

「気になっただけです。男性用より女性用の方が、浴室の狭い事例があるものですから」

小暮の問いに、新條は平然と答えた。

日曜の正午近く、交通量は多くなっている。新條が続けた。

「これで、センターが暴力や暴言を行なっていることを証明できます。このデータが証拠となるでしょう」

「やるねえ」

小暮は感嘆したが、恭弥は嘆息《たんそく》した。

「危険すぎます」

後方を確認、ウィンカーを左に出し路側帯に停車した。新條をふり返る。

「昨夜の悶着は話したはずです。尾行者は、ポジティブみらいの人間で間違いありません。先生だけじゃない。あの吉野さんという方にも累《るい》が及ぶんですよ」

「センターの悪質さを暴くには、これしか方法がなかったんです」

新條が反論する。なだめるように、小暮が二人を見比べる。

「まあ。ある程度はチップ乗せねえと、賭けには勝てねえよな」

「お二人は、連中の危険性が分かっていない」

恭弥は運転席に身を屈めた。右足首から拳銃――シグP365XLを引き抜き、二人の眼前にかざした。

「おいおい、何だそりゃ」

小暮が目を丸くする。新條は言葉もない。

「昨夜、徽章といっしょに取り上げました。おもちゃじゃありません」

弾倉を抜き、実弾を見せる。

「分かったでしょう。あいつらは、こんなものまで持ち歩いてる。常軌を逸した連中です」

弾倉を戻し、拳銃を右足首のホルスターに収める。身体を上げ、右手を新條へ差し出した。

「ボイスレコーダーを貸してください」

新條が眉を寄せ、恭弥を見る。

「安全なところに着くまで、こちらで保管します。いいですね」

新條は動こうとしない。小暮が言う。

「渡した方がいいよ。餅は餅屋。こいつは警察の領分だ」

一つ息を吐き、新條は恭弥の右掌にボイスレコーダーを置いた。防寒着の右ポケットへとしまいこむ。

「行きましょう」

恭弥は車を出した。車内に会話はなかった。

12：14

綾瀬市役所手前のファミリーレストランに入った。

専門性がなく、広くメニューを備えているチェーン店だった。昼はほとんど食欲がない恭弥も、ここなら何か食べられる品があるだろう。

日曜の正午過ぎとあって、店内は混み合っていた。広い駐車場も満車に近かった。

名前と人数を書き、待合に向かった。ベンチもごった返していた。待ち時間は三〇分と表記があった。

待っている客は家族連れが大半だった。退屈した子供が走り回っている。窓に映る街は、曇天のまま白くにじんでいる。

ほかの店に移っても、状況は大差ないだろう。車に戻って、待つことにした。次に動くべき手も相談したい。周りに人はいない方がいいだろう。店員に、その旨と車種やナンバーを告げておく。

今後どうするか。守屋捜索は手詰まりといえた。

株式会社ポジティブみらいの狙いは不明。捜査第一課の動きも把握できていない。闇雲に動き回っているだけと感じられた。

「ちょっと、はばかりに」

言い置いて、新條がトイレへと歩いていった。恭弥と小暮は、先にクレスタへ戻っておくことにする。

緊張が解ければ、ＨＳＳよりＨＳＰが強まる。体調の悪さを自覚することとなる。頭痛に微熱、倦怠感が身体を襲う。抗不安薬《デパス》を服用したかった。

「なあ。おれ思うんだけどな」

クレスタへ乗りこもうとしたとき、小暮が口を開いた。

「あのポジティブって施設に、守屋は監禁されてんじゃねえかな」

恭弥も可能性を検討していた事柄だった。小暮が続ける。

「えらく個室がいっぱいあったしな。いくらかは空いてるっていうし。それに、あのドアは内側から開かねえ仕組みだぞ。閉じこめるにはもってこいだ」

「そうですね」恭弥は立ち上がった。「ちょっと署に連絡してみます。確認したいことがありますので」

恭弥は意を決した。動きを悟られないことより、優先すべき事柄が出てきた。様子を窺う段階は終了したといえる。

小暮をクレスタに待たせ、恭弥は車を離れた。さほど寒さは感じない。邪魔にならないよう、通路の陰へと移動する。スマートフォンを取り出し、佐久の携帯に連絡した。日曜だが、本日は保土ケ谷署へ出勤しているはずだ。

「おう、恭さん」

陽気な声が答える。恭弥は続けた。

「日曜にお疲れ様です。ちょっと協力して欲しいことがあるんですが」

株式会社ポジティブみらい及びポジティブ自立支援センターについて、恭弥は説明した。社長の箕原大賢に関して、犯歴等の照会を依頼する。

アクセス履歴が残っても問題ない。社員が拳銃を所持していた。正式に報告していないとはいえ、調べる理由にはなるはずだ。

「分かった。その箕原ってのに、照会かけりゃいいんだね。念のため、Z号もチェックしとくよ。少し時間くれるかい。もしヒットしなくても、会社やそいつの評判とか心当たりに訊いてみるから」

当該照会によって、箕原の前科及び反社会的勢力との関わりが分かる。

「恭さんこそ、休みの日に大変だ。守屋の行方追ってるのかい」

「ええ。お忙しいところすみません。それと、これも確認して欲しいんですが――」

恭弥は、昨日から追尾してきているアクアのナンバーを告げた。つけ替えられたため、二種類ある。偽造の可能性が高い旨も言い添えた。

　通話を終え、恭弥は店内の様子を窺った。レストラン内は渋滞といっていい様相だった。待合は混み合い、次々と客が案内されていくが、入ってくる人数が勝っている。満席が続く状態だ。

　恭弥はクレスタに戻った。小暮は助手席に座っている。

「新條先生、遅いですね」

「トイレも混雑してんだろ」

　懐のスマートフォンが震えた。確認すると、佐久からの返信だった。小暮に一言断り、ふたたび車外へ。

「恭さん。A号とZ号、どっちもヒットしなかったよ」

　電話に出ると、佐久は告げた。つまり、前科及び反社会的勢力加入歴はない。

「マルBではないんですね」

「ただ、結構訳あり。マル暴とか知り合いに訊いてみたんだけど、限りなくクロに近い人物らしいよ」

　箕原自身は反社会的勢力ではないが、つかず離れずの関係を保っているという。

「企業舎弟《しやてい》ですか」

「あえていうなら、そんな感じかな。最近は下手《へた》に盃《さかずき》もらうより、組に入らない方が自由に動ける場合もあるから。より儲《もう》かるなんて話も聞くし。マルBの美味《おい》しいとこだけ借りてさ。その引き出し業ってのを、新たなシノギにしてる可能性は高いだろうね」

「車のナンバーはどうでした？」

「二つとも所有者該当なし。車両C号も照会かけたけど、ヒットしなかったから。盗難車でもないね」

　アクアのナンバープレートは、偽造と考えられる。社長は反社会的勢力に近しい人物で、社員は拳銃を所持。偽造プレートを入手できる伝手《つて》もある。社章を伏せている理由も怪しげだ。単なる悪質な支援団体ではない。より危険な組織と考えた方がいい。

「おかしな連中が絡んできたみたいだね。守屋の居所は分かりそうかい」

「まだ、何とも言えませんね」佐久の問いに、恭弥は正直に答えた。

「こっちも、もう少し調べてみるから。何か分かったら知らせるよ。くれぐれも気をつけて」

12：49

　佐久に礼を言い、恭弥は通話を終えた。

　クレスタに戻ると、小暮一人だった。新條が戻ってきていない。

「新條先生まだですか。もう三〇分になりますよ」

「確かにおかしいな」

恭弥の疑問に、小暮の顔も曇った。二人で車を出て、ファミリーレストランへ向かう。

店に入ると、待合や客席は人で溢れんばかりだった。騒々しさも最高潮だ。新條は見えない。

恭弥はスマートフォンを取り出した。登録しておいた新條の番号を呼び出す。応答はなく、留守番電話機能が作動した。

「携帯にも出ませんね」

「まさか、勝手に抜け出したってことはねえよな」

小暮の言葉を、恭弥も検討する。この混雑だ。見られずに出て行こうと思えばできる。もしくは、連れ出すことも。

通りかかった女性店員に、恭弥は声をかけた。

「すみません。連れの女性が、三〇分経っても戻ってこないんです。トイレ内の確認をお願いできないでしょうか」

新條の名前と、外見上の特徴を店員に伝えた。店員がトイレ待ちの列を越えて、中へと入っていく。

長時間かかっているとは思ったが、トイレに入っている女性を急《せ》かすことはできなかった。

　女性店員を待つ間、満員の客席を捜して回る。新條の姿はなかった。

「お連れ様いらっしゃいませんね。いかがいたしましょう」

　女性店員が戻り、告げた。緊急事態と察知したか、表情は硬かった。一応、厨房や事務室など客が入れない場所も確認してもらった。結果は同じだ。どこにも姿がない。

「車に戻りましょう」

　恭弥は小暮に言った。女性店員へ予約のキャンセルと礼を言い、レストランを出た。駐車場のクレスタへ向かう。

「まさか、ポジティブみらいの連中に攫《さら》われたなんてこたあねえよな」

　小暮が心配げに呟く。珍しく顔色も悪い。

　株式会社ポジティブみらい側に、盗聴が発覚したのではないか。恭弥も可能性は検討していた。

「仮病がばれたかもしれませんね」

「あの女性がシラを切り通せるとも思えねえしな」

　小暮の返事に、恭弥もうなずく。吉野の行動に疑いを抱き、尋問を行なった。暴行など加えれば、簡単に白状しただろう。

　音声データを回収するため、新條の身柄を攫ったか。

レストラン内は溢れんばかりの混雑ぶりだった。騒ぎに乗じて、連れ出すことも可能だったはずだ。

「おれたちがレストランにいるって、どうやって分かったんだ?」

小暮が疑問を呈《てい》する。いかにして居所を察知されたか。

時間的に考えて、新條拉致のタイミングが早すぎる。吉野が白状してから動いたのでは、こちらの動向も察知できなかったはずだ。

あらかじめ、恭弥たちは追尾されていた。そう考えるのが自然だ。念のためを考え、箕原は手の者に指示していたのだろう。

「何者かに、追尾されていたんだと思います」恭弥は認めた。「朝から尾行が途絶えていたので、油断していました。悔やんでも悔やみきれません」

「自分を責めるなよ。しょうがねえさ。初めて手がかりがつかめたんで、勇み足になっちまった。おれや新條先生だってそうだ。お前だけのせいじゃねえよ」

いや、自分の責任だ。恭弥は思った。何度も危険だと自ら口にしておきながら、警戒を怠《おこた》った。失策と責められても仕方がない。

クレスタにたどり着いた。ドアを開け、乗りこむ。

「それより、ほんとに攫われたんなら一刻も早く助け出さねえとな」

小暮が助手席でシートベルトをかける。恭弥はイグニッションキーを回した。

「ポジティブ自立支援センターへ戻りましょう」

13：23

恭弥はクレスタを路地に入れた。ポジティブ自立支援センターの塀が見える。住宅同士に挟まれた道路だが、幅員《ふくいん》は広めに取られている。離合《りごう》は可能だ。

車を降り、恭弥は様子を窺った。施設内は静まり返っている。読みどおりなら音声データを回収するため、新條を尋問しているはずだ。

空は雲の濃淡が濃くなり、暗さを増している。気温も下がってきたようだ。

確証がない以上、県警は頼れない。連絡したところで動かないだろう。正確な状況を把握する必要がある。

加えて、冤罪捏造《えんざいねつぞう》グループの存在。今の県警は信用に値しないといえた。

「施設内に入ってみます」

車に戻り、恭弥は小暮に告げた。心配そうな視線が向けられる。

「先生は車で待機していてください」

「おれも行くよ」小暮が言う。いくぶん声音が弱々しい。

「気持ちだけで。正直、足手まといです」

小暮が不快さを示すことはなかった。新條に対する心配が勝っている。恭弥は続けた。

「別に馬鹿にしているわけではありません。先刻お話ししたとおり、相手は拳銃で武装している恐れがあります。こちらには一挺しかありませんから」

瞬間湯沸かし器は沈黙したままだった。感情と冷静な判断が葛藤しているようだ。一人で帰すのも危険だろう。車で待機させる以外に手はない。携帯を出すよう、小暮に頼んだ。

「信頼できる県警職員の連絡先です」佐久と衛藤の番号を告げた。「一時間経《た》って戻らなければ、この二人に状況を伝えるようお願いします。すぐ動いてくれるはずです。それまでに危険だと判断したら、即座に車で避難してください。あと、これをお願いします」

恭弥は防寒着のポケットから、マイクロサイズのボイスレコーダーを取り出した。

「二人とも戻って来なかったら、彼らに渡してください」

「でもよ――」

言いかけた小暮を、恭弥は制する。押しつけるように、ボイスレコーダーを手渡した。

「大丈夫。餅は餅屋とおっしゃったでしょう。任せてください」

運転席のドアを開けようとした。背後から小暮の声がする。いつもの大声だ。

「自信はあるのか、狂犬」

恭弥は軽く、首だけでふり返った。蒼白い顔をした小暮が、ボイスレコーダーを握りしめている。

「先生が、冤罪の法廷に立つ程度には」

変人弁護士四天王が相好《そうごう》を崩した。

「行ってこい！」

13：30

正面から行けば、門前払いが関の山だろう。

恭弥は、午前中に見た案内板を脳裏へ蘇《よみがえ》らせた。建物内外の構造を確認していく。ポジティブ自立支援センターの三方は住宅街だが、一方だけ小高い丘に面している。研修棟の側面に当たる。警戒態勢に穴があるとすれば、そこだ。

恭弥は丘の方へ向かった。歩きながら、スマートフォンのマナーモードを確認する。音が命取りとなる場合も考えられた。

ブロック擁壁の上には、雑木が茂っていた。けもの道のような、踏み分けられた通路が見える。通っていけば、施設の傍に出られそうだ。

けもの道には落葉が堆積《たいせき》していた。足元はスニーカーだが、何度も滑る。傾斜は険しく、防寒着の下が薄く汗ばむ。吐く息が白かった。

途中、少しの間だけ儚《はかな》げな雪が舞った。足元を冷気が這《は》い上がってくる。

丘を登り、施設の方へ視線を向ける。種類が分からない立木二本の間から、研修棟が見えた。一階の玄関を除けば、ほかはすべて部屋の窓側になる。思ったより標高があるのか、三階と四階部分が正面の位置に来ていた。

センターを囲む塀は、丘のところで両脇が途切れる形となっていた。小さな山といえるサイズだ。防壁の代わりに使えるという判断らしい。灌木や冬枯れた雑草を縫《ぬ》うように、鉄条網だけが続いている。

恭弥は視線を巡らせた。柵は、丹念に手入れされているとはいい難い。ならば――

数メートル進んだ先に、目当ての場所を見つけた。直径五十センチほどの倒木が、鉄条網を押し下げている。電流やセンサーまでは設置されていないようだ。防犯カメラも見当たらない。木の上を通れば、柵を乗り越えることが可能だった。

再度、研修棟の窓に目を向けた。事務室などを構える一階には、人の気配がある。二階から上は、カーテンが閉ざされ灯りもない。

四階の中央、一室だけ灯りの漏れている部屋があった。厚いカーテンのため、室内の様子は窺えない。横には、塩ビパイプの雨樋《あまどい》が地面まで続く。同フロアは、カウンセリング等に使う個室が並んでいる。

新條が監禁されているなら、そこしかない。

鉄条網を押し下げている倒木へ、恭弥は足をかけた。両足首の拳銃と弾倉へ注意を払う。締め直してあるため、途中で外れる恐れはない。

丸太橋を渡る要領で、倒木を進む。木肌は朽ち、苔《こけ》むしていた。

鉄上網を越えた瞬間、スニーカーのソールが滑った。積もった落葉が乾いた音を立てる。そのままの体勢で、数メートル滑り落ちた。

わずかに突き出た岩を足がかりにして、身体を起こした。泥や草、落ち葉を払い落とす。丘の斜面を、研修棟二階の高さまで下りていた。周囲を見回す。気づかれた気配はない。足元に注意して、麓《ふもと》まで進んでいく。

外来者用駐車場に出た。事務室の窓からは丸見えになる。桜を遮蔽物にして、息を整えた。左側の奥には、体育館と運動場が確認できる。

研修棟の端には非常階段がある。玄関等が施錠されている以上、そこを使うほかなかった。次の植栽まで走り抜け、様子を窺う。警備員その他人影はない。

駐車場を回りこむ形で、研修棟の端に出た。玄関横のソテツに身を隠し、非常階段の方へ視線を巡らせる。

非常階段の上り口は、宿泊棟を向いていた。瞬時、様子を見る。人影は窺えない。

恭弥は非常階段へと走った。上り口の前には、粗末な木製の掃除用具入れがあった。扉はなく、中身がむき出しになっている。竹箒や熊手が差さり、石箕《いしみ》が重ねられていた。

隅に、大ぶりなシャベルが数本あった。スチール製の剣型で、長さは一メートル近くある。鉄の歯を持ち、先端が鈍角《どんかく》に尖《とが》っている。建設現場で使用する類《たぐい》の頑丈な代物だ。

恭弥は一本を手に取った。非常階段を上り始める。

階段は鋼鉄製で、白い塗装が剝げ随所に錆も浮かぶ。スコップは当てないように抱えているが、スニーカーでも足元が軽快な音を立てた。

誰にも会うことなく、四階まで着いた。大きなシャベルを担いでいるせいで、軽く息が上がっていた。

非常階段は屋上まで続いていた。恭弥は考えた。ドアは施錠されているだろう。こじ開けるためにシャベルを抱えてきた。音が響くことも考慮すれば、距離を取る方がいい。

屋上に向けて、非常階段を上っていく。曇天の濃淡は薄れ、白一色が天を覆っている。

突き当たりまで、たどり着いた。屋上は黒い鉄柵に囲まれている。塗装は半分が剝がれ落ち、錆と地肌が見えていた。

給水塔と、小屋のように見える建物があった。ドアが設《しつら》えられている。研修棟の階段へ通じているはずだ。

非常階段の終点、鉄柵には同形状の扉があった。閂《かんぬき》には何重もの鎖が巻かれ、南京錠で施錠されていた。到底開けられそうにない。

シャベルを先に屋上へ落とし、恭弥は鎖に足をかけた。滑らないよう慎重に、鉄柵を乗りこえていく。

つま先と屋上が数十センチに近づいたところで、飛び降りた。難なく、着地に成功した。シャベルを拾い上げ、ドアへと向かう。床面は溜まった土埃が泥と化し、苔が繁茂している。

目指したドアは、各フロアと同じくアルミ製の簡素な代物だった。念のためノブを回したが、施錠されている。鎖等による補強はない。

ドアの下部には、ひずみがあった。数センチほどめくれている。恭弥はシャベルの剣先を当てた。足で踏み、こじ入れていく。

てこの原理で、シャベルを押しこんだ。金属音とともに、ドアが大きく歪んだ。ノブの傍まで隙間が広がる。

ノブの下へ剣先を差しこみ、再度てこの原理を活用する。甲高い音とともに、錠前が弾けた。アルミドアが、くたびれた様子で開く。

周囲に変化は起こらなかった。警報等も鳴り響かない。特に仕掛けの類は設置されていなかったようだ。

ドアの内部は暗い。階段と手摺《てす》りが、かろうじて確認できる。踊り場の下部にしか窓がなく、射しこむ外光が限られているためだ。

入る前にシャベルを立てかけようとして、思いとどまった。意外と使える。何かの役に立つかもしれない。肩に担ぎ上げて、中へ踏みこんだ。

階段を下っていく。手すりはコンクリート製で、木製の天板がある。塗装は滑らかとは言いがたかった。

足音が聞こえた。恭弥は屈んで、手すりに身を隠した。目だけで気配を窺う。

先刻の制服を来た警備員だった。巡回しているのか、威圧的な体軀が移動している。再度、身を伏せた。足音が遠ざかる。階段を下りているようだ。立ち上がり、慎重に歩き出す。

踊り場を曲がると、白い廊下が目を射た。壁に背を当てて、慎重に下る。

下り切る手前で、足を止めた。四階の様子を窺う。人が歩いている気配はない。

恭弥は頭の中で、研修棟四階の外観と内部構造を合成していく。灯りが漏れていた窓は、階段から左に三つ進んだドアと合致する。

シャベルを手に、廊下を進み始めた。白い空間に包みこまれる。

最初のドアを見る。ノブを回すと、施錠されていなかった。閉ざされていたら、シャベルを使うつもりだった。カーテンが閉ざされ、灯りもない。室内の様子は窺えなかった。開け放したまま歩を進める。

三番目のドアで足を止めた。塗り直されているが、素材は合板だった。防音効果は、さほどないだろう。恭弥は耳を澄ませた。

——先生、そろそろお話しいただけませんか。

箕原の声だ。さらに耳を近づける。新條の声は聞こえない。

——吉野さんは素直に話してくださいましたよ。新條先生もひきこもり支援者ですから。このような真似をして、我々の活動を妨害されては困るんです。当事者の社会復帰に影響しますので。

丁寧な口調は、脅迫しているようには聞こえない。その余裕がかえって不気味だった。

——彼女、里花さんは無事なんですか。

新條の声だ。かなり弱っているように聞こえた。

——人聞きの悪いことおっしゃらないでください。吉野さんは大変反省し、当施設に恩を仇《あだ》で返したと、泣いて赦《ゆる》しを乞うておられましたよ。

拉致したうえ、身元まで晒している。新條を無事に帰す可能性は極めて低い。県警からの応援を待つ時間的余裕もない。どうするか。

——私には、刑事と弁護士がついています。こんな真似をしてただで済むと——

新條の声を、箕原の嘆息が遮《さえぎ》った。

——仕方ありませんね。おい、あとは任せる。

一刻の猶予もなかった。恭弥はシャベルを振りかぶった。合板のドアへ、シャベルを力任せに叩きつける。

豪快な音を立てて、剣先がドアを切り裂いた。思ったより深く食いこんだか、抜くことができない。

恭弥は身を翻した。廊下を戻り、先刻開いておいたドアに飛びこむ。右足首からシグP365XLを引き抜いた。セイフティを解除し、スライドを最後部まで引く。再度軽く引き、薬室に初弾が装填されたことを確認した。

ドアの開く気配がする。シャベルの重量によるものか、廊下を擦る音が聞こえた。

恭弥はドアの陰から、左目だけを出した。P365は両手保持している。小指までグリップにかかっていた。

開かれたドアから男性が顔を出す。當間だ。もう一人いた。後頭部でポニーテールが揺らめく。昨夜問い詰めた相手、彼が増子だろう。帰省云々《うんぬん》は、やはり嘘だったか。恭弥は声を張り上げた。

「警察だ！　動くな」

當間と増子が同時に動いた。廊下に飛び出し、両手を突き出す。拳銃が握られていた。

銃声。恭弥は身を潜めた。

拳銃は、同じシグP365XLに見えた。装弾数も同じ、十二ないし十三発が装填されている。増子も所持しているということは予備があったか。

恭弥は左手にP365を持った。腕をドアから出し、発砲する。ウィークハンドでも連射が可能なほど、反動はマイルドだった。ふたたび身体をドアへ。

當間と増子が撃ち返してきた。銃声が轟き、ドアの上部を銃弾が貫通する。頭上に向けて、木材の欠片《かけら》が舞う。

一旦、暗い室内へ身を寄せた。合板では弱すぎて、遮蔽物とならない。

ならば――

恭弥は身を翻《ひるがえ》し、相手のドア目がけて乱射した。狭い廊下を炸裂音が反響する。九ミリ弾が合板を貫通し、埃が舞う。一部がシャベルの剣先に当たり、跳弾《ちょうだん》となった。廊下の窓ガラスを貫き、蜘蛛《くも》の巣状にひび割れが走る。

腰を抜かしたように、ポニーテールがドアの下半分に落ちた。恭弥のＰ３６５は、スライドが後方位置でストップした。弾切れだ。

ドアの陰に回り、恭弥は腰を落とした。空《から》になったマガジンを抜くと同時に、左足首のマガジンパウチから次の弾倉を出す。交換して、スライドを戻した。薬室内の初弾装塡を目視する。注意を相手に向けた。ふたたび発砲が始まる。

反撃の糸口は、相手の弾切れしかない。身を低くして待つ。

「何をやっとるか！」

背後、階段側から怒声が響いた。視線を向ける。

巡回していた警備員だった。一人だ。武装の状況までは分からない。

「顔を出すな！」

恭弥は叫び、天井めがけて発砲した。銃声が響き、蛍光灯が破裂する。白い塗装とガラスの破片が、警備員に降りかかる。

警備員は慌てて、廊下を駆け下りていった。センター側の援軍とはならないようだ。おそらく、拳銃も所持していない。

當間と増子の銃声が止んだ。恭弥は発砲を再開した。

銃声が炸裂し、合板のドアに弾痕が次々と穿《うが》たれていく。固く食いこんでいたシャベルが、廊下に落ちた。蝶番《ちょうつがい》が外れかけ、ドアが傾く。

形容しがたい悲鳴が響いた。同時に全弾撃ち尽くした。身を屈めながらマガジンキャッチを押し、空の弾倉を落とす。次の弾倉を装塡した。

立ち上がり、P365を両手保持したまま移動を始める。周囲を警戒し、少しずつ歩を進めた。

崩れかけたドアから、左手で銃口を向ける。當間が見えた。右大腿部を押さえて、うずくまっている。拳銃は床に落ちていた。恭弥は拾い上げ、防寒着のポケットに収めた。

増子は土下座するような格好で、床に突っ伏している。拳銃の在処《ありか》は見えない。ポニーテールだけが微かに揺れている。

恭弥はP365を両手保持し、増子を右足で起こした。ポニーテールが、床で枕の代わりになる。右脇腹を手で押さえていて、出血が激しい。ダークグレーのスーツが黒く染まり、床へと続いていた。

身体のあった位置に、拳銃も落ちていた。銃口を増子へ向けたまま、回収する。

二人は後回しだ。新條の状態を確認する必要がある。

恭弥は室内に銃口を向けた。かかりつけの心療内科医が使用している診察室を思わせた。

「新條先生！」

中央の回転椅子に、新條の姿があった。恭弥の声に顔をふり向ける。表情に血の気はなく、声も立てなかった。両腕を背後の背もたれに回し、両足首も揃えている。ともに拘束されているようだ。

箕原の姿はない。奥には事務用のデスクがあるが、上部の窓が開け放されていた。白いカーテンが風にたなびいている。窓の外には、塩ビパイプの雨樋があったはずだ。そこを伝って逃走したか。

新條の全身を確認した。負傷しているようには見えない。手首と足首は、結束バンドで拘束されている。

デスクの上には、ペン立てしかなかった。ボールペンやシャーペンとともに、工作用のカッターナイフが立っていた。

カッターを手に、新條の拘束を解いた。礼を言おうとしたか、口は開くものの言葉が出てこなかった。眼鏡の奥が潤んで見える。

室内は、半分がカーテンに仕切られている。開くと、ベッドが二つあった。

「話はあとにしましょう。立てますか」

恭弥は新條に言った。手を貸して、立ち上がらせる。ベッドへと誘導していく。

ドアのところでは、増子と當間がうめいていた。

「休んでいてください。今、救急車を呼びます。あんな連中でも死なせるわけにはいかないので」

14：47

ポジティブ自立支援センター四階。救急隊より県警の到着が早かった。銃声を聞きつけた小暮が、衛藤と佐久に連絡したらしい。

「剣崎恭弥の名前が出たうえに、銃声までしてるっていうだろ」衛藤がぼやく。「血尿が出そうなほどビビったぜ。辺り一面、血の海になってるんじゃねえかと思ってよ」

「ご期待に沿えなくて恐縮だよ、旦那」

「いやいや、恭さん。これだけ暴れたら充分ですよ」恭弥の言葉に、秋元が苦笑を浮かべる。衛藤は顔をしかめた。

「今度こそ相談窓口に縛りつけてやる。でねえと、今度の大腸検診は必ず引っかかる。出血しちまうに違いねえ」

「ご自愛ください」

衛藤の言葉に、恭弥は舌を出した。室内外を見回す。

捜査員は県警本部捜査第一課及び機動捜査隊、鑑識課員の混成チームだった。日曜にも出勤していたメンバーだ。加えて、管轄となる綾瀬署の面々。佐久が連絡した。本人は連絡要員として保土ケ谷署に待機している。

増子と當間は搬送済みだ。救急隊員の見立てでは、重傷だが命に別状はない。措置の邪魔となるため、用を為さなくなったドアは引きはがされていた。簡単に外れ、シャベルの傍に立てかけられている。

新條も検査に送られていた。身体に外傷はなかったが、精神的ショックが大きいようだ。PTSDその他、専門家の診断を仰《あお》ぐ。

搬出前、新條は拉致された様子を言葉少なく語った。

ファミリーレストランでトイレを出ようとすると、ナイフを突きつけられた。施設を案内した例の女性社員だった。声を立てずについて来いと言われた。従うほかなかった。昨日からのアクアとは、別の車に乗せられたらしい。スマートフォンは途中で破棄させられた。車両を変更されたため見落としたのか。うかつだった。

吉野里花の救出も完了している。比較的軽傷だった當間に口を割らせた。同じフロアの端となる個室に監禁されていた。手の甲には、煙草《たばこ》の火を押しあてたような火傷《やけど》があった。新しいもので、拷問の痕跡と考えられた。

一一九番通報時には、考えられる救護対象者の数と状態を伝えておいた。速《すみ》やかな救急対応につながったようだ。

県警が先にセンターへ到着したのも幸いだった。話が早くついた。救急隊が先着では、ポジティブみらい側と押し問答になりかねなかった。捜査員たちは有無を言わせずねじ込んできた。警察、中でも衛藤の傍若無人ぶりが役に立った形だ。

銃撃、拉致、監禁、拷問その他。余罪も山盛りだ。捜査第一課は総動員される予定と聞いている。続々と捜査員が現着していく。

一階事務室では、社員の聴取が開始されている。並行して、宿泊棟への立ち入りも実施中だ。順次、入寮者を保護している。

併せて守屋の捜索も依頼しているが、発見の報はない。

逃走した箕原に関しては、県下全域に緊急手配済みだ。被疑者として指名手配が可能かどうか、県警本部において検討している。

待ち時間に、抗不安薬《デパス》を服用しておいた。同じフロアに給湯室があったのは助かった。

昨夜からトラブル続きだ。頭痛に微熱、倦怠感《けんたい》。難聴もある。原因は別だが、後頭部には瘤もできている。行動限界に近づいていた。

新條が監禁されていたのは、面談室だった。鑑識課員が忙しく立ち働いている。廊下側の検証から始めていた。

「おい、衛藤。踏むんじゃない、気をつけろ！」

鑑識課係長の怒声が飛ぶ。空薬莢が廊下一面に散乱していた。衛藤が一つを踏みつぶしかけたようだ。邪魔となるため、ほかの捜査員は隅に避《よ》けて待機中だ。恭弥が使用した拳銃は、証拠品として押収されている。

手を振って謝罪しながら、衛藤が入ってきた。恭弥に近づいてくる。

「気をつけろよ。そろそろ〝オクラ〟がやって来る」

捜査第一課管理官——小椋《おぐら》のことだ。以前から良好な仲ではない。

「可哀《かわい》そうに。お前が起こした騒ぎのせいで、脳の血管が三本ぐらいブチ切れたらしい。あーあ、知らねえぞ」

衛藤の口調は、面白がっているようにしか聞こえない。恭弥は呟く。

「面倒くせえな」

「剣崎、いるか！」

性格同様、粘着質な声が聞こえる。小椋だ。警視、四十七歳になる。

「管理官、足下気をつけて!」

「うるさい」

鑑識課係長に言い返し、小椋が姿を現わした、中背で痩身だが寒がりなのか、もこもこのダウンで着ぶくれしている。

「オクラの旬は夏なのにな」衛藤が吐き捨てる。「冬枯れしちまえばいいのに」

小椋が面談室に踏みこんでくる。周囲の状況に構う様子はなかった。

「お前、何考えてるんだ。勝手に動き回った挙句《あげく》、施設に無断で入りこんで。だいたい、あの拳銃はどこから入手した?」

「あとで、まとめて説明しますよ。まだ何も分かってないので」

守屋の行方が不明な以上、振り出しから動いていないのも同然だった。

「何だと?」小椋の顔が歪む。「分かっていないで済むか! 早く説明しろ」

「いつまで待たせせんだよ、おい!」

聞き覚えのある大声が、廊下で炸裂する。変人弁護士の小暮だ。

「県警の対応、どうなってるんだ? 出るとこ出てもいいんだぞ、こら!」

小暮が踏みこんでくる。反社まがいの口ぶりだった。小椋と目が合う。

「あんた、誰?」

「お前こそ誰だ、この野郎」

小椋は口ごもるように身分を告げる。小暮が鼻を鳴らした。

「おれは弁護士の小暮だ、知ってるよな」

「え、あ、冤罪弁護士……」目を丸くし、外の捜査員に弱々しい声を投げる。「誰だ、先生入れたの？」

県警で、小暮の名を知らぬ者はない。好んで会いたいと思う人間もいないだろう。

「すみません」廊下から、制服警察官が頭を下げる。「下で制止したんですが。事件の関係者だとおっしゃって。剣崎警部補の許可は得ていると」

「おう、狂犬。ここにいたか、入るぞ」

小暮が足を踏み入れてくる。小椋は制止しようとするが、腫れ物に触る感じだった。先刻までの勢いは削がれている。

「話したいことがある。ちょっとこっちに来い」

言い捨てた小暮に、恭弥は耳を引っ張られた。衛藤など、ほかの捜査員も呆然と見ているだけだった。小椋が最後に吐き捨てる。

「剣崎。土日の行動報告に、あとで必ず県警本部に来い。監察官室からもお呼びがかかってるぞ。発砲に関する特別監察が待ってるからな。覚悟しとけよ！」

連れられて、恭弥は廊下に出た。小暮は、床の証拠品を器用に避けて歩いた。

階段のところで、小暮が耳を放す。解放された恭弥は息を吐いた。

「何ですか、いきなり」

「礼はいいぞ。おかげで、嫌味《いやみ》な上司から解放されただろ。ああいう調子に乗ったパワハラ野郎は虫唾《むしず》が走る」

「先生が人のこと言えますか」

「何だと」瞬間湯沸かし器が唸る。「まあいい。それより待ちくたびれてな。様子を見に来たんだ。新條先生が無事だったのはよかったが」

恭弥は通報の礼を述べた。本題に入る必要がある。

「それより、先生」

改まった口調に、小暮の視線が向く。恭弥は続けた。

「そろそろ、守屋の居所を教えてもらえませんか」

第七章　一二月二〇日　月曜日

7：45

県警本部から解放された恭弥は、機上の人となっていた。

東京羽田《はねだ》七時一五分発松山空港行き。離陸に遅れはなく、上空の天候も安定している。快適な空の旅だった。

特別監察が始められた時点で、日付が変わっていた。それまでは、捜査第一課への報告に追われた。

発砲報告だけでも、作成に二時間かかった。使用した実包が多すぎる。最後は面倒くさくなり、鑑識の報告と数を合わせておいた。

続いて、最近一週間に関する行動説明。口頭で済む内容と考えていたが、文書で求められた。小椋による精一杯の嫌がらせらしい。

特に、土日の顚末《てんまつ》は詳細に求められた。なぜ弁護士と精神科医、つまり民間人を巻きこんだのか。何度説明しても、納得されなかった。初めからするつもりもないようだ。時間だけが過ぎていった。

始末書を命じられかけたところで、保留とされた。監察官室がしびれを切らしたからだ。早急に剣崎恭弥の身柄を渡せ。さすがの小椋も、首席監察官直々の指示には逆らえなかった。解放され、その足で首席監察官室へ向かった。

「結果を報告しろ」

性格はともかく、話だけは早い。恭弥は、半倉に包み隠さず話した。判明している事実すべてを。

「分かった」

それ以上の追及はなかった。特別監察が長引いているとの理由で、監察官室に留め置かれただけだ。待機させられたともいえる。捜査第一課に邪魔させないためだろう。並行して、航空便の予約も許された。

「早朝に羽田へ向かえ。捜査一課には、こちらから話を通しておく」

半倉は言った。空が白み始めると同時に、自家用のフェアレディZで羽田空港へ向かった。県警本部を抜け出したといってもいい。

八時四五分。全日空五八三便は定刻どおり、松山空港に到着した。

9：16

恭弥は、松山空港傍のレンタカーショップに寄った。

空港から、歩いて数分と離れていない。手荷物もないため、すぐに向かうことができた。身震いするほどの寒さはないが、温暖でもなかった。横浜近辺と大差なく感じられた。

用意されていたのは、白いホンダ・フィットだった。昨日の予約時には〝極力コンパクトなタイプで、カーナビつきを〟と依頼してあった。初めての街では、小回りの利《き》く車がよい。道案内も必要だ。

手続きを済ませて、フィットに乗りこんだ。早速カーナビを使い、目的地を入力した。機械の音声指示に従い、空港から国道五六線を目指す。

愛媛の空は曇りつつも、切れ目から青い部分が見えた。カーラジオの予報では〝曇り時々晴れ、無風、穏やかな一日〟と告げていた。

松山市内を抜け、出合《であい》大橋へ。石手《いして》川と重信《しげのぶ》川の合流地点が市境となる。伊予《いよ》郡松前《まさき》町《ちょう》に向けて、国道五六号へ入る。広い二車線道路を南へ、松前町から伊予市へと進む。各種商業施設と田園風景が交互に続いていった。

愛媛県警伊予警察署の前を通り、大谷川橋《おおたにがわ》を左折する。大谷川に沿う形で、県道二三号線に入る。川と分かれ、東方向へと進んでいった。

住所は伊予市上三谷《かみみたに》と聞いている。灌漑《かんがい》用水のため池を越え、田園地帯に出る。コンビニエンスストアの手前に、交差点があった。恭弥はフィットを左折させた。

ミカン畑に続いて、大根や白菜の畝《うね》があった。延々と田園風景が続いている。造成済みの土地が見え始めた。コンクリートで区画され、赤土がならされている。中央にある住宅は、建設途中に感じられた。すでに数名の人間が集まっている。

目指す場所に違いない。恭弥は左にウィンカーを出した。

造成地は広大だった。建設中の建屋は、建蔽率から考えても小さすぎた。恭弥は、敷地の隅にフィットを駐めた。

車を降りると、近づいてくる人影があった。恭弥と同じく、建設作業員が着るような防寒着姿だった。下も作業服らしい。頭にはヘルメットを被っている。いつもの清潔なスーツ姿とは違った。

人は見た目が九割。その男は言った。だが、にじみ出る人柄まで変えられるものではない。

「よく来たな、恭弥」

守屋彰彦だった。微かに苦笑を浮かべている。

「こっちにも、美味《うま》いモヒートを呑ませる店があるんだ。今夜、案内するよ。それで勘弁してくれないか」

10：03

「守屋は支援してくれるスポンサーを得て、独自に瀬田宜之宅の火災実験などを行ない、無実を証明しようとしている。違いますか」

恭弥は小暮に訊いた。昨日、ポジティブ自立支援センターにおける騒動のあとだ。

「場所は愛媛県内、松山市内かその近郊ですね」

恭弥の言葉に、小暮は直截には回答しなかった。

「どうして、そう思うんだ？」

「昨日、話してくれましたよね。弁護士が実際に実験する場合もあると。あれは遠回しのヒントだった。守屋にもその話をし、奴が瀬田を無実と考えたなら同じ行動に出るはずですから」

「お前でも、そうするってわけか。場所は？」

「当てずっぽうです。守屋に神奈川以外の土地鑑はないでしょうから、先生が紹介するならと考えました。関東一円を活動のメインとする中、一件だけ松山地裁の事案がありましたので。身柄を隠させて実証に臨《のぞ》ませるなら、縁があって距離のある場所を選ぶはずです」

守屋は自ら身を隠した。瀬田の無実を証明するため、協力してくれるスポンサーと接触した。科学的実証が伴うなら、実験も不可欠だろう。金銭面だけでなく、準備期間を確保する必要もあったはずだ。

「守屋捜索におれを連れ出したのは、準備が整うまでの時間稼ぎだったんでしょう。並行してあいつはもうスポンサーと合流し、実証まで始めているのではありませんか」

「そのとおりだよ」小暮は、右耳の穴を掻きながら認めた。「守屋はお前が訪ねてくるだろうと言ってた。あと、お前に真犯人を追わせたいともな」

恭弥はその後、ほぼ守屋が予測したとおりの行動を取った。だが、小暮は己の不信感を完全には拭いきれなかった。

「前にも言ったが。おれは何事も、最初は頭から疑ってかかることにしてる。お前に関してもそうだ。守屋が言うとおり、信頼に足る人物かどうか。確信が持てない限り、あいつが進めている実験の話をするつもりはなかった」

「なるほど」恭弥はうなずいた。「で、おれをふり回し続けた」

小暮は、時間を確保する作戦に出た。愛媛において進めている実験準備が整うまで、恭弥とつかず離れずの関係を維持した。監視下に置いていたといってもいい。

「新條先生は、このことを知っていたんですか」

恭弥の質問に、小暮は眉を寄せた。すまなそうにしたのかも知れない。

「あの人は正直すぎる。絶対、お前に話すと思った。だから、黙っておいたよ。その点、おれは変人弁護士だからな。詭弁を弄《ろう》するのが仕事だ。三百代言《さんびゃくだいげん》みたいなもんさ。だが、それももう必要ないだろう」

小暮はスマートフォンを取り出した。メールを一通呼び出す。

「守屋はここにいる。実験は、明日の朝一〇時四〇分からだ」


守屋の所在について、恭弥は捜査第一課に話さなかった。信用ならないからだ。冤罪捏造グループの存在に加え、執拗《しつよう》な追尾も続いていた。

逆に、監察官室にはすべてを話した。深夜から早朝にかけて留め置かれたのも、半倉の指示による。恭弥の愛媛行きも了承した。捜査第一課に対しては事後承諾となる。実験結果を携《たずさ》え、守屋を連れて帰ってくるように。首席監察官は命じた。


「これを被ってくれ」

守屋がヘルメットを差し出してきた。建築現場のため必須らしい。

「実験準備は済んでるのか」

あとについて造成地を歩きながら、恭弥は訊いた。

「あと少しさ」前を向いたまま、守屋は答えた。「一〇時四〇分には着火する予定だよ」

造成地は冬の水田に囲まれていた。稲を刈った状態で放置されている。ほかの作物等は植えられていなかった。ミカンや野菜などの作物が生《な》っている畑には、かなりの距離がある。周辺には民家も見当たらない。火災実験を行なっても、苦情等は少ないように思われた。

「スポンサーを紹介するよ」

守屋は作業服姿の一団へと近づいていった。全員がヘルメットを装着している。

「こちらが、虎田《とらだ》翔平《しょうへい》さん。虎田工務店の総務部長」

長身で、鍛えられた体軀の男性が一礼した。顔つきはおとなしく、冬にもかかわらず日焼けしている。二十代後半から三十前後に見えた。

虎田工務店は、住宅建築を専門とする建設会社だった。地元愛媛では中堅に当たる。昨日、小暮から得た情報だ。代表取締役は父親の正太《しょうた》が務める。営業成績は良好で、優良企業として有名という。

翔平が高校二年生のときだ。クラスメイトがリンチ殺人の犠牲者となり、被疑者として送致された。身に覚えがないと訴える息子を信じ、父の正太は伝手《つて》を頼った。愛媛の知人から依頼を受け、小暮が弁護に臨むこととなった。

不良同士の行きすぎたリンチ殺人と見られたが、同級生の翔平が主犯として名を挙げられていた。小暮は調査を開始。真犯人たちが保身のため、日頃から快く思っていなかった人間を巻きこんだと考えた。

犯人側が口裏を合わせていたことから、警察や検察は信用してしまったらしい。だが、小暮にとっては容易《たやす》い事案だった。関係者による供述の矛盾《むじゅん》を突き、松山地裁における一審で無罪判決を得た。検察は控訴を断念、完膚《かんぷ》なきまでに論破していたからだ。

虎田翔平と家族は大変感謝した。以後、小暮の冤罪弁護を支援してきた。

造成地の中央には、建設中の住宅があった。正確には建屋の一部だ。

恭弥には見覚えがあった。万騎が原の瀬田宅、その一部と酷似していた。全体像ではない。前面に出張っていた部分だ。両親の居室と二階、宜之の居室部分のみ再建されている。

住宅の周囲には、雑誌や新聞などの古紙が積まれている。新條の証言どおりだ。両親の居室外に設置されていたエアコン室外機も再現済みだ。守屋が言う。

「さすがに、家一軒丸ごと再現するのは無理でさ。肝心な部分だけ再築した。虎田工務店は、とにかく優秀でね。腕利きの大工さんが集まってる。当然、仕事も早い。瀬田の自宅を再築するくらい簡単なことだったよ」

工務店の社員だろうか、作業服の人間が忙しく動いている。虎田親子は小暮に対し、日頃から弁護の資金を提供してきたと聞いた。今回は労働力も加えた形だ。

「それでも大変だった」守屋は説明を続ける。「民家一軒建てるのに、最低三カ月から半年はかかる。一部だけとはいえ、この短期間でお願いしたんだからね。段取りの良さもあったけど、あとは突貫《とつかん》工事さ。虎田さん親子と社員の皆さんには、感謝してもし切れない」

建築工事に当たっては、守屋自身も慣れないながら手伝った。早ければ、年内にも瀬田の公判が始まる。それまでに鑑定結果を揃える必要がある。

「住めそうだな」恭弥は素直な感想を言った。

「無理だよ。電気の配線や水道工事はしてないし。あくまで、燃やすための模型さ。だから、畳や障子は完璧に再現してる。配管も同様。炎や空気の流れに影響するからね」

実験は、当該住宅へ実際に着火して行なわれる。瀬田の供述を覆《くつがえ》し、無実を証明するために。

「図面とか、元になった資料はどうやって入手した？」

「捜査本部《ソウホン》から持ち出した」

「まったく」恭弥は吐き捨てた。守屋は微笑を浮かべたままだ。

「まあいいじゃない。ほかのスタッフというか、協力者を紹介するよ」

住宅の傍に、三人の男性がいた。ヘルメットに作業着姿で、書類を見ながら打ち合わせをしている。

五十代後半の男性は北向《きたむき》といった。愛媛大学法文学部の教授だ。刑事事件、特に冤罪弁護を専門に研究している。小暮から聞いていた。大学の先輩に当たり、友人であり理解者との話だった。

火災の専門家も来ていた。浦川《うらかわ》は総務省消防庁消防研究センター、以前は消防研究所と呼ばれた機関に所属している。火災災害調査部原因調査室の室長補佐だった。

四十代後半、小暮が持つコネクションの一人だ。今回も依頼を受け、センターがある東京都調布《ちょうふ》市深大寺東町《じんだいじひがしまち》から遠路はるばる出張している。

愛媛県警からも人材が派遣されていた。三十代後半の越智《おち》は、同県警科学捜査研究所の物理科鑑定技術職員だ。大学教授の北向に押し切られる形で、協力しているという。

「本当は屋内で実験できたら、もう少し簡単だったんだけど。これじゃ〝野焼き〟になっちゃうからね」

屋外焼却はいわゆる野焼きに当たり、例外事項以外は禁止されている。今回は、一種の火災予防として認められていた。専門家の協力により、消防や愛媛県警にも話を通してある。実験は正式な鑑定として扱われる。確かに、ここなら神奈川県警に知られることなく実験ができる。

消防や、愛媛県警の車両も到着し始めた。ポンプ車の台数その他、消火の状況まで事件当夜を再現する。消防署員や県警捜査員も立会する手はずだ。

「よく、ここまでやろうと思い立ったもんだよ」

呆れているのか、感心しているのか。恭弥自身も分からなかった。

「ここまでやらなきゃ、被疑者の自供や鑑定結果は覆せない。小暮先生と話してて、思い知ったのさ。まあ、ほとんど先生のおかげで準備できたようなもんだけど」

「なぜ、そこまで瀬田の無実を信じた？」

「新條先生の影響かな。いろいろ教わって、自分でも調べているうちに怪しく思えてきたのさ。己の取調べに、自信がなくなってきたといってもいい」

「あらかじめ言ってくれたらよかったんだ。そうすれば、面倒な真似《まね》しなくて済んだ」

恭弥の愚痴《ぐち》に、守屋が笑う。

「横浜の方は、お前に任せようと思ってね。助かったよ。思った以上に動いてくれた。あの悪質な引き出し屋まで叩き潰してくれたし。小暮先生から聞いたよ」

「潰してない。まだ、親玉の社長が逃げ回ってる」

虎田と浦川が呼びに来た。準備が整ったらしい。

「もうすぐ時間だ」守屋が腕時計を確認する。「始めよう」

10：40

定刻となった。

着火は、守屋自身が瀬田の供述どおりの方法で行なう。取調べ時に、本人から直接話を聴いた人間だからだ。絞ったタオル片手に、実験用住宅へと入っていく。

瀬田の自供では、火を点《とも》したタオルで両親居室の障子に放火したとある。守屋は忠実に再現する気だ。

「物が燃焼するには、可燃物と酸素などの支燃物が、着火源から熱をもらう必要がありま す」

消防研究センターの浦川が解説する。恭弥は指定された安全地帯に待機している。同じ場には虎田と北向、越智がいた。

「それによって高温かつ高速の発熱反応が起こり、可燃物と支燃物が熱と光のエネルギーへと変換されるんです」

空は雲の切れ目が増えていた。晴れ間が随所で覗《のぞ》き始めている。無風だった。時間帯及び季節の違いを除けば、事件当夜と同じだ。

浦川のスマートフォンが震えた。守屋からの合図だ。着火完了したらしい。

居室傍の窓から、火の点いたタオルが捨てられる。新聞や雑誌などの古紙に燃え移っていく。浦川が続ける。

「熱が燃えていない箇所に伝わり、燃焼は拡大していきます。壁などを伝導するか、火災プリュームという火源上の熱気流が上昇するか、放射することで広がるのです」

「今回の被害者は、一酸化炭素中毒が死因でした」

愛媛県警科捜研の越智が告げる。

「火災による死因の半分は、有毒な煙を吸うことで動けなくなることによるものです。ガソリンなどを撒《ま》かれたケースでは火の回りが早いため、酸素が欠乏し、有毒ガスが一気に部屋中へ充満してしまいます。煙の上昇速度は毎秒三から五メートルもありますから」

火災の専門家はもちろんだが、北向のような弁護士も、今回の実験に当たって火災教材を勉強している。消防大学が消防署員用にまとめた本やＤＶＤだ。

居室前のガラス窓から、守屋が脱出した。瀬田が語った逃走経路と合致する。

火の回りは早かった。室内から炎が噴き出し始める。浦川の解説どおりに燃え広がっていった。住宅が火に包まれるまで、さほどの時間は要しなかった。

燃え盛る炎が二階建ての住宅をなぶり、恭弥の顔を照らす。空気は焼け、顔面を熱が襲う。マスクが喉《のど》を守ってくれるが、視界は赤い。火の勢いは増す一方だった。

大勢の人間と消防車、警察車両も巨大な炎を見守っていた。実験の結果次第では、人間

――瀬田の生命に関わる事態となるからだ。今回の被疑者は死刑判決もあり得る。

住宅内には各種測定器も設置されている。室内における一酸化炭素濃度を、時間ごとに測定できる仕組みだ。火災の様子は、同時に撮影もされていた。

待機場所には、折り畳み式の机が一脚置かれている。机上にはパソコンやプリンタ等が設置され、室内の測定機器と接続されていた。

守屋が腕時計を見る。消火開始のタイミングを計っているようだ。住宅は炎に包まれているが、耐火構造の外壁までは崩れる気配がない。

「消火、お願いします」

守屋の声で、消防隊が動き始める。事件当夜、消火活動の開始は出火から一九分後だった。炎自体は難なく消し止められた。美しかった新築住宅は、燃え残った残骸と化していた。

恭弥には違和感があった。自分が見た万騎が原の現場とは違う。

準備されていた消火活動が終了した。換気を待ち、恭弥と守屋及びほかのメンバーたちが焼け跡へ確認に向かう。

「今回の実験では、火災シナリオを再構築することに主眼が置かれています」

愛媛大学教授の北向が恭弥に言う。

「それは何ですか」

「火災の進展段階を火災フェーズといいまして。その段階に応じて、対応する人間や設備の動向をまとめたものです。通常は防災の観点から建築設計時に作成するんですが。今回は、実験結果と事件当夜における関係者の証言や動きから逆算していきます」

門外漢の付け焼刃で恥ずかしいが、と法律学の教授はつけ加えた。

焼け跡の前に立つ。最初に感じた違和感は、住宅周囲の状況だった。消防車の放水で濡れているのは同じだが、古紙の燃え残りが目立つ。万騎が原の現場では泥と混ざり合い、黒い堆積物と化していた。

歩を進め、一同は両親の居室前に立った。

「やはり、そうか――」

浦川が呟《つぶや》き、ほかの面々も同じように呟く。守屋が訊いてきた。

「分かるか、恭弥」

「……燃えすぎている」

損傷が激しいのは同じだ。雨戸やカーテン、ガラス戸も焼失している。黒く焼け、障子や襖もない。

問題は、ほかの箇所だった。畳は焼け落ち、床ごと抜けている。畳は燃えにくいと小暮が言っていた。瀬田宅では表面だけ焦《こ》げ、床も残っていた。

床の間は完全に焼失していた。天井の損傷も激しいように思えた。

「木材は摂氏一八〇度から熱分解が始まり、可燃性ガスを出し始めます。二五〇度になると火源を近づければ着火、四五〇度なら火源なしでも発火するでしょう」

室内を指差しながら、浦川が説明する。一同の視線も同じ動きを見せる。

「この状態から推察するに、フラッシュオーバーが発生したと考えられます。室内の一部から発生した火災が、秒単位で部屋中に拡がる現象です。天井や煙層が熱せられて発生した放射熱のため、急激に延焼してしまいます」

「死因が一酸化炭素中毒であるなら」越智が言う。「くん焼《しょう》、つまり炎より煙中心の燃焼である可能性が高いんですが。フラッシュオーバーが発生したとなると……。このデータを見てください」

プリントアウトし、バインダーに挟んだA四用紙を見せる。全員が顔を寄せた。カラー印刷のペーパーに折れ線グラフが刻まれている。恭弥には意味不明な表だった。

「室内における一酸化炭素濃度の測定結果です。これで見る限り有毒ガスの充満より、燃焼速度の方が早いと読み取れます。このデータから再構築できる火災シナリオでは一酸化炭素中毒よりも、全身火傷などにより焼死する可能性が高いと考えられますね」

「つまり、出火場所は居室の障子ではないということですね」

守屋の言葉に、越智がうなずく。浦川も同意した。

「そう思います」

「なら、出火場所はどこだとお考えですか」

「そうですね。推測の域を出ませんが――」浦川が腕を組む。「少し歩いてみましょうか」

一行は住宅の周囲を歩いた。恭弥は屋根へ視線を上げる。二階にも延焼したか、黒い瓦葺《かわらぶき》の屋根も多くが焼失していた。外壁は黒く煤《すす》け、新築の面影《おもかげ》もない。

エアコン室外機も焦げている。瀬田宅と違い、原形を留めていた。恭弥は訊いた。

「外部から放火された可能性はありませんか」

「あると思います。たとえば――」

越智は答え、黒い外壁のわずかに残るクリーム地を指差した。

「この外壁には難燃性のプラスティック材が使用されていますが、不完全燃焼を起こすため、煙や有毒ガスを大量に発生させます。また、空調ダクトや給排水管などは部屋同士を貫通していることから、延焼の弱点となり易いのです」

浦川もうなずく。専門家は一致した意見のようだ。守屋が確認する。

「室内からの放火なら火傷死になると想定されるわけですから、被害者を一酸化炭素中毒で死亡させるには、屋外から出火した可能性が高い。つまり瀬田の供述は、科学的に不可能と実証された。そう考えて間違いありませんね」

否定する者はなかった。火は屋外から出たと考えられる。自然出火でない限り、瀬田宜之以外の人間が行なったと見るべきだった。自身の犯行と認めた以上、放火箇所のみ虚偽を述《の》べる理由がないからだ。

一体、何者か。恭弥は、真犯人も取り逃がすつもりはなかった。

防寒着の懐で、スマートフォンが震えた。半倉からだった。

「はい――」

通話を終え、恭弥は息を吐いた。守屋に話しかける。

「松山のモヒートはキャンセルだ。半倉が、すぐ帰れって言ってる。お前のことも、首に縄かけてでも連れてこいってさ」

「首に縄って。さすがハングマンだな」守屋が嗤《わら》い、嘆息する。「半倉首席監察官か。会いたくないなあ」

「あいつに会いたい奴が、県警にいるかよ」恭弥は鼻を鳴らす。「ここはいったん任せて、横浜へ帰ろう。支度しろ」

17：29

「遅かったな」

にべもなく半倉が言う。恭弥は反論した。

「四国から帰ってきたんですよ」

恭弥は守屋とともに、川崎市川崎区本町《ほんちょう》一丁目に到着していた。マンションが立ち並ぶ一角だった。

京急川崎駅と第一京浜に挟まれた地帯だ。川崎市内でも中心部といっていい。日は暮れ、街の灯りが煌《きら》びやかになりつつある。神奈川も晴れ間の多い天気だったか、空もいくぶん明るいようだ。

空港からの移動には、駐車しておいたフェアレディZを使った。守屋を助手席に乗せ、できる限り飛ばした。

恭弥たちの前には、一棟のマンションがあった。高層で、まだ新しい。模造煉瓦《れんが》の壁面が、市内の光を反射している。

数名の男女が、間隔を置いて配置についていた。すべて監察官室の捜査員だ。

「箕原大賢を捕捉した」

午前中、愛媛県伊予市で半倉から受けた連絡内容だ。横浜市内を車で逃走中、防犯カメラ映像にて確認していた。

確保はするな。泳がせろ。

半倉は緊急配備の捜査員へ指示した。刑事部等との軋轢《あつれき》は想像に難《かた》くないが、逆らえる者はいなかっただろう。途中から追尾は監察官室のみで行ない、保秘《ほひ》も徹底させた。情報漏洩を防ぐためだ。

箕原は、県警内部の冤罪捏造グループと関連がある。半倉はそう見ていた。

追尾チームは箕原を見逃さなかった。川崎市の当該マンションへ入るところを確認した。

冤罪捏造グループに関しては、帰りの飛行機で守屋に話した。存在を感じ取っていたため、独断で火災実験に取り組んだ。メンバーが分からない以上、誰も信用できない。県警内部の人間に協力を求めることはできなかった。

川崎へ近づくにつれ、守屋の顔が曇っていった。箕原が入っていったのは、ある捜査員の自宅マンションだ。

藤吉将史――捜査第一課課長代理、守屋が師と仰ぐ人物だった。

箕原は藤吉と結託、瀬田の冤罪捏造に関わったのではないか。恭弥の意見に、半倉も賛意を示していた。

「準備完了しました」監察官室の青井が現われた。「いつでもマンション内へ入れます」

マンションのエントランスには、最新のセキュリティシステムが設置されている。住人に伺いを立てなければ、内部へ立ち入ることはできない。

監察官室は、常駐している管理人に話をつけた。令状は発付されていない。マンション内に逃亡中の犯罪者がいる。そう告げると、即座にオーナーと相談。すべて申し出に応じると回答があった。

「箕原は、拳銃を所持している可能性が高いです」

恭弥は半倉に進言した。

「分かっている。捜査員には拳銃を携帯させ、防弾ベストも着用するよう指示した」

「おれたちの分は？」

「はい、どうぞ」

背後から、青井が防弾ベスト二人分を差し出す。守屋とともに受け取った。

「拳銃がないけど」

「渡すわけないじゃないですか。また大暴れして。今度こそ知りませんよ」

恭弥の言葉を、青井が鼻で嗤う。ポジティブ自立支援センターの件を言っているらしい。防弾ベストだけ着用した。

管理人の先導で一団が進んでいく。メンバーは恭弥に守屋、半倉及び数名の監察官だ。

ガラス張りのエントランスは、光り輝くという表現が似合った。シャンデリアが黄色い光を投げかけている。天井が高い。

マンションは一六階建てだった。藤吉の自宅は一一階にある。

管理人はカードキーを用《もち》いて、すべてのセキュリティを解除していく。エレベーター前で二手に分かれた。恭弥と守屋、半倉はエレベーターを使用した。青井など監察官室の若手は、非常階段へ回った。確実に包囲を固める方針だ。

藤吉の自宅前に着いた。違法すれすれといえる捜査手法だったが、監察官室は身内に容赦しない。特に首席監察官、半倉隆義はそういう人物だった。ノックやインターフォンもなく、管理人に部屋の玄関を開けさせた。

「動くな」

職場へ朝の挨拶《あいさつ》でもするように、半倉が告げた。

ダイニングキッチンの向こう、応接間に二人の人影があった。

明るい部屋だった。家具類は高級で、新品に見えた。住居も含めて、県警職員の給料で賄《まかな》えるとは思えなかった。

背を向けている男性がふり向く。箕原だった。ふくよかな顔が蒼白になっている。着の身着のままだったか、昨日と同じチャコールグレーのスーツ姿だ。

窓側から立ち上がった藤吉は、知的な顔立ちを向けてきた。ベージュのニットに、同系色のスラックスを穿《は》いている。

「首席」藤吉の口調も平静だった。突然に踏みこまれた焦りなどは感じられない。「どうしたんですか、いきなり」

「二人で、何の話をしていた？」

半倉が踏みこむ。土足のままだ。靴を脱いでいては、逃走を阻めない恐れがある。恭弥も倣った。守屋は玄関口で待機している。ほかの監察官も各々配置についているはずだ。

「携帯及び固定電話の通話記録は入手した」半倉は、さらに詰め寄る。「以前から連絡を取り合っていたことは把握している」

「古くからの友人なんですよ」

立ち上がった箕原が、大柄な身体を揺する。顔は汗まみれだった。

「昨日、県警に誤解を与えるような事態が発生したものですから。どうしたらいいだろうかと相談に来たところでして」

自分が言えば、とぼけられる。成功者にはよく見られる傾向だ。守屋が自身の取調べ経験から語っていた。

「誤解」感情のこもらない声で、半倉が続ける。「拉致と監禁、暴行。銃器不法所持及び発砲。余罪はまだあるようだ。どこに誤解する余地があるのか聞かせていただきたいが」

守屋が背後から進み出た。半倉の横に並び立つ。

「今まで課長代理の指示どおりに落としてきました」

口を挟む守屋に、半倉は横目を向けただけだった。藤吉の表情に変化はない。

「本当に冤罪と分かっていても、落とすように命じていたんですか」

やはり返事はなかった。

不遇な少年時代を経て、苛烈《かれつ》な正義感を持った男。そんな守屋にとって取調べの師匠ともいうべき藤吉は、どんな存在だったのか。本人が語らない以上、想像するしかなかった。

「いいだろう」半倉が引き取る。「話は県警本部で伺う。おい」

背後に命じると、数名の監察官が踏みこんできた。青井の姿もある。

「ご同行いただく。異論はないと思うが、一応了承願いたい。二人をお連れしろ」

半倉が命じると同時に、藤吉が動いた。箕原の背後に回る。その背中から、何かが抜き出された。

拳銃――シグＰ３６５ＸＬだった。藤吉が、箕原の喉元へ銃口を突きつけている。

監察官たちが拳銃を抜いた。恭弥と守屋は背後へ下がらされる。

「馬鹿な真似はやめろ」

半倉が冷静に告げる。自身は拳銃を抜こうとしない。監察官たちが距離を詰めていく。

藤吉が、箕原を突き飛ばした。銃口を自身の喉元に当てる。トリガーを引いた。乾いた炸裂音が響く。

明るい照明の下、血と脳漿《のうしょう》が舞った。

19：00

藤吉将史は即死だった。

た。守屋や数名の監察官も同様だった。

　箕原大賢には、県警本部へ任意同行を求めた。取調室で待機済みとなっている。

　恭弥はシャワーを浴び、着替えも済ませた。藤吉の救命措置に当たり、血まみれとなった。守屋や数名の監察官も同様だった。

　箕原の取調べには守屋が投入される。身支度を整え次第、現われるはずだ。

　恭弥は取調室の隣、マジックミラー越しの監督室に入った。

「お前、誰の許可を得て入ってきた？」

　小椋の叱責が飛ぶ。無視して、ミラーの前に立った。

「私だ」半倉が告げた。「彼には、いろいろと確認してもらうことがある」

　腹立たしげに、小椋が口元を曲げる。

「いいか、剣崎。これで無罪放免だと思うなよ。このあと、みっちりと――」

「静かに！」

　捜査第一課長の永尾《ながお》が一喝《いっかつ》した。隣には、刑事部長の鴨居《かもい》が控えている。ほか数名の幹部も姿を見せていた。

　県警内部に、冤罪を捏造している一団が存在する。その一味と思われる捜査員が、拳銃自殺を図った。まれに見る非違事案だった。幹部の緊張は当然だ。誰も、恭弥の所業になど構っている余裕はないだろう。

　取調室内では、奥の席に箕原が控えていた。肥満気味な体軀がしぼんで見える。額に浮かぶ汗は、暖房の効き過ぎによるものではない。

入口傍のデスクでは、記録員がパソコン前で待機している。まだ若いが周辺にいる人間の中では、もっともリラックスしている感じを受けた。

「お待たせしました」

ノックとともに、守屋が入ってきた。ジャージを借りた恭弥と違い、スーツ姿だった。常に、予備をロッカーに用意しているのだろう。

「箕原さんの取調べを担当します、守屋です。先ほどお会いしましたね。よろしくお願いいたします」

守屋の態度は、先日見た瀬田に対する取調べと大差なかった。落ちつき払っている。対照的なのは、被疑者の反応だった。顔面蒼白になり、今にも吐きそうだった。藤吉が自殺した際、血まみれで救命に当たった守屋を箕原は見ている。室内に飛び散った血と脳漿も。平静でいられないのは当然といえた。

黙秘権等の権利説明や、取調べの録音及び録画に関しても聞いている様子はなかった。ただ機械的にうなずいているだけだった。

守屋が本題に入った。割り屋らしい丁寧な対応でアプローチしていく。藤吉の死による動揺は見せない。

「新條先生を拉致《らち》したのは、どういう理由ですか」

「拉致ではありません。お話し合いがしたくて、施設まで来ていただいただけでして」

「先生ご自身は、刃物を突きつけられて連れ去られたと証言されていますが」

「社員が勝手に、多少手荒な真似をしたということはあったかも知れません」

表情とは裏腹に、口調は落ち着いていた。どのような精神状態になろうとも、責任逃れだけは忘れない。本能的に保身が行なえる人間なのだろう。

「そこまでして、何のお話がしたかったんですか」

箕原が守屋の様子を窺う。どこまで見抜かれているのか。保身のためには、どこまで喋るのが得策か。必死に考えているのが分かる。

「新條先生のＮＰＯ法人が、弊社に対して法的措置の準備を始めているとお聞きしまして。その件に関しまして、誤解を解こうと。そこで弊社施設をお訪ねになったあと、社員に命じて先生を追いかけさせました」

新條の追尾を部下に命じた。認めたといっていい。

「なるほど」納得して見せたうえで、話題を変えた。「瀬田宜之さんという方をご存知ですね。御社の施設でも、一時期サポートを受けていらした男性ですが」

「いらっしゃったかも知れませんが、弊社では大勢の方を支援していますので。細かいところまでは分かりません」

「瀬田さんのご自宅は火災に遭われましてね。今も、焼け跡は撤去されていないのですが。その現場に、御社社員である増子さんがいらっしゃったと」

「それは知りませんでした」

「その際、当県警の捜査員が現場を視察していたのですが、その者を尾行しています。当該捜査員は増子さんに対して職務質問を行ない、徽章と拳銃を没収しました。さらに、何者かによって後頭部を殴打されたようです。それに関しまして、何か心当たりはありませんか」

「徽章はともかく、拳銃のことは。その社員に訊いてください」

増子は重傷のため、ＩＣＵで治療中。意識不明により話すことができない。當間に関しては、命に関わる状態ではないものの供述を拒否し続けている。

「先刻、同じタイプの拳銃を社長さんもお持ちでしたよね」

「あれは、藤吉さんがお持ちだった物で」

「いい加減なこと言いやがる」小椋が小声で呟く。取調室内に聞こえた様子はない。

守屋は淡々と続ける。箕原の表情にも変化は見られない。

「新條先生経由で、御社施設内の音声データを入手しましてね。かなりひどい暴力まで日常化していたように窺えました」

「それは誤解です。弊社ではひきこもり当事者の今後を案ずるあまり、多少厳しい指導をしていた面はあるのですが。決して問題となるような行為は行なっておりません」

「その録音を行なった吉野里花さんですが。椅子に拘束されたうえ、手の甲にはひどい火傷の痕がありました。煙草《たばこ》の火を押しつけたような」

「確かに、一部社員の中には行きすぎた指導をする者もおりますが」

「何の指導をしていたんですか」

「勝手な録音は、入寮者のプライバシーを侵害する恐れもあります。そうしたことはしないようにと。また、データも返して欲しいとお願いを」

「データは、すでに新條先生の手に渡っていました。そのことはご存知で?」

「そうお聞きしましたので、新條先生とお話をさせていただこうかと」

吉野が接触を図ったため、痛めつけて盗聴の件を吐かせた。追尾していた新條を拉致させ、音声データを奪おうとした。

「当県警の藤吉とは、どういうご関係で?」

「友人です。知人の紹介で知り合いました」

「今日は、どういうご用件でお会いになっていらしたんですか」

「昨日、県警の方とトラブルになったので、その件を」

「新條先生とのお話ですが、御社に対する法的措置ですか。実は、瀬田さんが放火と殺人の罪で逮捕されたことによりペンディングされていました。ご存知でしたか」

「噂程度ですが」

「ずいぶん都合よく放火されたものですよね。御社としては助かったのではありませんか」

守屋が何を言わんとしているか。箕原には分かった。

「放火などしておりません。何か勘違いしておられませんか」

「ですが御社、社長さんの言葉をお借りするなら、社員の方がですか。暴行に暴言、拉致監禁。銃器の不法所持。なかなか厳しい状況だとは思いませんかね」

自身の置かれている立場が、箕原へ明確に伝わった。

「確かに、弊社は窮地に追いこまれておりました。新條先生が訴訟を起こせば、倒産もやむを得ない状況です。そこに、瀬田さんが放火で逮捕されて」

箕原は言葉を切った。事ここに及んでも、保身の余地を探っているようだ。

「犯人ということになれば、サポートしていたＮＰＯの評判も下がります。他人の不幸を喜んでいた部分があるのは否めません」

「亡くなった藤吉に関してですが」守屋はゆっくりと告げる。「依頼を受けて、冤罪を捏造していた疑いがあります」

守屋も言葉を切った。真意が相手に浸透するのを待つ。

「困っていたところに都合よく火事が起こり、御社は訴訟を免《まぬが》れた。あなたの友人には冤罪を捏造した疑いがあり、社員は幾多の犯罪に手を染めている。社長さんだけが潔白であると主張されましてもね」

「確かに私は、何としても瀬田さんを有罪にするよう藤吉さんへ依頼しました」

箕原は言う。放火と殺人の罪だけは免れたいようだ。

「藤吉さんが報酬を受け、冤罪を捏造していることは知っていました。以前から噂を聞いていたのです。ですが、それも向こうから持ちかけられた話であり、私から提案したわけではありません」

「ほう」守屋はうなずいて見せる。

「あくまで無関係に起こった火災を、利用しようとしたに過ぎません。渡りに船と思って便乗しただけです。他人の家に放火したり、ましてや死に至らしめるなどできるはずないですよ」

箕原は平静を装うとしていたが、増えた額の汗が内心を物語っていた。守屋は冷静に見返し、淡々と告げた。

「少し休憩にしましょう」

守屋は立ち上がり、取調室を出た。ノックとともに、監督室のドアが開く。

入ってきた守屋に、誰からも労いはなかった。箕原の自供に関する衝撃が大きすぎた。

「藤吉が、冤罪捏造に関与していたのは間違いないようだな」

半倉が言う。ほかの幹部は言葉もない。

「放火に関してはどうだ？　箕原の犯行か」

「分かりません」

守屋は複雑な表情だった。恭弥は訝し気な同期に告げた。

「箕原は〝なし〟だと思ってるだろ」

守屋の視線が恭弥を向いた。ほかの幹部も。部屋中の注意を集めたといってもいい。

「お前の取調べを見ていて確信した」恭弥は言った。「箕原は放火に関与していない。真犯人は別にいる」

21：48

冬の夜だった。街は冷え込みが厳しく、静まり返っていた。ときおり車の走行音が聞こえるだけだ。

恭弥は大和市大和東三丁目にいた。ウィークリーマンションの一室に到着した。隣には守屋、女性捜査員も伴っている。

ほかの捜査員も配置についていた。逃走の恐れは少ないと考えられたが、念を入れた形だった。恭弥はインターフォンを押した。反応を待ち、告げた。

「一昨日お会いした保土ケ谷署の剣崎ですが」

ドアが開いた。顔を出したのは、下尾茉由だった。瀬田宣之の妹だ。先日会ったとき以上に、憔悴しているように見えた。紺のスウェット上下を着て、厚手のカーディガンを羽織っている。

「夜分にすみません。ちょっと至急確認していただきたいことがありまして」

「何でしょう」

恭弥の問いかけに、下尾は小さく答えた。覇気の欠片《かけら》もない声だった。

「こちらなんですが」

恭弥はブリーフケースから、古い横浜大洋ホエールズのタオルを取り出した。瀬田宅で発見された焼け残りだ。透明なビニール製の証拠袋に入っている。

「これ、あなたのですよね？」

「……申し訳ありません」

消え入りそうな声で、下尾は続けた。

「私が……実家に火を付けました……」


数時間前。

恭弥は瀬田宣之の妹、下尾茉由を被疑者として確保すべきと進言した。

取調室横の監督室を出て、別の会議室に入っていた。隣の被疑者に聞かれる恐れがあったからだ。箕原の取調べは、ほかの捜査員が引き継いでいる。

「確信はあるのか」

幹部連、中でも小椋は激しく反論した。恭弥は冷静に説得を続けた。

「弱いな」

半倉が告げた。小椋がそれ見ろといった顔をする。

「今の状態で逮捕状請求は無理だ。その女性を確保して、至急話を聴くべきだろう」

小椋の口が開いた。ほかの幹部たちも風向きが変わった。下尾確保に向けて、態勢作りが始められた。

訪問するのは、面識のある恭弥となった。サポート役として守屋及び女性捜査員も同行する。ほかの捜査員は、ウィークリーマンション周辺を固める。

恭弥が面会した感想から、下尾は不安定な精神状態にあると推察された。逃走や最悪の場合、自死まで想定される。夜間ではあるが、即座の対応が求められた。

管轄である大和署にも応援を求め、捜査員たちは下尾宅へ向かった。

「……あの日、私は実家を訪問しました」

恭弥たちは下尾を確保した。県警本部へ同行を求めた。二二時を超えていたが、県警本部長の判断により取調べが実施された。

取調官には守屋が当たった。恭弥も同席する。記録員には女性捜査員を選抜した。

取調室内。奥の席には下尾が座っている。うつむき加減で、化粧っ気《け》のない目元には隈があった。顔色は白い。

「そこで、兄が荒れているのを耳にしました」

瀬田は事件当日、両親と諍《いさか》いになっていたとの証言がある。近隣に響くほどの口論だった。

新條は〝試し行動〟ではないかと言っていた。親が共感や傾聴《けいちょう》を始めた際、一時的に問題行動が大きくなるという。親が本当に変わったのか、確認しているとのことだった。

試し行動の件は守屋も知っているはずだ。口にはせず、相槌で先を促す。

「兄は一生このままではないか」下尾は言った。呟くといってもいい。「そう思いました。両親は頼りになりません。三十年近く兄を放置するだけで、何もすることができなかったのですから。今度こそ夫の実家や夫自身にも見捨てられる、と」

絶望し、不安に駆られ、もう限界だと感じた。下尾は精神的に追いつめられた。

「一度、自分のマンションに戻りました。何を考えていたのか、よく覚えていません」

移動には、自分の原動機付自転車を使用した。途中のコンビニエンスストアで使い捨てライターを購入する。

「……夜を待って、もう一度実家に戻りました。あのタオルを丸めて、ライターで布に着火させて……」

庭は荒れ、家屋の周囲には雑誌や新聞が散乱していた。下尾は、両親居室外壁にあるエアコン室外機にタオルを置いた。その上にも、古紙が積み上げられていた。簡単に火は付いた。無風ではあったが、古紙から古紙へと燃え移り、瞬く間に広がった。

「あのタオルは、どうして持参していたのですか」

「あれは小さいころ、兄にねだって譲ってもらった物なんです」

守屋の問いに、下尾は答える。

「兄妹二人とも、地元球団のファンでした。あのタオルが羨ましくて、わがままを言ったんです。思い出の品といっていいでしょうね。あの日、私は兄と話をするつもりでした。前向きな相談ができるきっかけになれば。そう思い持っていきました」

妹に譲ったタオルが犯行現場で発見された。その事実を知った瀬田は、罪を被る決心をした。自身のひきこもりが妹を追いこんだ。そう考えたのだろう。

「ご実家に火を付けたのは、なぜですか」

「……分かりません」

守屋の質問に対する回答には、少し時間がかかった。殺意はあったのか。一瞬の錯乱状態だったのか。衝動的な行動ともいえたが、ライターを準備したこととの整合が取れなくなる。

人間の行動に明確な理由を求める。それ自体が無理筋にも思えた。本当の犯行動機など誰にも、犯人でさえ知ることができない事柄かも知れない。

下尾が実家に火を放たなければ、瀬田家の今後はどうなっていたのか。恭弥は思った。瀬田はファッションホテルに就職を決めていた。両親との諍いも試し行動であったならば、良い兆候とされている。

これらのことは、守屋も知っている。下尾には話さなかった。犯行に及ばなければ、よい未来が開けていたのに。話してどうなる。被疑者への説教で悦《えつ》に入る刑事は、TVドラマだけの存在だ。

「……分かるのは、誰も助けてくれなかったことだけです。夫も夫の実家も近所の人たちも。皆、好き勝手なことを言うばかり。兄も両親も、自分たちのことだけで精一杯。娘、妹のことは顧《かえり》みなかった。私のことを分かってくれる人間は、どこにもいませんでした」

問わず語りに、下尾は呟いていく。恭弥も、守屋も止めようとはしなかった。

「妹だから、家族だから。そんな理由で、責任だけを押しつけられて。世間も行政も、誰からも見捨てられてきたんです。一人で耐えるしかありませんでした。どうしようもなかった。なぜ実家に火を付けたかですよね？　ただ疲れていました。覚えているのはそれだけです」

下尾は淡々と告げた。泣き崩れることもなかった。

守屋の視線が恭弥を向く。応じるようにうなずいて見せた。取調官が告げた。

「今日は、ここまでにしましょう」

終章　一月七日　金曜日

20：30

伊勢佐木町の夜は寒かった。バー・モンタナのドアベルが、軽やかな音を立てた。

恭弥は店内に入った。守屋はすでに待っていた。隣のストゥールに腰を下ろす。

「何か面倒事を抱えたみたいだな」

守屋に告げられ、恭弥は苦笑した。

「〝割り屋〟には敵《かな》わないな」

「もう割り屋じゃない」守屋も苦笑して見せた。「年末で店じまいしたからな。少し早めの引退生活さ」

本日の午前中、半倉から恭弥に連絡があった。

「午後一番に、首席監察官室へ来て欲しい」半倉は言った。「直接話したいことがある」

「忙しいんじゃないですか。人に会う暇なんかないくらい」

恭弥は問い返した。箕原の証言及び藤吉に関する周辺捜査。それらを基に、監察官室は冤罪捏造《えんざいねつぞう》グループ摘発に全力を注いでいる。

すでに数名の幹部が挙げられ、処分された。疑わしい者は、いまだに列をなしている状況だ。冤罪が捏造された可能性のある事案も、次々とリストアップされている。恭弥の転機となった美容院チェーン社長夫妻殺害事件も含まれていた。

消防署から提出された瀬田宅の出火原因判定書は、藤吉によって握りつぶされていた。その後の鑑定についても、単なる誤認ではなく買収されていた可能性も出てきている。なお、捜査第一課の片岡と奥平による追尾は、藤吉の指示によるものだった。なぜ、恭弥を追うのか。詳細は知らされていなかったと供述している。あくまで本人たちの弁だが。

株式会社ポジティブみらいによる追尾も、藤吉が糸を引いていた。箕原からクレスタのナンバーを告げられ、小暮の車と調べ上げた。恭弥との関係も告げ、住所も話した。

保土ケ谷署ほほえみ相談窓口のローテーションを調整し、恭弥は県警本部へ向かった。

監察官室は、いつになく慌ただしかった。書類を持って飛び出す青井と鉢合わせた。

「忙しそうだな」

恭弥の言葉に、青井が顔をしかめて見せる。

「助けてくださいよ。忙しくて目が回りそうです。監察官室に異動しませんか。剣崎さんなら、いい監察官になれますから」

「遠慮しとくよ。監察官みたいな嫌われ役は無理だ。おれは人気者なんでね」

「そいつは初耳ですね」

青井が駆け出していき、恭弥は首席監察官室をノックした。返事を待って、中に入る。デスクの向こうに立つ形で、半倉が控えていた。

「わざわざ悪いな。電話では味気ないと思ってね」

「そんなこと気にするタイプとは知りませんでした」

恭弥の軽口にも、半倉は動じる様子はなかった。

「近日中に、警察庁へ戻ることとなりそうだ」

「……急な話ですね」動じたのは恭弥の方だった。

「今朝、本庁の友人が教えてくれた。いつの辞令になるか分からんが、神奈川にも年度末まではいられないだろう」

「栄転ですか」

「まさか」半倉の口元が微《かす》かに動いた。嗤《わら》ったようだ。

「冤罪捏造グループに対する追及が絡《から》んでいるんですね」

「摘発を中途半端《はんぱ》に終わらせたい勢力が、警察庁にもいるということだ。今回の件は、規模が大きすぎる。神奈川県警内だけで留まるとは考えられない。下手《へた》をすれば外部、他官庁や政治家の関与も考えられる。そういった連中が手を回したんだろう」

「どうするんです？　これから」

「もちろん、追及は続ける。本庁に戻されようが、どこかに飛ばされたとしても関係ない。そこで頼みがある」

「何です」

「私は警察庁から事の真相を追う。君には神奈川の現場から、事実関係を追って欲しい」

「ずいぶん荷が重いですね」

「君にならできるはずだ。今回の放火も含めてだが。最近の事案を見ていると、不寛容な社会から弾《はじ》き出され犯罪に走らざるを得なかった者たちが、君に助けを求めている。そんな風にさえ思えるんだ。違うか」

「………」恭弥は言葉に詰まった。「それは買い被りです」

「そうかな」

半倉は自分の席に腰を落とした。表情が緩んで見えたのは気のせいか。

「まあいい。それより、もう一つ告げておかねばならないことがある」

「多いですね」

「別れの言葉と思って聞いてくれ――」一拍置いた。「本人の口から言ってもらった方がいいかも知れないんだが」


保土ケ谷署に戻り、相談窓口に顔を出した。

「佐久さんが来てましたよ」村島が言った。

「もうちょっと、窓口を頼む」

言い置いて、恭弥は佐久のところへ向かった。

刑事課の前で佐久は待っていた。恭弥が近づくと、頭を下げた。

「すまなかった、恭さん」頭を下げたまま告げる。「半倉さんから聞いてると思うけど」

「監察官室の内通者になっていたことですか」恭弥は言う。「知ってましたよ」

佐久が顔を上げた。驚いたような表情が貼りついている。

半倉の指示により、佐久が恭弥の動向を探っていた。県警本部で半倉に聞かされる前から、恭弥は察知していた。

「どうして分かったんだい?」

「レアチーズケーキです。村島の好物だという」

「レアチーズ?」佐久が目を丸くする。「何で?」

「今回、相談窓口に異動したことで、佐久さんはおれの情報をつかみにくくなりました。

窓口内部に内通者が必要となったんです。それで、村島に白羽の矢を立てた。違いますか」

　恭弥の言葉を、佐久は肯定も否定もしなかった。口元を歪めただけだ。

「村島の好物が何であるか。いくら〝地獄耳〟と言われる情報網を持っていても、あんな若い女性の嗜好までは知る伝手はないでしょうからね。本人から聞かない限り。今までも大体、ご老体からの情報が多かったですし」

「おれも見くびられたもんだね」佐久が後頭部を掻《か》く。「娘の学費がさ。なんて言い訳はしてもしょうがないよね」

「それよりお願いがあるんですよ。首席から面倒なこと頼まれまして」

　恭弥は、半倉に告げられた内容を述べた。

「確かに面倒だね」

「でしょう」恭弥は嗤う。「手伝ってくれたら、レアチーズケーキ奢《おご》りますよ」

「そいつは勘弁してくれ」佐久も笑う。「おれ、甘いの駄目なんだよ」

「なるほどな」守屋も嗤う。「首席の最後っ屁《ぺ》も強烈だな。確かに、そいつは面倒だ。ご愁傷様。優秀な人は大変だね」

「他人事《ひとごと》だと思いやがって」

恭弥は笑っていなかった。顔をしかめ、グラスを手にする。

ダークモヒートのグラスが二つ、ペーパーコースターの上にある。ミントの緑と、小皿に盛られたドライフルーツがコントラストをなしている。

守屋は、昨年末付けで依願退職していた。懲戒を受けたためではない。文字どおり、自身の判断によるものだった。無断欠勤及び火災実験等の独断行動は不問とされていた。

それは、恭弥に関しても同様だった。民間人を引き連れての守屋捜索。銃刀法違反とされてもおかしくない拳銃取得及び携帯、発砲その他。問題とされることはなかった。

小椋など捜査第一課の一部幹部は納得していなかったが、監察官室から一笑《いっしょう》に付《ふ》されたのでは仕方がなかった。冤罪捏造グループの摘発に主眼を置いているため、些末な事案は結果論で判断したらしい。単に忙しくて、手が回らなかっただけかも知れないが。

「お前。これからどうするんだ？」

恭弥の質問に、ドライフルーツを運ぶ守屋の手が止まる。

「新條先生のＮＰＯ法人に誘われててね」

割り屋の技術は、カウンセリングにも転用可能と言われたそうだ。

「取調べとひきこもり支援。ともに傾聴が重要なんだと。被疑者の身になって話を聴く姿勢が、カウンセリング・マインドにつながるらしい。他人との関係を作る能力をヒューマン・スキルというそうだが、それも申し分ないと言われた。豚もおだてりゃ何とやらだ」

「そんなことはないさ。新條先生のお墨付きなら間違いない」

新條はすでに退院し、支援活動に戻っている。

「あと、小暮先生の冤罪弁護も手伝う予定だ」

小暮とは、ポジティブ自立支援センターで別れたきりだった。

「おれは、藤吉さんの言うままに被疑者を落としてきた」守屋は言う。「何の疑問も持たなかったよ。瀬田の事案に出会うまでは。今までにも冤罪があったかも知れない」

冤罪が疑われる事案のリストには、守屋が担当したケースも含まれていた。それが退職を決意した理由だろうか。続けて言う。

「県警にいたままでは、真相にたどり着くことはできないからな。中から声を上げても揉《も》み消される。外から動くしかないんだ。だから、警察を離れることにしたのさ」

深夜近くになり、恭弥は守屋とバーを出た。気温が一段と下がり、雪が降っていた。積もりそうな感じだった。

「ここのモヒート、気に入ったか」

「ああ」守屋の問いに、恭弥は素直に答えた。

「お前に合うと思ったんだよ、この酒。カクテルには、花言葉みたいにカクテル言葉っていうのがあってさ」

「モヒートのは何ていうんだ?」

「〝心の渇きを癒《いや》して〟」守屋はにやりとして、背を向けた。「じゃあ、またな」

恭弥は思った。心の渇きは癒されたのだろうか。互いに。

雪が降る中、違う道へ進む友人の背中を恭弥は見送った。

（了）

参考資料

小田中聰樹『冤罪はこうして作られる』（講談社）
今村核『冤罪と裁判』（講談社）
佐々木健一『雪ぐ人「冤罪弁護士」今村核の挑戦』（新潮社）
浜田寿美男『虚偽自白を読み解く』（岩波書店）
木谷明『「無罪」を見抜く――裁判官・木谷明の生き方』（岩波書店）
木谷明『違法捜査と冤罪　捜査官！　その行為は違法です。』（日本評論社）
中日新聞編集局・秦融『冤罪をほどく〝供述弱者〟とは誰か』（風媒社）
池上正樹『ルポ「８０５０問題」高齢親子〝ひきこもり死〟の現場から』（河出書房新社）
黒川祥子『８０５０問題　中高年ひきこもり、７つの家族の再生物語』（集英社）
川北稔『８０５０問題の深層「限界家族」をどう救うか』（ＮＨＫ出版）
最上悠『８０５０　親の「傾聴」が子どもを救う　子どもの声に耳を傾けていますか？』（マキノ出版）
森透匡『元知能犯担当刑事が教える　ウソや隠し事を暴く全技術』（日本実業出版社）
江﨑澄孝・毛利元貞『アクティブ・コミュニケーションのすすめ　取調べ・職質に使えるヒント集　人はどうやってウソを吐くか。そのウソを見抜く。』（東京法令出版）

堀田周吾『被疑者取調べと自白』（弘文堂）
城祐一郎『取調べハンドブック』（立花書房）
山田昌広『録音録画時代の取調べの技術』（東京法令出版）
実業之日本社 編『死因大全　人の〝最期〟は千差万別』（実業之日本社）
SAKURAMOOK41『防災・防犯読本』（笠倉出版社）
日本建築学会『火災安全設計の原則』（日本建築学会）

一〇〇字書評

ミートイーター

切・り・取・り・線

購買動機（新聞、雑誌名を記入するか、あるいは○をつけてください）

□（　　　　　　　　　　　　　　）の広告を見て
□（　　　　　　　　　　　　　　）の書評を見て
□ 知人のすすめで　　□ タイトルに惹かれて
□ カバーが良かったから　　□ 内容が面白そうだから
□ 好きな作家だから　　□ 好きな分野の本だから

・最近、最も感銘を受けた作品名をお書き下さい

・あなたのお好きな作家名をお書き下さい

・その他、ご要望がありましたらお書き下さい

住所	〒				
氏名		職業		年齢	
Eメール	※携帯には配信できません	新刊情報等のメール配信を 希望する・しない			

この本の感想を、編集部までお寄せいただけたらありがたく存じます。今後の企画の参考にさせていただきます。Eメールでも結構です。

いただいた「一〇〇字書評」は、新聞・雑誌等に紹介させていただくことがあります。その場合はお礼として特製図書カードを差し上げます。

前ページの原稿用紙に書評をお書きの上、切り取り、左記までお送り下さい。宛先の住所は不要です。

なお、ご記入いただいたお名前、ご住所等は、書評紹介の事前了解、謝礼のお届けのためだけに利用し、そのほかの目的のために利用することはありません。

〒一〇一－八七〇一
祥伝社文庫編集長　清水寿明
電話　〇三（三二六五）二〇八〇

祥伝社ホームページの「ブックレビュー」からも、書き込めます。
www.shodensha.co.jp/bookreview

祥伝社文庫

ミートイーター　警部補《けいぶほ》 剣崎《けんざき》恭弥《きょうや》

令和 4 年11月20日　初版第 1 刷発行

著　者　柏《かしわ》木《ぎ》伸介《しんすけ》
発行者　辻　浩明
発行所　祥伝社《しょうでんしゃ》
東京都千代田区神田神保町 3-3
〒101-8701
電話　03（3265）2081（販売部）
電話　03（3265）2080（編集部）
電話　03（3265）3622（業務部）
www.shodensha.co.jp
印刷所　萩原印刷
製本所　ナショナル製本
カバーフォーマットデザイン　芥　陽子

Printed in Japan ©2022, Shinsuke Kashiwagi ISBN978-4-396-34846-5 C0193

祥伝社文庫の好評既刊

柏木伸介
ドッグデイズ 警部補 剣崎恭弥
猟奇連続殺人犯、死刑執行さる。だが二十年の時を経て、再び事件が。狂犬と呼ばれる刑事・剣崎が真実を追う！

柏木伸介
バッドルーザー 警部補 剣崎恭弥
県警史上、最悪の一日！ 世論の対立を煽る生活保護受給者連続殺人は、序章でしかなかった。剣崎に魔の手が……。

中山七里
ヒポクラテスの誓い
法医学教室に足を踏み入れた研修医の真琴《まこと》。偏屈者の法医学の権威、光崎《みつざき》とともに、死者の声なき声を聞く。

中山七里
ヒポクラテスの憂鬱《ゆううつ》
全ての死に解剖を――普通死と処理された遺体に事件性が？ 大好評法医学ミステリーシリーズ第二弾！

中山七里
ヒポクラテスの試練
伝《う》染《つ》る謎の〝肝臓がん〟？ 自覚症状もなく、MRIでも検出できない。法医学者光崎が未知なる感染症に挑む！

柚月裕子
パレートの誤算
ベテランケースワーカーの山川《やまかわ》が殺された。被害者の素顔と不正受給の疑惑に、新人職員・牧野聡美《まきのさとみ》が迫る！